那片江峡

王鸿鹏 / 著

云南出版集团 云南人民出版社

图书在版编目（CIP）数据

那片江峡 / 王鸿鹏著. -- 昆明 : 云南人民出版社,
2020.10
ISBN 978-7-222-19566-0

Ⅰ. ①那… Ⅱ. ①王… Ⅲ. ①报告文学－中国－当代
Ⅳ. ①I25

中国版本图书馆CIP数据核字(2020)第151048号

项目策划：苏映华
责任编辑：刘　焰
装帧设计：熊小熊　李乐乐
责任校对：姚实名
责任印制：窦雪松

NA PIAN JIANGXIA
那片江峡
王鸿鹏/著

出　版　云南出版集团　云南人民出版社
发　行　云南人民出版社
社　址　昆明市环城西路609号
邮　编　650034
网　址　www.ynpph.com.cn
E-mail　ynrms@sina.com
开　本　720mm×1010mm　1/16
印　张　20.25
字　数　338千
印　数　5000册
版　次　2020年10月第1版第1次印刷
印　刷　云南国方印刷有限公司
书　号　ISBN 978-7-222-19566-0
定　价　43.00元

如需购买图书、反馈意见，请与我社联系
总编室：0871-64109126　发行部：0871-64108507　审校部：0871-64164626　印制部：0871-64191534

云南人民出版社微信公众号

序章　时代命题

也许这是命运的安排，冥冥之中与云南结下不解之缘。再次走进云岭高原，拥抱偏远而又神奇的乌蒙江峡——云南巧家。

2016年国庆前夕，飞抵昆明后乘车向北，再向北，一直向北走下去。路旁的标志牌提示，前面78千米是“乌蒙巅峰运动公园”，94千米是“东川红土地”，再往前118千米是“金沙江大峡谷”。

巧家在哪里？

点开手机“云功能”，中国“北斗”告诉我，从昆明到巧家全程大约300千米，开车需要5个半小时。巧家就在乌蒙大山的深处，就在金沙江畔，就在那云岭高原的群峰一隅。

越野车很快滑入连绵起伏的群山之中，在一条狭长的山谷中颠簸前行。视野所及，崇山峻岭，一座连着一座，它们相似又各不相同，每一座大山都是地壳动的一次热血，每一次热血都以生命的姿态站立起来。无论是贫瘠还是丰盈，它们各自独立，又互相牵扯。这是大自然，也是人类。

这灰褐苍凉的山川阡陌就是我梦中的“七彩云岭”吗？

是的，大自然似乎在这里不肯施舍厚道的馈赠；又不是，这片从远古走来的云岭高原，始终贴着富庶与薄瘠的双重标签，只是她将财富隐藏于山川深处，积蓄在云岭儿女的心中。

今天的云岭觉醒了，她将以一种全新的精神理念重置这里的绿水青山，再现华丽与富饶。这是新时代赋予的命题。

2015年11月，中共中央国务院发布了《中共中央 国务院关于打赢脱贫攻坚战的决定》，庄严承诺，到2020年现行标准下农村贫困人口实现脱贫，贫困县全部摘帽，解决区域性整体贫困。全国人民一道奔小康。

消除贫困，改善民生，逐步实现共同富裕，是社会主义的本质要求，也是中国共产党的重要使命。

地处我国西南边陲的云南，有26个民族。大自然赐予云南奇雄壮美的同时，也把反贫困这一最大考验留给了云岭各族儿女。

党中央吹响了全国脱贫攻坚的进军号，如何把使命担起来，对云南来说，是彻底改变命运的一场大决战。

2015年，国务院扶贫开发领导小组办公室公布的贫困县总数是592个，云南就有88个，是全国最多的。云南是全国农村贫困面最大、贫困人口最多、贫困程度最深的省份之一。脱贫攻坚的特殊性、复杂性、艰巨性在全国罕有。

集边疆、民族、贫困、山区等特点于一体的云南，一直是总书记的牵挂。

2015年1月19日，新年伊始，万象更新，习近平新一年首次出行来到云南。在连续三天的考察活动中，习近平总书记步履匆匆，来到昭通、大理、昆明等地，看望鲁甸地震灾区干部群众，亲切会见独龙族群众代表，深入企业、工地、乡村考察，就灾后恢复重建和经济社会发展情况进行调研。

“坚决打好扶贫开发攻坚战，加快民族地区经济社会发展。”“决不能让困难地区和困难群众掉队。”习近平总书记的殷切嘱托，让云岭各族儿女倍感温暖，激人奋进。

云南省委、省政府把全面贯彻落实习近平总书记考察云南重要指示精神作为最大的政治任务，吹响了“决战脱贫攻坚、决胜全面小康”的冲锋号。

云南全面落实党中央精准扶贫、精准脱贫基本方略，大胆创新扶贫方式，坚持“省负总责、市县抓落实”的工作机制，形成“党政一把手负总责、五级书记抓扶贫”的领导格局，创新“三位一体”大扶贫运行机制和工作体系，始终聚焦深度贫困问题，聚焦最困难的地区，紧盯最困难的人群，抓住最急需解决的问题，实施“整乡推进”“整族帮扶”等脱贫攻坚五大行动计划，打好易地扶贫搬迁等十大攻坚战。

云南扶贫资金投入前所未有，2013年至2016年间，省级以上财政专项扶贫资金总投入累计逾200亿元，年均增长23%。干部帮扶群众规模力度前所未有，全省派出2.2万名干部担任驻村第一书记，10.9万名干部驻村，60多万名干部与贫困群众结对帮扶。目标十分明确，确保到2020年全省农村贫困人口如期脱贫，决不让一个兄弟民族掉队，决不让一个贫困地区落伍！

> 撸起袖子加油干，打赢脱贫攻坚战。
> 立下愚公移山志，誓拔穷根奔小康。
> 手拉手“挂包帮”，心连心“转走访”。
> 精准扶贫到村户，扶智扶志是出路。
> ……

从车窗外一闪而过的一幅幅慷慨激昂的标语中，已经感受到云岭人在这场大决战中挥戈跃马、尽锐出征的浓烈氛围和砥砺奋进的精神风貌。

巧家县又会怎样呢？

越野车在黑夜中钻出一条黄亮的缝隙，蜿蜒而行。夜空幽深，星斗阑珊。那些闪烁的亮点分不清是星辰还是山乡的灯火，只有它们不甘黑夜的束缚，顽强地跳跃着，试图从某种千年的羁绊中努力挣脱出来。

一阵波涛的轰鸣声从漆黑的谷底传来，左边悬崖下就是金沙江。

巧家到了。

县城灯火通明，熙熙攘攘。狭窄的街道几乎都是长长的斜坡，两旁的商铺鳞次栉比，簇拥在一起，显得过分亲密。

虽然看不清县城的全貌，更缺乏对巧家的深度认知，但从年轻人匆匆的脚步中看到了她急切行进的动感，从车水马龙的喧腾中感受到她快速发展的活力。当然，还有那广场大妈的优美舞姿和节奏感极强的乐曲，男女对唱山歌以及人们悠闲的漫步，舒展出一座城市的惬意、和谐与幸福。

在大龙潭公园附近的一家宾馆，见到了早已等在这里的县委常委、宣传部部长孙莉萍和县文联主席姚国剑。由于相同的职业背景，交流没有过多的寒暄，直奔主题。

“我们巧家是国家多年重点扶持的贫困县。全县 61.8 万人，建档立卡贫困人口 17 万多，占全县总人口的 29%。贫困人口总量在全省排列第六位，在昭通市排第三。”孙莉萍说。

她停顿了一下，说：“可以这么说吧，巧家不脱贫，昭通就不能脱贫；昭通脱不了贫，云南就脱不了贫。”

据说，巧家有“十八怪”，其中“一怪”就是“初来巧家变老外”。贸然闯进巧家这片陌生的乌蒙江峡，一头雾水。更让人透不过气来的是，听着孙莉萍继续介绍，才得知巧家面临的严峻现实远非如此——何止是一场脱贫攻坚战！

孙莉萍话题一转：“不同的是，我们巧家眼下还有另外两场硬仗正在紧张地进行着，这就是‘8・03’灾后重建和水电站建设。”

姚国剑说：“‘8・03’是指 2014 年 8 月 3 日昭通市鲁甸县发生的那场 6.5 级地震。巧家属于重灾区，有 40 多万人受灾，紧急转移安置 6 万多人，有两个乡镇属于震中。现在，那里的恢复重建工作已进入最后的决战。金沙江白鹤滩水电站库区 5 万移民要在 2021 年 3 月之前搬迁，前期工作已经启动，这是巧家要打的第三场攻坚战……”

巧家人面临的每一场攻坚战都是世界级的难题，“三大攻坚战”接踵而至，相继跟进，其难度系数和持续的强度可想而知。不能不为巧家人如何应对这样的巨大挑战而感到压力。

重建！脱贫！移民！三个扎眼的关键词沉重如山。对此，县委副书记、县长陆颖会有怎样的解读？

巧家县脱贫攻坚指挥部的房间并不大，并兼作一个小型会议室。2016年2月26日，县委、县政府成立了巧家县精准脱贫攻坚指挥部，指挥部综合协调组下设办公室，与县扶贫办合署办公。

指挥部里最抢眼的是墙上那幅巧家县“三大攻坚战”示意图，两侧挂着各种各样的图表；对面靠墙是一排资料柜，中间摆着一张长条桌，上面放着两部电话和文件、文具等——一个名副其实的作战指挥部。

人员进进出出。陆颖不停地接打电话，或阅签送来的一份份文件。一阵忙碌之后，他才坐下来热情地打招呼。

“在这里，感觉硝烟味很浓。你很像个前线指挥员。”

陆颖摇头笑说：“哪有什么指挥员，都是一线战斗员。县处级干部全部沉到扶贫一线，包乡镇、挂村社。其中16名处级党员干部兼任乡镇党委‘第一书记’。”

巧家既是全国重点扶贫开发县，又是乌蒙山区域扶贫攻坚的主战场。

“你看，这张图非常清楚。”陆颖走到地图前，指着上面的地标介绍巧家的地理环境和现实状况。

巧家县的贫困现状，可用三句话来概括：一是贫困人口多，二是贫困面广，三是贫困程度深。巧家县贫困人口主要分布在边远高寒山区，贫困发生率为29.3%。受自然、地理、环境、资源等条件限制，巧家存在的基础型、条件型、素质型、发展型贫困问题相互叠加，每一个攻坚点都是一个堡垒。全县脱贫面临不小的压力。

白鹤滩水电站是国家实施“西电东送、云电外送”的骨干工程和新时期能源战略的重点工程项目，是世界第二大水电站。主体工程已经启动，2021 年 5 月下闸蓄水。

陆颖说：“对巧家来说，这是一次千载难逢的历史机遇，不能错过。所以，对水电移民工程不能有丝毫的松懈。”

陆颖神情凝重起来：“按照省市的总体安排部署，巧家要在 2019 年实现全县脱贫摘帽。白鹤滩水电站库区 5 万移民工程全部上线。可见时间有多紧、任务有多重、压力有多大了！”

“巧家最难肯的‘硬骨头’是什么？”

“搬迁！”陆颖果断地说。

他认为，哪一场战役都不轻松。巧家集各种贫困因素于一体，必须把路、水、房、医、产业和教育等一个个“堡垒”全部击穿才能脱贫。难度最大的还是“挪穷窝、断穷根”。全县有 2.6 万多名贫困人口需要搬迁安置，其中县内安置 12395 人，搬迁到鲁甸卯家湾安置点 13695 人。洗羊塘村整体搬迁是几届政府想办都没有办成的事，这次必须办成。这恐怕是最难啃的“硬骨头”了。

陆颖扬起目光，坚定地说：“再难！也要把‘穷帽子’甩进金沙江。这是时代命题，必须交一份合格答卷！”

目录

第一章

“溜”过金沙江

有一种行走叫“溜”。这是山民与江河抗争的无奈，也是跨越高山峡谷的豪迈。

巧家的路，是山川阡陌的人间烟火，是云岭高原的传奇，是巧家儿女用鲜血和生命写下的诗行。

1. 天堑之困

亿万年前，大自然在地壳运动中举起一把神奇的板斧，在滇藏高原上劈出一道道深痕。也许它想给千里奔突的洪荒开出一条随心所欲的通道，滋养广袤的华夏大地。

然而，大自然不曾想到，它的鬼斧神工留下一道天堑险障——金沙江。江峡山川阻断了人类的行走，也给当地居民带来无尽的困顿。

金沙江浩荡奔涌，来到云南巧家县葫芦口，两岸峭崖形若斗鸡，江面突然收窄，滔滔江水便以所向披靡的犀利，一路狂奔，冲过白鹤滩，直到与牛栏江的交汇处，皆是直插云天的峰峦绝壁。

于是，在金沙江与牛栏江的联手围困中，大地使出力量向空中伸展，隆起滇北之巅、乌蒙第一高峰——海拔 4041.6 米的大药山。

大药山脚下临江的绝壁上兀然生出一处处屯地来，上不沾天下不着地，并不适合人类栖居。然而，从血与火中走来的华夏文明，让原为人迹罕见的屯地成了百姓的避世之所，也成为先人最温柔的故乡。

据史料记载，巧家县许多家族的先人或戍边征战或躲避乱世，由湖、广、江、浙等地迁移至此。他们仄居江峡深处安身立命，开垦耕种，生儿育女，世代繁衍。

人们不可能指望大自然的所有恩赐都闪耀慈爱的光芒，它会用自己的方式历练人类的智勇，推动文明进步、升级。

生活在高峡深谷中的巧家人一直没有摆脱行路难的危困。为了出行，人们攀悬崖、爬陡坡。有人在崖径上行走着，会突然滚落山下；也有人不得不冒险划船渡江，眨眼间浪卷船翻。为突破江峡重围，巧家人在急流险滩上架起了一根根溜索。但是，溜索一旦断裂，就会发生人坠急流的悲剧。甚至也有人攀上溜索，突遇一阵江风袭来，便像落叶一样飘落到汹涌的波涛中。

路！路在何方？

金江自古不通舟，
水急天高一望愁。
何日天人开一线，
联樯衔尾往来游。

位于白鹤滩水电站巧家一侧的崖壁上，依稀可见这首题名《安澜吉水》的诗。这是清代乾隆年间第一次大规模开辟金沙江航运时，钦差大臣缪弘受命至此督工，豪迈地留下了一曲带有期盼音符的咏叹调。

巧家，迈着蹒跚的步履，在苦难的人间烟火中煎熬着。随着新中国成立，她才踏上希望之路。

巧家在“两江夹一山”的锁困中，如何打开通道，实现突围？

1958 年，按照“民办公助，民工建勤，人民公路人民修”的筑路方针，全县组织了四五万人，掀起了一场“白天千军万马，晚上灯笼火把”的修路大会战。经过 100 天奋战，终于打通了巧家县城至会泽县大桥乡 152 千米的巧大公路。这是巧家的第一条土石公路，连接昆明。不过，去一趟昆明要走三四天。这是巧家的唯一出路。

1997 年，全县实现了乡乡通公路的目标，基本形成了以县乡公路为骨架辐射连接各行政村的公路交通网络。但是，这些土石路每到雨季常常因坍塌和泥石流被阻断，经常发生交通事故。落后的交通条件不仅使巧家儿女深陷出行难的困境之中，也成为巧家经济发展的主要羁绊。

今天的我们无法穿越历史，回望过往的场景；也无法想象，先祖们究竟遭遇了多大的灾祸，迫使他们不得不来到这个荒蛮险恶的江峡之地寻求生命的依托与呵护。

但是，我们看到，生命的顽强不屈已在乌蒙大山的深处写下传奇。

“鹦哥溜”的故事就是其中之一。

2. 空中渡口

自由行走，是人类挡不住的天性。有人说，路是人从没有路的地方走出来的；也有人说，路是先行者走出来的。

到过巧家的人会说，路，是想出来的，梦出来的。不信，你去走走巧家的“路”。

历史的脚步即将踏入 21 世纪的门槛。一个从来没有过路的地方终于盼来了一条“路”。这是鹦哥村人想象出来的一条“路”，它的名字叫“鹦哥溜”，被人们称为“空中渡口”。

探访鹦哥溜是 2017 年 5 月的一天。金沙江两岸壁立千仞，激流汹涌。几根钢索横悬其上，用钢筋焊接而成的溜厢，由四个滑轮挂在两根钢索上，一头连着云南巧家县茂租镇鹦哥村，另一头连着四川省布托县冯家坪村。这便是横跨滇川两省边界的“亚洲第一高溜”，也是云南境内金沙江上最后还在使用的溜索。

钢索两端的悬崖边各有一间石墙小屋，是固定钢索的基墙，也是人们上下溜厢的地方。小屋上挂了块牌子，上面写着蒋世学的名字和他的电话。蒋世学就是鹦哥溜的溜主。如要过溜，只要打个电话，他分分钟就到。

溜厢沿着钢索颤悠悠地滑过来，很快滑到小屋前。只见上面一位戴着深蓝色帽子的年长妇人，拿起对讲机说了句：“好嘞。”溜厢稳稳停住。她叫张世春，是蒋世学的老伴。她麻利地打开溜厢门，乘溜的人们相继而出，有人背着竹篓，有人抱着孩子，也有人骑着摩托车。

张世春笑盈盈地请大家上溜。一名胆小的女游客在犹豫惶惑中被同伴们劝说着拉了上去。两名快件配送员把车停在江岸这边，把货物搬进溜厢，到对岸鹦哥村派送快件。

“好了没有？抓紧哦。”张世春是溜索的“乘务员”。她将溜索厢门关好，确认安全后便通过对讲机，告知江对岸的蒋世学，可以“发车”了。溜索晃了一下，开始向江对岸滑去。

初次体验“空中飞人”的新鲜感令人兴奋，也很刺激。

当把生命交给高悬于波涛汹涌的江峡之上、随风飘忽的一根绳索时，你会产生什么样的感觉？是命悬一线的体验。

吊在钢索上的溜厢，就像四面悬空的超级观景台，放眼望去，莽莽乌蒙山，峰峦叠嶂；滔滔金沙水，波翻浪涌。金沙江的奇雄壮美尽收眼底。胆大的乘客举起手机不停地抓拍眼前的画面。当颤悠悠的溜索滑至江心时，呼啸的山风裹挟着悬空的溜厢发出吱吱的摩擦声，不免令人心悸。

脚下就是几百米深的峡谷，滔滔江水宛如一条带子，两侧是笔直的峭壁。大家不由自主地抓紧厢框，脸上都写满了紧张和害怕。张世春说：“没得事。放松。溜索其实很安全，不要低头看脚下就是了。”

胆小的女游客赶紧用衣服蒙住了眼睛。一位快递小哥因为恐高两腿颤抖。他的同伴小刘安慰他不要怕，习惯就好了。他们乘溜送货，不仅需要耗费大量时间和精力，也需要巨大的勇气和毅力。小刘说，巧家县有不少路途是悬崖绝壁，为了按时给客户送货，他们爬大山做“蜘蛛人”，乘溜索当“飞人”，或在湍急的河流中划船，都是常事。既然选择了这一行，就得扛。他又说，这种提心吊胆的日子马上就要结束了。这几年巧家脱贫攻坚很给力，交通发展很快。到年底，巧家县乡村公路就将全部打通。说到这儿，这位“90后”显得很开心。

五六分钟后，溜索顺利抵达对岸。这时候，大家提到嗓子眼儿的心总算落回了肚里。张世春打开溜厢门关切地说：“没得事嘛？慢点。”

巧家文化名人邹长铭在他著的《昭通风物志》中有《溜渡一笮桥》一文。有人对文中所称金沙溜索是“夺命的朋友”不甚理解，自打乘过鹦哥溜后才有了领悟。

巧家人一共修了8座溜索桥，金沙江上就有6座。在二十世纪八九十年代，多次发生过溜索故障，发生多人坠江身亡事件。

鹦哥溜运行总体上是比较平稳安全的，但也并不是一点“没得事”，确实发生过险情。那是几年前的一个冬天，使用的动力柴油机突然故障，溜厢滑出不远戛然而止。乘溜的人悬在半空，回不来，也过不去。上面的两个女孩子吓哭了。

江面寒风呼啸，溜索上的人冻得瑟瑟发抖。柴油机一时修不好。江岸上的人一边喊话安慰，一边把食物和衣被溜到溜厢。直到机器修好，才把他们溜上岸来。

还有一次意外，是柴油机改成电机后。当地一位牧羊人赶着十几只羊到对岸四川集镇上交易。溜厢启动后，羊们哪见过这阵势，在颤悠悠的溜厢里受到惊吓，乱蹦乱窜。一只羊把溜厢门撞开跳了下去，接着，一只跟着一只往下跳……“我的羊！我的羊……”牧羊人惊恐万状，眼看着羊们像下水饺似的一只只掉进江里，急得大呼大喊。

蒋世学赶紧换倒挡把溜厢溜回来。从那以后，老伴张世春担任专职“乘务员”，负责开关厢门和指挥启动、停靠，至今再也没有发生过事故。

鹦哥溜不仅是一座“空中渡口”，还是鹦哥人的一条“生命线”。之前，村里有人患了病干着急，即便是急症也无奈。因病得不到及时救治而死亡或伤残的事件，每年都会发生。20 世纪 90 年代，还发生过一位老人因不堪忍受病痛的折磨在晚上趁人不知跳江身亡的悲剧。

蒋世学的孙子蒋万先，就是因为村民“看病难”的困苦，在他少年心中生发了从医的念头，考大学时立志报考医学专业。现在浙江大学医学院读研。

自从有了鹦哥溜，村里的病人或意外受伤者就能及时送外就医。每遇这种情况，鹦哥村村民都会感激地说：“这是救命溜。”

3. 溜索人生

乘鹦哥溜到达对岸。小石屋里有一位老人在操作电机，他就是鹦哥溜的主人蒋世学。身材不高的他，一双手掌粗粝坚韧，和他握手，力感十足。沧桑岁月与江峡风雨在他的圆脸上留下了深深浅浅的褶皱。虽是年过七旬的老人，看上去，双目依然明亮有神，一脸慈祥和平静。

说起为什么建溜索，蒋世学心情比较复杂。他说：“还不是因为没得路嘛！看着对面的路，就是过不去。两岸又高又陡，下去坐船绕得远。水急浪高，凶得很。”

张世春说，那是 20 世纪 50 年代，她外公渡船过江时，船翻了，尸体都没找到。她父亲出去修路，途中被崖上滚落的一块飞石打着脑壳，当场去世了。张世春有个妹妹，十岁那年背着甘蔗下山时，不小心脚下一绊，一个跟头滚下了悬崖……痛失亲人的张世春悲叹道：“唉！我们这儿出门走路太难了。”

让蒋世学刻骨铭心的是，20 世纪 80 年代，他目睹过一场惨剧。一条渡船行至江心，一阵风浪将船掀翻，船上 13 人无一生还。从那时起，他就有个心愿，想法子架个溜索桥。蒋世学虽然只读到小学三年级，但在村里算是有文化的人了。他是一个本分而又不安分的人，常常有自己的想法，一旦认定就一定去做。建一座溜索桥的梦在他心头萦绕多年，挥之不去。他说：“过去穷，整不起。”后来日子好过了一些，他决定把梦想变成现实。

有人一听咧嘴哈哈大笑：“你这是老婆娘逮蚂蚱——疯天阔地，白忙活噶呢！”也有人摇着头说：“不可能噶。又高又陡的崖，你能架溜？”劝他别异想天开。

蒋世学不为所动，非要挑战不可能。他的想法得到张连朝等八户村民的积极响应。他又到对岸四川省布拖县冯家坪村动员亲友合伙。经过商议，他们十家共凑了近八万元，决心在两村之间筹建一座溜索桥。

架溜索看似简单却不简单。固定钢索的基座要多大，钢索如何铆定固牢，大家心里都没有谱。尽管困难重重，几家人初心不改，始终没有放弃。架钢索时，他们先用小船拉着绳子划到对岸，再用绳子拉钢绳，钢绳拉钢缆，最后架设钢缆。蒋世学说："吊命一样啊！拖一股钢缆绳过去，就要拖上三天三夜哩！"

蒋万先上小学时，有一天放学回家，在江岸上看到爷爷和十几个人从江边拉钢索。钢索一滑，把爷爷给绊倒了，吓得他惊叫了一声。要不是树枝挡着，就从悬崖上滚到江里了。那一幕他记忆犹新，长大了才知道，那是爷爷在建鹦哥溜。

1999年，经过蒋世学和几家合伙人的共同努力，终于把距离江面260米高、长达400多米的溜索桥架起来了。

溜索开通了，蒋世学第一个乘溜过了江。可是，除了他没人敢上。他找来一堆废铁烂铜，分开称了一下，加在一起有3800多斤。他把它们装进溜厢，安然无恙地运到了对岸，通过载重试验向人们证实溜索的安全性。大家相信了他。

两岸往来的行人纷纷来到江边，乘溜过江。当初笑话他的人也服气了，说他是鹦哥村的"人物"。

跨江溜索成功了，两岸的百姓终于有了"出路"——当地人都称它"鹦哥溜"。

最初，溜索没有机械设备，全靠人力运行。两个人各站一根钢索上推溜厢，还要借助倾斜度的惯性，一寸一寸地挪行，不仅费力，也有危险。

2001年，蒋世学买来一台旧拖拉机，把柴油机改作溜索动力，牵引溜厢。虽然成本增加了，但速度快了，省时又省力。

2011年，农村电网改造，鹦哥村通电了。溜索的动力改为电机，运行操作方便了，也更安全了。

这年底，巧家打通了一条至鹦哥村委会的盘山公路。可是大部分村民依旧选择又高又险的鹦哥溜出行，因为走那条公路到巧家县城130千米，还没硬化，翻山越岭要绕5个半小时，车费需90多元。通过鹦哥溜走对岸四川去县城，车程只有40多千米，不到2小时，车费仅为25元。对村民来说，乘鹦哥溜划算。至今，鹦哥溜一直是当地人往返两岸的主要通道。

蒋世学架设鹦哥溜的时候，只想出行，绝对没想过要创造什么"奇迹"。这个奇迹被公众认领了。

这年夏天，来自英、德、法三国的几位游客慕名鹦哥溜的险峻，结伴来到这里参观，发现这是亚洲最高的溜索。此后，鹦哥溜多次出现在云南电视台和中央电视台的节目中，并被冠以“亚洲第一高溜”的称号走进了公众视野。

2017 年 1 月 2 日，中央电视台在新闻频道推出新年特别节目，现场直播了鹦哥村“溜索改桥”的壮观场面，向全国人民展现精准脱贫的成效。鹦哥溜由此一夜走红，名扬全国。

鹦哥溜出名之后，不少人对鹦哥村这个名字感到好奇。据村里老人讲，这片屯地中间洼四边高，像个抽烟的烟锅嘴。早年，人们就把这个地方叫“烟锅村”。解放后，都觉得“烟锅”不好听，就有人喊“英戈”。再后来，就喊成了谐音“鹦哥”。也许是当地没有出路的缘故，人们太希望像鸟一样能长出翅膀飞出去，飞过江峡，飞向外面的大千世界。村里人都说：“好！做梦都想飞。鹦哥能飞。”即以“鹦哥”定村名。从此，“鹦哥村”的名字叫响了。

“鹦哥溜”成为鹦哥人梦想飞出江峡的一个时代地标。

4.“溜”向幸福彼岸

鹦哥村有 586 户 2073 人，人均只有 1 亩多土地。过去，老百姓不敢种植经济作物，种了也卖不出去，只能自给自足。自从有了鹦哥溜，老百姓才慢慢发展起林果种植和养殖业。有了赚钱的门路，日子渐渐好起来。

在外打拼多年后回来的李六贵感慨颇多。过去那些年，他去乡里交公粮，40 多千米的羊肠小道来回要走七八个小时，经常是走到“两头黑”。19 岁那年，李六贵到昆明打工给人拉三轮车，虽仅能勉强糊口度日，但他发誓再也不回这个穷乡僻壤了。

直到后来听说鹦哥村修了“高溜”，他才回来并当了村干部。他说他看到了家乡的希望。

鹦哥村贫穷落后，不少人“溜”过江峡，走出封闭，寻找幸福，但也有不少年轻人在出去闯荡一阵子后，长了见识，学到了本事，又回到了她的怀抱，就是因为看到了希望，一心想改变她。

唐启禄是一位“80后”。他初中毕业后外出务工，曾到黑龙江三岔口、四川攀枝花煤矿等地，开过车，也做过生意。他说他在走南闯北中经受了历练，开阔了眼界。对他来说，“收获不仅是物质上的，更多是精神上的”。他决心回来，改变村里的落后面貌。

“有了鹦哥溜，出行方便多了。从2000年开始，村里许多年轻人溜到对岸，到外面打工、做生意。不少人挣了钱，还有人讨了媳妇回来。”唐启禄说，“日子好过了，想盖房子的越来越多。但是盖房子的成本很高。就拿我家盖房来说，先从溜索上过来，用马驮，马爬不上去了，再请人往上背。光是这一段路的运费就要翻番。”

他盖房子用的钢筋是按一斤一块钱请人背上去的，用了一年才盖起来。尽管如此，没有鹦哥溜，只有住土坯茅草屋。

2015年村里换届，镇党委任命唐启禄为村党支部书记，同时村民推选他为村主任。他尽心尽职，处处为村民着想，很能体谅群众的疾苦。鹦哥村到茂租镇山高路远，村民要换个户口簿、办个证件、开个证明什么的很不容易。为了减少群众往返的劳顿，他会安排由村里统一去镇上办理。

沈文金家的房子断断续续地盖了5年。68岁的老沈说，除了建房材料运输困难之外，就是资金跟不上。有了高溜，他种起了小米蕉，收入多起来。他想多种些水果，运出去多换些钱，只因江边的路太难走，水果运不及时，就眼睁睁地看着坏掉了。他盼望着江边修条路，再修上桥就更好了，可以把车开进来。

鹦哥溜是一条“路”，延长了人们的脚步；是一扇窗口，开阔了人们的视野；它还是一条纽带，联结着滇川两岸村民的情与爱。

这些年，两省交界处的居民亲情浓浓，你娶我嫁、来往结亲越来越频繁。鹦哥溜上不知演绎了多少“鹊桥会”的故事。可谓：“今日云骈渡鹊桥，应非脉脉与迢迢。家人竟喜开妆镜，月下穿针拜九霄。”（唐·权德舆《七夕》）

39岁的杨文敏，就是其中一位。她娘家是鹦哥村岔路社的，嫁到四川冯家坪十多年了。她回忆说，结婚时还没有溜索。那天，她坐着小木船心惊胆战渡过金沙江，嫁到了四川。婚后回娘家，她才感到渡江往返如此艰难。有了鹦哥溜方便了许多。

比起杨文敏来，从冯家坪嫁到鹦哥村的四川姑娘杨正惠的婚礼却是“心惊肉跳”。杨正惠是20岁那年嫁到鹦哥村的。她清楚地记得，鹦哥溜刚建起来，她的婚礼就是通过这条溜索战战兢兢地完成的。

她说，第一次站在溜索上她双眼紧闭，吓得不敢动，一只手死死抓住护栏，另一只手紧紧扯着丈夫的衣襟不放，没想到抵达幸福的彼岸如此惊险。本来是个幸福快乐的日子，却让胆战心惊占据了。“到现在也想不起来新婚那天是啥子噶滋味。”她说完乐呵呵地笑起来。

从那个时候起，杨正惠就开始强烈地渴望能够有一座跨江桥，不再乘那让人心惊胆战的溜索。

说起鹦哥村的交通出行，走过18年溜索人生的蒋世学夫妇，面对日复一日的悠悠岁月，也盼望着尽快改变。蒋世学说：“还是有座桥好。因为一旦遇到大风或者停电，溜索都不能使用，赶上坏天气或夜间过溜也很不方便。”

如今，群众的生活渐渐好起来，温饱不再是问题，鹦哥村通往外界的出行涛声依旧。也许，鹦哥溜在城里人的眼中是一种惊险刺激的旅行体验，而对于常年生活在这里的群众来说，却是他们多年来最心痛最纠结也是最无奈的一种选择。

5. 传递梦想

随着社会进步和生活空间逐步打开，曾经给鹦哥人带来向往的鹦哥溜，越来越满足不了当地生产生活和经济发展的需求了。

两岸百姓都有一个共同的梦：要是能修一座跨江大桥，那该有多好啊！

鹦哥溜变身跨江大桥的梦想已来临。

2015年，精准扶贫到巧家。巧家境内的8座溜索桥，全部列为“溜索改桥”

项目。

蒋世学的二儿子蒋开先就是参与大桥设计规划的主要专家之一。他说："这是百年大计，子孙工程。我们必须精心设计，精心规划，精心施工。"

蒋世学夫妇共有四个子女，最让他感到欣慰的是儿子蒋开先成为巧家县交通局的总工程师。蒋开先上大学选择路桥设计专业，主要来自父亲的梦想传递。他的求学之路也如父亲建造鹦哥溜一样经历了许多坎坷。用他的话说："当初真是不容易。如果不是父亲，很难想象走到今天这一步。"

蒋开先读书的年代，听到父亲念叨最多的就是在金沙江上建座桥。一天，他从课本中读到《赵州桥》一文，放学回家拿着课本兴奋地给父亲看，仰起脸问父亲在金沙江上能不能修这种桥？父亲摸摸他的头，笑着说："好个娃子。这种桥，老子是干不得了，只能指望你了。好好上学，长大了给老子修一座。"

从那以后，蒋开先的修桥梦在心里悄然滋长——在家门前的金沙江上建一座"赵州桥"那样的桥。那是一件多么美好的事情啊！

后来他又从书本上读到"南京长江大桥"，天堑变通途的梦想在他心里更加明亮和坚定起来。老师问同学们长大后的理想是什么？蒋开先不加思索地回答："在金沙江上修座大桥！"这话引起课堂上一片笑声。

"大家不要笑。现在做不到，将来能做到。"老师鼓励他，"等你上了大学，成为桥梁专家，就能建大桥。"

他的这个梦想一直在心中燃烧。1999 年，蒋开先参加高考。在填报大学的志愿书上，他毫不犹豫地选择了公路工程与管理专业。最终如愿以偿，他被录取了。这一年，他父亲蒋世学也把溜索桥建成了，成为当地的一个奇迹，可谓双喜临门，全家在村里顿显风光。

蒋开先上大学这天，蒋世学亲自操纵溜索送儿子过江。他高兴地对儿子说："别忘了当年给老子许的愿噶！回来给村上修座桥。"

大学毕业后的蒋开先，在巧家县交通局工作，并成长为一名路桥专家，终于兑现了学生时代的夙愿。为了能让巧家的公路穿越崇山峻岭，延伸到村村寨寨，圆巧家人世世代代关于"路"的梦想，多年来，他始终奋斗在架桥铺路的第一线。巧家 179 个行政村，蒋开先几乎全跑遍了。鹦哥村至大寨镇白鹤滩水电站公路，他参与了整个设计规划和申报工作，现已开工建设。

鹦哥村的跨江大桥正在紧张运作。

6. 江峡飞彩虹

2013 年 8 月 8 日，“溜索改桥”工程建设座谈会在北京召开，这标志着实施“溜索改桥”工程已提升到国家层面展开。会议决定于三年内对全国 290 对“溜索”全部实施“改桥”项目。其中云南有 139 对，鹦哥溜就是其中之一。

2015 年，金沙江“溜索改桥”项目受到党中央、国务院的高度重视，并写进国务院总理的《政府工作报告》中。报告要求全面完成西部边远地区“溜索改桥”目标任务。

2015 年 11 月，云南省启动了包括鹦哥溜在内的 181 座“溜索改桥”项目，并在 2018 年全部完工，彻底破解全省 10 多万山区群众出行靠溜索的难题。

“大江穿峡谷，山村悬崖边。出门荡溜索，悠悠到对岸。”当初，人们唱着这首歌谣的自豪感与浪漫情调，随着时代的步伐已被新的渴望与期待抛却身后了。

蒋开先拿着跨江大桥的效果图给父亲看：“老爸，你看像不像赵州桥？”

“嗯，好好。”父亲显得很兴奋。不知为什么，大桥就要动工了，当蒋开先回家再和父亲说起“溜索改桥”工程时，父亲并不开心，而是沉默不语。

后来蒋开先才意识到，“溜索改桥”工程竣工通车后，鹦哥溜面临退休，一种失落感在父亲心头开始弥漫。

从鹦哥溜往金沙江下游望去，在 400 米处有一座双车道跨江大桥正在紧张施工。鹦哥大桥是由四川布拖县和云南巧家县共同承担的一个工程项目。大桥采用四级公路，设计每小时的速度 20 千米标准；路基宽度 4.5 米，长度 385.2 米；路面结构类型为混凝土。前期工程的主拱圈像一个巨大的彩虹横跨金沙江川滇两岸，气势恢宏。

当初曾为过江心惊胆战的新嫁娘杨文敏和杨正惠这些日子回娘家时，总要站在江边凝望一会儿正在施工的跨江大桥。她们激动地说，大桥建成了，回娘家可以坐着车直接抵达了，再也不用提心吊胆乘溜了。掩不住的幸福感在她们脸上荡漾。

有了跨江大桥，两岸居民的共同梦想就要实现了。这些日子，村民们经常到江边看那一天天拱起的大桥。

其实，这座大桥承载的意义不止于此。这种改变将是颠覆性的——当地人的生存状态、发展理念和精神面貌，都将焕然一新。

鹦哥大桥只是巧家“溜索改桥”项目中的一个，让人欣慰的是，全县另外的7个“溜索改桥”项目已基本完成。这就意味着巧家群众抵达幸福彼岸的“最后一公里”全部打通。

脱贫攻坚的好消息一个接着一个。与此同步，巧家县还将修筑通往鹦哥村的沿江公路，彻底结束鹦哥村出行难的历史。

修公路的消息刚传到村里，人们就热血沸腾。开山铺路无疑要占用土地。对土里刨食的庄稼人来说，地是命根子。修路征地是农村工作最难办的事。

唐启禄曾为如何动员村民让出土地、支持修路而发愁，没想到，征地消息一公布，全村众口一词地表示：“修路占地，人人受益。我们不要赔偿。”为了表明大家的决心，村民们主动在一份协议上签名按手印。这件事让唐启禄很感动。他说：“别看我们这里闭塞，不富裕，但老百姓厚道，觉悟不低。”

说到群众的觉悟高，关心支持通路工程，巧家县交通局技术员张邦录感触更深。局里派他负责这条沿江公路工程。他说：“第一天刚开工，当地的一些群众就找来了。他们认为规划的路线不合理，提出改线。”

张邦录是一名“90后”，2015年由西南林业大学道路桥梁专业毕业后，考取了巧家县交通局公务员，并很快成长为一线技术骨干。他是青海互助土族自治县人，对巧家当地情况不熟悉。根据群众反映的情况，他发现这条线路要拆迁八九户人家的房屋，占用老百姓一百多亩耕地和花椒林，还要搬迁一百多座坟墓，成本高，损失大。当初规划，忽略了当地的实际情况。老百姓告诉他，上面有一条多年废弃的老路，可以改线上去沿着老路修。

常务副县长胡灵召集县交通局和镇、村干部现场办公，认为老百姓的建议有道理，当场决定，重新勘测，修改规划。把新的方案交给村民代表进行讨论，充分尊重群众的意见。

上是崖，下是崖，
中间凿出玉带来……

伴随着鹦哥村的这首儿歌，一条标准的乡村公路全线贯通，在悬崖峭壁间延伸到村村寨寨，并与鹦哥跨江大桥直接相连。从鹦哥村到县城只需一个半小时。这是巧家县的最后一条乡村公路，标志着巧家县硬化公路“村村通”工程全面完成。

胡灵认为，这几年变化最大的就是交通。他说：“到 2018 年底，‘脱贫攻坚、交通先行’的第一个目标基本实现了。”

至鹦哥有了柏油公路，又有了跨江大桥。沿着这头可以奔向云岭高原，跨过那头可以走进“天府之国”。对于两岸居民来说，赢得的不仅是地理空间的扩展，更是精神视野的拓展。

“我们终于等到这一天啦！”鹦哥村的村民们雄心勃勃，正在规划着各自的未来。他们不少人家计划种植经济附加值更高的小米蕉、杧果等水果。“过去是隔山跨江运不出去。以后有桥有路有高速，我们发展产业有门路了，更方便、更快捷了。”唐启禄望着江对岸欣慰地说。

鹦哥大桥开工以来，施工队伍一直马不停蹄地赶进度。但是，由于项目受地形地貌及河谷季风影响极大，加之其施工技术的复杂及自身构造的特点，施工存在极高的安全风险。“不管有多大困难，我们都会全力以赴地完成好鹦哥大桥的建设，保证按时通车！”施工负责人郑俊峰胸有成竹。

这座大桥承载着的，远远不止一个村民的致富梦想。大桥一旦建成通车，将彻底改变滇川两省金沙江两岸 8 万多名居民的出行方式，不仅可提升交通安全，也将大大增强两岸通行能力、各种物资运输保障能力以及抗灾减灾能力，对促进巧家县与四川凉山州的经济文化交流将发挥积极作用。

而宜宾至攀枝花高速公路即将开建，宜攀高速将途经凉山州的宁南、金阳、布拖等地。鹦哥大桥还将与宜攀高速互通连接。

“路通村寨产业兴，桥连两岸福气旺。”今后两岸来往，开车分分钟就到。乡亲们在数着日子期待大桥通车。

“当年架设溜索，加上维修改造，前前后后花了12万元。”一天天守望了18年鹦哥溜的“溜主”蒋世学，坐在石屋旁，看着即将竣工的跨江大桥喃喃自语，回味着往昔的沧桑岁月。

蒋世学为之付出无数心血的“空中渡口”将完成它的历史使命，他的“溜索人生”也将画上句号。他有些恋恋不舍，心情难言。

18年来，有多少人乘坐溜索在金沙江上往返，他记不得了。老人家眼含热泪，又语气沉甸甸地说：“桥修好了，交通更方便了。通车的时候，我也要坐上汽车从桥上过江，到外面去走一走，看一看。”

前些日子，有10多位喜欢玩心跳的年轻人组队来这里体验鹦哥溜的惊险，还在他家里吃了顿饭，这给了蒋世学启发。他想，即使村里没有人乘坐了，也可将溜索保留下来，作为旅游观光之用。

不光蒋世学，这些年来，周边的村民对鹦哥溜也有了难以割舍的感情。唐启禄是见过世面的村支书。他自信地说，他们并不会抛弃鹦哥溜。

唐启禄和建造鹦哥溜的几户村民商量过几次。“溜索改桥”之后，鹦哥村会成为当地的一个旅游景点而持续被外界关注。他们会对鹦哥溜的安全性定期检测维护，保证正常运行。金沙江两岸风景很好，小桥、流水，鸡鸣、狗吠，这里就是一片很美的农家田园风光。

他们满怀憧憬地说，将溜索作为当地的一个景点，与白鹤滩水电站等一些沿江的风光进行组合开发，完全可以打造成金沙江经典旅游风景。

鹦哥溜是金沙江畔一代人艰苦奋斗、顽强拼搏的历史见证，也是一种精神的载体。唐启禄还说，他们要竖个碑，刻上碑文，向游客讲好鹦哥溜的故事；也许还可以打造成金沙江的影视拍摄基地，让鹦哥溜成为一个时代的永恒标志。

鹦哥人变得眼高心大了。唐启禄还说：“村里准备与旅游公司合作，通过包装和开发，发展金沙江峡谷文化旅游，作为一个新的收入门路。”

唐启禄在脑海里勾勒着鹦哥村的发展蓝图，阳光打在他黝黑的脸上，神采奕奕。

如今，巧家鹦哥溜渐成为旅游的景点，不断升温。

更令人振奋的是，自 2017 年 5 月，昭通市总投资 6.8 亿元，分布于 9 个县边远贫困山区的 44 个“溜索改桥”项目已全部开工建设，并在 2018 年全部建成通车。

一座座“永久大桥”横跨两岸，将原本是两个世界的居民联系在一起。当地群众再也不用冒着“惊心动魄”的风险过江了。古来的忧愁将化为今天的幸福。

清朝钦差大臣缪弘当年留在江边石碑上的那首诗，后两句是否可以改为“如今两岸飞彩虹，车水龙马往来游”了呢?

离开鹦哥溜时，感慨颇多，抚摸着坚硬、滑溜的钢索，仿佛与一位江峡好汉握手作别。

这些具有历史意义的“空中渡口”，即将成为一个时代、一段历史的遗存；这些曾经发挥过巨大交通作用的溜索，承载的将不再是人和货物，而是一种感怀，一种记忆，一种永远辐射着温暖的精神亮光。

7. 对接高速时代

昭通市位于云南省东北部，处于云贵川三省接合部，是昆明、成都、贵阳、重庆四大中心城市辐射的交汇地带。

昭通历史悠久。据《昭通志稿》记载，昭通自秦开“五尺道”、汉筑“南夷道”，被誉为“咽喉西蜀、锁钥南滇”，素有“云南北大门”之称。苗、彝、回等 23 个少数民族在这片乌蒙江峡繁衍生息，拥有丰富多彩的人文特色。他们守望相助，开拓了中原文化传入云南的重要通道。昭通是早期云南文化的三大发祥地之一，也是古代“南方丝绸之路”上的商业重镇。

1935年2月，中国工农红军长征途经这里。中共中央在威信召开了具有重大历史意义的“扎西会议”，为中国革命开启了新的篇章。这是一片浸润着长征精神的红土地。

具有丰厚人文历史和红色基因的昭通市，曾因交通发达而有过商贾云集的繁华。然而，随着历史的变迁，却又陷入“交通发展遇瓶颈”的尴尬境地。其独特丰富的物产资源被埋于沃土，俊秀雄奇的自然风光也被藏于深闺……

2018年3月11日下午，十三届全国人大一次会议举行“代表通道”采访活动。全国人大代表、昭通市委副书记、市长郭大进就从衣兜里掏出一个苹果，向媒体大加推介，为昭通的“金苹果”、天麻、花椒等高原特产做宣传。他的创意之举成为“两会”佳话。

昭通人懂得，打开销路，必须打通出路。交通兴，则昭通兴！

昭通市在云南省的州、市中，贫困县最多、贫困人口最多，是扶贫攻坚的主战场。昭通，必须“通”。

通，则变！通，则富！通，则强！

昭通市委、市政府高瞻远瞩，审时度势，找准制约昭通经济发展的“命脉”，提出并强势推进“交通先行”发展战略。于是，一场关于“交通先行”的大决战，在乌蒙大地上打响。

2016年，昭通市的“五网”建设，即交通、航空、水利、能源和互联网，得到有力的回应，实现了“十三五”良好开局。其中，交通网建设成就斐然。昭通人锐气大增：决心在2020年脱贫收官之际，一定拿下县县通高速的攻坚目标，形成昭鲁彝大“1小时交通圈”、市内“2小时交通圈”、周边“4小时交通圈”的昭通交通大格局。

对于“穷乡僻壤”的巧家来说，交通是“软肋”。如今，巧家终于迎来了破解困局的新时代。

巧家人毫不示弱，在国家扶贫政策的大力扶持下，巧家的交通立马乘上昭通市的“快车”，提出了“交通立县”的发展思路，结合县域交通发展实际和精准扶贫三年脱贫目标，确定了构建“3小时交通圈”的发展蓝图。

几年来，巧家顺势而为，大步快上，建成了“三纵三横”公路网，基本形成县内通达、互联互通、方便快捷、出境通畅的交通网络。一条条乡间水泥公路或穿越隧道，或飞架云间，或在山梁上下缠缠绕绕，像一条条银丝带飘舞在乌蒙山川。

2019年新年刚过，巧家县发布了一份成绩单：2015年以来，巧家县交通建设累计投入资金30多亿元，实现了乡乡通柏油路、村村通硬化路、组组有户间道的“畅行图”。乡镇油路通畅率全部达到100%，行政村道路硬化率达到100%，客运覆盖率100%，乡村公路危险路段全部建有安全防护工程。同时，完成了6座“溜索改桥”项目。“两座山头声相闻，见面相逢走三天”的困境，彻底成为历史。

“这是巧家脱贫攻坚的得意之笔之一。”县长陆颖欣慰地说，“这些看得见、摸得着的成就，让磅礴乌蒙之路不再难行。”

“扶贫攻坚，交通优先。”巧家县将站在高起点，瞄准大目标，按下“快进键”、跑出“加速度”，实现新跨越，再创新辉煌！这一连串的激情字眼是巧家人与未来的签约。

此时，昆巧高速建设如火如荼、鏖战正酣。途经巧家蒙姑、金塘、白鹤滩三镇的施工线路一发布，沿线群众热情高涨。需要征用的土地、拆迁的房屋和搬迁的坟墓很快落实到户，村民们纷纷行动。高速施工一溜绿灯。

“做梦都在盼噶喔！”金塘镇的杨老汉正在拾掇新房子准备搬家，他指着坡下的一处旧院落说，“高速从我家那里过。上高速，嗖嗖一溜风就到了昆明，那是啥子噶感觉么。爽得很！”说完，脸上漾出一团浪花。

“格巧高速公路是昆巧高速的重要标段，计划在2019年年底通车。”在格巧高速建设指挥部，党总支书记朱金亮指着墙上的一张施工图介绍说，“巧家山高谷深，不仅施工难度大，而且成本远远高于平原地带和一般山区。格巧高速公路桥隧率很高，达70%。我们的修路技术在世界上都是先进的，按时通车一点都没问题。”

格巧高速开通后，巧家到昆明的路程由现在5个多小时缩短至3个多小时，路途不再漫长。而且，从巧家葫芦口跨过金沙江大桥与四川的攀宜高速对接，构成滇川之间的一条重要通道。巧家到成都也是一路高歌。

全长 746 米的葫芦口跨江大桥，已凌空飞架，提前做好了滇川两省高速对接的准备。

“昆巧高速通车后，成为巧家交通运输的大动脉。巧家将跨入高速时代。”谈到高速，陆颖兴奋起来。他幽默了一把：“用老百姓的话说，巧家‘十八’怪又多了‘一怪’：同跨两省很自在！”

令人兴奋的好消息接踵而至。贵州都匀至香格里拉的“都香高速”建设即将启动。都香高速是国家公路网中规划的重要线路，是实现滇、川、黔三省互联互通的交通大动脉。

这条高速公路将从巧家最偏远的红山乡穿过，势必带动巧家境内沿线经济发展。

巧家跨入交通高速时代，也是巧家全面奔小康的“高速时代”。

从一条条“溜索”到一座座跨江大桥，从无路可走到一条条宽阔的柏油公路、高速公路，是巧家人命运变迁的一条条轨迹，也是巧家人绘就在江河山川上的一幅精神图谱。

第二章

水意乌蒙

这无法游泳的海

只能以驼铃解渴

每一粒沙都是渴死的水……

10 多年前，当地一位诗人曾以这样的诗句悲情描述乌蒙山区缺水的贫困景象。

而今天，诗人可尽情抒怀，重赋生机盎然的乌蒙新篇了！

1. 大龙潭的传说

巧家县历史悠久，古称堂琅，建置于西汉建元六年（前 135 年）。民国二年（1913 年）置巧家县，初设县公署，隶属云南省。

1950 年 4 月，中国人民解放军进驻巧家，巧家县人民政府正式成立，隶属云南省昭通市。

巧家人因水而居，因泉而生。富有活力的生命离不开水的滋养。老百姓也会把幸福的生活说成“日子过得很滋润”。

这里土地肥沃，水源丰沛，粮产丰富。在巧家历史上，县城一带号称“米粮坝”，曾因古树老城、花草奇异、众泉奔涌而被称为“水镇坊乡”。

据民国九年（1920 年）编纂的《云南省巧家县调查地志资料》记载：这里的原住民是彝族。“巧家”二字，系初开辟时一夷人之名。附城一带，系渠领有。此士身殁后，人即以此二字名其领土。设县治时，即以此命名。

坊间相传，很久以前，这里有九眼深潭，常年泉水喷涌。每个潭里住着一条龙，被称为九龙潭。后来一户姓巧的人家在此落居，繁衍生息。虽说巧老汉生有九子，人丁兴旺，但生活并不平静。因为九龙潭的九条龙喜怒无常，可随时呼风唤雨，常常造成旱涝之灾，甚至金沙阻断，江水漫淹，给巧老汉一家的生存带来危害。为此，巧老汉一家忧心忡忡。

巧老汉去世时，一位仙风道骨的法师路过巧家门前，口中念念有词。巧老汉病危之际有过交代，死后若有法师路过此地，请其做法事。巧家儿子们遂请法师为其父亲超度亡灵。法师要他们在父亲死后第七天安葬，并把遗体洗净擦干，一丝不挂地沉入九龙潭中间的深潭之中。九龙潭将会风平浪静，并连成一片水域，保佑巧家享有千亩水田，世代富庶平安。巧家儿子们为表感激之情，当即承诺，此事若成，定当对法师报答终生。

七天之后，巧家儿子们按照法师的嘱咐安葬父亲。但是，他们却没把父亲身上的遮羞布拿掉。巧家儿子们回来向法师拜谢时，法师却说不用了，要他们把父亲的遗体找回来安葬。巧家儿子不解其故。法师说："你们没按我交代的去办，把不洁之物带进了龙潭。"说罢，法师飘然而去。随后，天空电闪雷鸣，山崖崩塌，将龙潭纷纷掩埋。

从此，这里的山川河谷越来越干旱，水也越来越珍贵，唯有仅存的大龙潭潺潺流淌了千年。

这个流传于民间的桥段无从考证，只是传说。"山崖崩塌"似有其事。至今在巧家上游的大沙坝还能看出半壁山崖倒向四川一边留下的痕迹。这边巧家流传的说法是"石龙过江"，那边四川人则称为"飞来石"。由此形成的堰塞湖依稀可见，至于发生在哪朝哪代无人知晓。大龙潭却是巧家人记忆中的生命之源。

如今，县城的龙潭公园有一方神韵别致的古泉，就是传说中的"大龙潭"。大龙潭成为巧家人最珍贵的饮水源。人们像爱护自己的眼睛一样爱护大龙潭，永远保持它的清洁靓美。

"大龙潭"虽非瑶池仙境，却有着瑶池般的梦幻与神秘。据巧家史料记载：早年，有一儒生云游名川大山。行至巧家，观赏龙潭奇景，灵机一动，随口吟道："古树横潭，鱼在枝头鸟在浪。"上联既出，却苦思不得下联。直到20世纪90年代，一位大理的杨先生来到巧家龙潭公园，观景生情，对出下联："滚龙抱柱，云藏龙尾水藏天。"对仗工整，意趣盎然，至今传为佳话。

大龙潭面积一百五十多平方米，日出水量达到万余吨。千百年来，她用甘甜清冽的泉水养育着巧家儿女。

后来，大龙潭渐渐进入"滴水贵如油"的窘境。由于人口的不断增长，耗水量越来越大，大龙潭的泉水不仅满足不了生产用水，就连县城居民的饮水也难以保障。随着城市的扩容和经济社会的快速发展，巧家县的用水量日益加大。巧家面临着缺水的困扰，甚至发生过抢水斗殴的事件。

在巧家源远流长的历史文化沉淀中，老百姓供奉的中堂是：天地君亲师。可见巧家人的心目中，天是第一位的。但是，老天并没有眷顾巧家人的渴望。

巧家缺水！

不仅县城缺水，巧家沿江一带也因旱灾频繁，贴上了“十年九年旱，无灾不成年”的标签。

水，是生命鲜活的理由。守着金沙江和牛栏江没水喝，在一般人看来，这是个怪异的现象。事实确实如此。

虽然“两江”长年波涛滚滚，但“两江”河谷属于火山岩堆积而成，石漠化严重，难以涵养水分，而两岸山高壁陡，水分蒸发过高，导致高温干旱，严重缺水。

巧家人试图采用“江中吸水”的方案解决用水问题。但是，成本惊人，无法持续。“江中吸水”方案被迫放弃了。

巧家人说，巧家的历史也是一部关于水的历史。

2. 水从哪里来?

水，是生命的源泉，是“农业的命脉”，也是城市发展的血脉。

水从哪里来?

20 世纪 70 年代，巧家人把解决吃水难的问题列入头号工程。为解吃水之困，巧家人不得不翻山越岭，在焦枯的山峡中寻找水源。巧家人为水付出了艰辛和巨大的代价。

水从山上来——

巧家人终于在大药山的荞麦地发现一处水源。这一发现给巧家人带来惊喜。经过勘测论证，决定把水源引入巧家县城，并于 1974 年开工建设。这就是巧家的“引荞工程”。

从海拔几千米的山巅穿越一道道高山峡谷，把水引到百公里外的县城，并不是一件简单的事。要在陡峭的悬崖上开山修渠，从峡谷上架桥输水，还要穿山打洞修隧溪，谈何容易！

现实比神话传说更震撼！据年过八旬的巧家“老水利”甘俊鸾回忆，“引荞工程”战役打响后，巧家组成了几百人的施工队伍，自备干粮，扛着开山打石的工具，背诵着毛主席的《愚公移山》，唱着“下定决心、不怕牺牲”的语录歌，翻山越岭，浩浩荡荡地登上了荞麦地，掀起了一场引水入城的大会战。

为了在峭壁上开出一条引水渠，民工们徒步爬到山顶，把绳子一端拴在大树上，另一端绑在腰间，然后贴着崖壁滑到半空，开始一点点地凿、挖、爆破。

“引荞工程”最惊险的施工段是伍家沟大桥——“倒虹吸”。

啥是“倒虹吸”？

伍家沟是一道深切割的大山谷，两边是陡坡，中间是深涧。荞麦地的水通过这里，要顺着峡谷两侧凿开一条沟，把输水管道凹在里面；沟底还必须架一座悬空的涵洞桥，利用两边的高度差，把一边的水引到另一边，就像倒过来的彩虹一样。巧家人叫“倒虹吸”。

峡谷又陡又深，施工人员吊在悬崖间，那场面惊心动魄。由于受人力财力影响和技术有限，五家沟大桥施工中桥墩发生断裂，眼看就要竣工的“倒虹吸”突然一声轰然巨响，从 93 米高空坍塌下来。一场悲剧发生了，13 名施工人员当场遇难。

面对这场意外灾难，巧家儿女并没有心灰意冷，更没有退缩。他们安葬了亲人，抹掉眼泪，带着工具又上山了。

两年之后，“倒虹吸”终于像一道彩虹凌驾于五家沟峡谷之上，为引荞工程架设了一条“通天水渠”。

巧家人又以超人的毅力经过几年的艰苦奋战，打通了 16.2 千米的杨家湾隧洞，为“引荞工程”开创了胜局。

伍家沟“倒虹吸”和杨家湾隧洞属于巧家“引荞工程”中的超级工程，也是巧家的精神地标。

历过 16 年的艰苦奋斗，巧家人又在悬崖峭壁上凿出 67.5 千米的主水渠。终于全部完成“引荞工程”。

在“引荞工程”中，巧家儿女付出了 26 个生命，伤残 35 人，代价巨大。至今被人们称为巧家的“红旗渠”。

高山无言，已把这些记忆深深地铭刻在大山上。巧家儿女的“引荞精神”，依然熠熠生辉，照耀着这片江峡热土。“引荞工程”至今仍然发挥着巨大作用。

3. 水窖之父——孙廷文

水，不仅从山上来，也从天上来。

就在巧家人拼搏“引荞工程”的时候，一位名叫孙廷文的匠人，在悄悄地研制另一种破解吃水难的方案——建造“水窖”。

孙廷文是巧家县的一位“奇人”，也是中国水利史上的骄傲。他为世界性的缺水问题提供了中国解决方案。

他的伟大创举闪烁着巧家儿女的智慧之光，至今仍是国内外许多干旱地区解决缺水问题的有效之策。

1934 年，孙廷文出生于金塘镇大洼村孙家梁子。虽然他没上过学，却聪明能干。他擅长石匠、木匠、铁匠等多种生产技能，是当地有名的能工巧匠。他心地善良，乐于助人，为人厚道，人缘很好，德高望重。在金塘镇大洼村一带，被人们称为“匠人”。

每逢大旱之年，大洼村 300 多户人家要到 10 里外的金沙江背水度日。天不亮出发，下午才能回来。村里传唱着一首歌谣：

人畜无水愁断肠，
肥田沃土不出粮；

春来疲于寻水喝，
冬来苦于无吃粮；
为求一瓢清泉水，
携儿带女跑他乡。

1974年又逢大旱。已是不惑之年的孙廷文，每天要到金沙江取水。面对生存的艰辛，他常常仰望天空，俯瞰山川，在困顿中冥思苦想。

这年冬季，蒙姑镇大沟口修建电站，孙廷文和侄子孙荣贵被摊派去做义务工。施工中他看到拱形桥门的石头缝是用水泥黏合建造的，没有水泥也可用黄泥、石灰和糯米汤搅拌在一起，做成三合土替代。工程技术人员说，这种三合土具有很强的黏合力。秦始皇时代修建长城就是用的这种三合土。

说者无心，听者有意。孙廷文灵机一动，在有埂的地方挖个“塘塘”，做个拱顶，用三合土做防渗处理，把雨水积存起来，不就可以有水喝了吗？

一个建造“水窖”的美好梦想在他聪慧的脑海里渐渐浮现出来。

孙廷文从亲友那里借贷了几十元钱在廖家沟石灰厂购买了一吨石灰。他白天参加生产队里的劳动，天一黑就带着两个儿子和侄子孙荣贵四人一起向40里外的廖家沟进发，奔波其间挑运石灰。不到一个月，他们就把一吨石灰背回家中。

孙廷文用石灰、白泥和羊毛草掺和在一起，制作好三合土。然后，一坨一坨把三合土抹在挖开的水窖的拱顶上、墙壁上，再用一根草绳绑成草锤慢慢敲打砸实。这种三合土的韧性特别好，不仅防止渗漏，还有消毒的作用。雨天水流进了洞里，既密封又干净。

经过两年的辛勤付出，“塘塘”终于可以储水了。孙廷文并不敢声张，怕惹来麻烦。那个年代不允许个人干“私活”。

俗语说，没有不透风的墙。孙廷文建水窖的事还是传开了。周围的邻居纷纷向他讨水吃，并请他帮着建水窖。村里人叫它“水缸子”。

听说孙廷文搞“私人工程”，大队干部带着一帮人来到他家，准备组织群众批斗他。一看这个“水缸子”有水，他们迫不及待地舀起一碗喝下，顿感清澈爽口，咂咂嘴又捋一把说：“好啊！你个老孙。草帽烂边边——顶好嘛！”

来人忘记了批斗的事，都围上来喝水，直夸："这个塘塘可以啊！是个好东西。"

乡党委书记郭正坤看了水窖称赞说："一塘水一亩粮，一块烟草换米粮。这确实是个好东西啊！不仅能吃水，还可浇地。我们要发展这个东西。"

这一发明受到当地政府的重视，并得到推广。昭通地区水利专家把水拿去检测，完全符合饮用标准，认为这是解决当地缺水的好办法。

一位昭通地委领导翻山越岭爬到大洼村孙家梁子这"离天最近"的地方，喝了一口水窖的水，赋打油诗一首："地窖塘，一库水来一库粮；育烟塘，换米粮；一块坡地全家养。"

不久，云南省在巧家县金塘镇大洼村召开了水窖建设现场会。从此，孙廷文发明的小水窖如雨后春笋在云南及周边地区蔓延开来。

20 世纪 80 年代，中国改革开放大力发展经济。巧家水窖的成功推广，在解决农村水资源紧缺、保障群众生产生活中发挥了巨大作用。

1985 年 9 月，在全国人畜饮水工作会议上，推广了巧家县"小水窖"的经验。"小水窖"走向全国。孙廷文修建的那口小水窖被称为"中国第一窖"。孙廷文被喻为"水窖之父"，巧家县也被喻为"水窖之乡"。

20 世纪末，云南省发展水窖 45 万个，成为山区农民脱贫和改善生存条件的基础设施。

随着全球人口增多，环境恶化，气候变暖，水资源紧缺成了世界性的问题。尤其在世界干旱地区，水资源成了当地的"命脉"。

进入新世纪以来，中国反贫困成果令世界瞩目。中国在取得重大成就的同时，也对国际上的反贫困给予大力支持。其中，在援助非洲中共修建了 4000 多座水窖，小小水窖在世界反贫中大显身手。

孙廷文的孙子孙华坤介绍说："近 10 年来，云南出现大旱的年份比较频繁，小水窖在缺水地区的抗旱中发挥了不小的作用。巧家县的小水窖在昭通市是最多的，全县发展到 5 万多个，蓄水近 200 万方米。如果没有这些小水窖，遭遇旱情，损失不堪设想。"

孙廷文发明的小水窖改善了缺水地区的生产和生活条件，也成为贫困山区脱贫致富的有效途径。

孙华坤的哥哥孙华翔指着门前的菜地说："有了小水窖，浇地也不用愁。我家的几亩菜地和10多亩烟草地都变成旱涝保收的水浇地了。以前想都不敢想。"

遗憾的是，2008年春节后的一天，年逾古稀的"水窖之父"孙廷文走进自己建造的另一座"水窖"里，默默地走了，永远地走了。

孙庭文为人类留下了一座"水窖"，创造了一个奇迹。为了纪念他，当地政府在他建造的第一座水窖前，立了一块碑，虽已斑驳陆离，仍然可以清晰地看到上面赫然的文字：中国第一窖。

碑上显示：此窖由巧家县金塘镇大洼村村民孙廷文于1974年动工，1976年完工，蓄水68方。经有关水利专家实地考证，认定为中国第一个水窖。

4."总理工程"

2008年春天，巧家被称为"总理工程"的炉房水库全面供水。清凌凌的水奔流不息，流到了大洼村，也流到了"水窖之父"孙廷文的门前。人们终于盼到了清泉潺潺流的美好愿景。

"总理工程"从何而来？

进入20世纪90年代，随着人口的增加和农产业的发展，巧家最干旱的南部山区缺水的问题越来越突出，孙廷文发明的小"水窖"就显得力不从心了。

据长江流域规划办的调查史料记载，在巧家县28个旱片中，金塘乡一片最为严重。巧家南部的以礼河区域呈现高峡深谷大切割地貌，水蒸发量超大，降雨量又太少。位于这一区域的蒙姑镇和金塘镇，年降水量只有500毫米，但蒸发量却在1000毫米以上，整个地表处于焦枯状态。

巧家流行一种说法："全国都下雨，云南不下；云南下雨，昭通不下；昭通下雨，巧家不下；巧家下雨，金塘、蒙姑不下；一旦金塘、蒙姑下雨，所有的旱情都解决了。”

显然，巧家南部的金塘、蒙姑一带是干旱的重灾区。天不下雨，小小水窖只能干着急。巧家人决定在高海拔的南部山区建设集水水库，从根本上解决旱区的用水问题。

“老水利”甘俊鸾回忆说：“当时我是勘探队长。我们进行了初步勘探，确定依托以礼河、莫落沟修建炉房水库。但工程大，投入大，苦于资金不足，也不知道这个水库什么时候能动工。”

机会总是青睐有准备的人，巧家人已经做好了修建炉房水库的准备。“巧”就巧在巧家人做完了炉房水库的可行性报告，正苦于没有资金时，机遇眷顾了巧家人。

20 世纪 90 年代，我国大力推进扶贫开发。1994 年，党中央、国务院决定实施《国家八七扶贫攻坚计划（1994—2000 年）》。这是我国历史上第一个有明确目标、明确对象、明确措施和明确期限的扶贫开发行动纲领。我国的扶贫攻坚工作向纵深挺进。

1995 年 10 月，时任国务院总理朱镕基同志到昭通调研，了解扶贫工作和经济发展情况。总理得知昭通严重干旱缺水，当场拍板，巧家炉房水库上马，中央财政大力支持。

炉房水库位于巧家县炉房乡境内，坐落在金沙江二级支流炉房河与鲁德河交汇处，是一座以农业灌溉为主，兼顾人畜饮水、发电等综合利用的中型扶贫水利工程。

2008 年 5 月，炉房水库向灌区全面供水。蒙姑、金塘、炉房三个乡数万百姓，终于圆了一个波光粼粼的世纪梦。

“青岗坝，两头洼；雷在中间打，雨在两边下。”当年流传的这句顺口溜道出了青岗坝的百姓面对干旱缺雨的无奈。

如今，青岗坝的顺口溜有了新版本：“青岗坝两头洼，天不下雨也不怕；一溪清水门前流，吃水浇地不用愁。”

巧家人说，炉房水库从 1997 年开始施工到 2010 年竣工验收，是巧家水利从小水窖走向大水库的变迁……

2009年5月，巧家人在炉房水库岸边修了一座纪念碑，上面镌刻着这样的碑文：

炉房水库是1995年朱镕基总理视察昭通时确定兴建的昭通三件重点扶贫水利工程之一，它可解决炉房、蒙姑、金塘三乡12个村3.71万亩耕地灌溉和2.2万人的饮水困难。灌区分布在十年九旱、人民望水愁肠寸断的以礼河和金沙江干热河谷地区，是国家特困县中的特困乡村。

……

炉房水库的建设，结束了灌区十年九旱的历史，促进了灌区经济社会的飞速发展。同时炉房水库工程还以优良的工程质量得到了省市部门的充分肯定，为巧家水利的发展赢得了许多难得的机遇，成为水利发展史上的一座丰碑。

炉房水库的建设，凝结着党中央、国务院对贫困山区人民的一片厚爱，被巧家人称为“总理工程”“民心工程”“扶贫工程”。

5. 上阵“父子兵”

说起巧家的水利，人们不会忘记水利战线“父子兵”——父亲何恩胜，儿子何其平。

他们父子二人都是巧家水利工作的技术专家，他们从走上水利工作岗位那一刻，勤勤恳恳尽忠于水利事业，先后因公牺牲。他们父子用最美好的青春年华和生命演奏了一曲最动听的“高山流水”。

“几十年弹指而过，但每每想起父亲和哥哥，仿佛就在昨天。”何其洪谈起他的父亲和哥哥，眼睛湿润了。

1987 年，巧家人把长海水库作为中型重点骨干水利工程，开始筹建施工，1992 年完工。由于长海水库属于边设计、边施工、边修改的“三边”工程，受资金、技术的影响，施工中出现了塌方。巧家人又在长海水库打响了一场排险的攻坚战。

1997 年，国家又下拨经费，解决长海水库渗水的险情问题。已经从领导岗位上退下来了的何恩胜，再次带领工程技术人员和施工队伍来到长海水库，继续负责组织工程技术人员进行加固堤坝，排除漏水险情。

“临近春节，工地放假，父亲让职工和施工人员都回家过年，他一个人坚持留下来看守工地，住在荒山野外一间很小的房子里。天寒地冻，工房里烧煤球取暖。父亲意外发生了煤气中毒事故，最终也没有抢救过来。”

何其洪深情地回忆说：“在我的印象中，他回来的时候，冬天戴着帽子，穿着涤卡布的蓝色中山装，脚上是一双解放鞋，也有我母亲做的布鞋，拎着一个帆布公文包或者其他什么。有时候我和哥哥见他的公文包很神秘，总是好奇地翻开看看。发现里面有笔记本，制图的量角器、圆规、尺子等计算工具和罗盘、海拔表等一些仪器。他回来从不闲着，白天帮着家里干活，有时候晚上还要点着煤油灯继续工作。

“直到 1987 年，我们才随母亲从老家搬到了县城，结束了和父亲长期分居的家庭生活。生活在一起我们才知道，盼望全家团聚的日子只不过是一个梦想。父亲长年泡在水电、水库建设工地上，特别是他负责长海水库施工的那些年，那个地方是巧家最艰苦、最贫穷的地方，离县城又远，他很少回来，一家人仍是聚少离多。

“1992 年，我毕业后分配到县政府部门工作。随着年龄的增长，才逐渐了解父亲从事水利工作的艰辛和价值意义。

“本来，父亲在 55 岁的时候可以退下来休息，他却放弃了，选择到水利一线继续工作。1997 年，长海水库发生了大坝渗水险情，他主动要求组织工程技术人员上去排险，县领导同意了，说这个工程干下来你一定好好休息。

“长海水库工地海拔 2600 多米，山高缺氧，冬季寒冷。在那里一干几年，很辛苦，很遭罪。家里人都劝他别去了，辛苦、操劳了一辈子，在家好好休息吧。大哥、二哥都有小孩了，劝他在家带小孙子，颐享天伦之乐。他说不行，长海水库建设还没有完成，他预计还需要两三年，等把长海水库完成了再考虑退休的事。他执意要去。

“想不到，父亲一去再也没有回来……”

何恩胜去世以后，县里为他举行了隆重的追悼会。人们在挽联上写着：

锲而不舍追寻生命之源　呕心沥血尽忠水利事业

何其平继承父亲的事业，沿着他的足迹继续奋斗在水利战线上，同样把生命献给了巧家的水利事业。

何其平出生于1967年。正是在父亲的影响下，1985年他报考了云南省水利水电学校，1987年毕业以后，分配到巧家县水务局工作。后来一直任水勘队副队长，并很快成长为一位出色的水利工程师。

父子两代人，就是怀着对水利事业的无比执着与热爱，为巧家的水利事业，为改变巧家贫困落后的山区面貌奉献到生命的最后一息。

2015年，是巧家干部职工最为忙碌和劳累的一年。“8·03”地震后，大量水利工程需要恢复供水，包括加快推进小海子水库项目建设，有很多水利项目需要申报。何其平经常睡在办公室里，加班加点，他办公室的灯常常亮到深夜。

12月2日晚上，何其平用家里电脑给市水利部门联系，一直加班传送数据资料。他准备第二天去昭通报送相关的材料。夜里9点多钟，他突然感到一阵胸闷，心脏不适。此时，凶狠的病魔已经向他逼近。到了半夜1点左右，何其平又感到呼吸困难。妻子搀扶着他去医院，在医院门前突然倒在地上。虽经医院全力抢救，也没醒来。

何其平在巧家水利战线上奋斗了28年，把人生最美好的年华奉献给了水利事业。

巧家人为“水”，付出了一代代人的青春，也付出了生命代价。所有这些都是为了换来一个最美的结局——一个不再焦渴的巧家，一个有水滋养的生命世界。

6. 拿下小海子

在巧家脱贫攻坚战中，水利攻坚是决胜之战。工程量最大的终极决战是小海子水库。

巧家人在水利攻坚战中能否跑赢，关键在于小海子战役能否如期取胜。所以，小海子水库工程事关决胜之局。

“今年目标 5000 万元，至今只投了 3880 万元。到年底还有 40 多天，照这个进度，咋个完成？！”杨永玲边说边扫视着会场，“还有，移民工作没有到位，发生阻工现象。”她的开场白一改往日轻松的口气，一下子严肃起来。往日清秀的面容也挂满了冷峻。

2016 年 11 月 17 日，在一座临时搭建的简易房里，巧家县小海子水库工程建设推进会正在进行。说是推进会，不过是官方的含蓄表达。谁都知道，这是一次督导会、督战会。

从门里向外望去，是小海子繁忙的施工工地。修筑大坝的挖掘机、自卸装载车等各种工程车辆往来穿梭，到处是机器的轰鸣声。

“小海子”确实不大，它的面积相当于天安门广场的一半；但它又真的不小，在巧家县它是最大的水库。

巧家还有几个称得上“海”的水库：位于巧家中部山区老店镇的大海水库，北部药山镇半箐山峰上的长海水库。其实，它们都是高山峡坡里的一片水洼子。巧家县域历来干旱缺水，老祖们把水洼子称作“海子”，足见巧家人对水的向往和崇拜了。

巧家人崇拜水，是因为水是生命之源；巧家人崇拜水，是因为巧家缺水。巧家人认定，要想拔掉穷根根，就得找水、引水。

巧家人找水找了半个世纪。这回，找到了小海子。在小海子打坝蓄水，把水引到巧家最干旱的南部山区。

小海子水库总指挥、副县长杨永玲对小海子了如指掌。她说，小海子水库是巧家县规模最大的水利工程。工程完成后，可以灌溉 5.6 万亩干旱的土地，有效缓解巧家南部山区干旱缺水的现状。

小海子水库的建设对巧家脱贫举足轻重，县委、县政府将其列为水利建设的“一号工程”。

尤其马树镇一部分库区村民的搬迁安置成为工程推进的焦点和难点，而分管移民搬迁的副镇长洪开聪为安置移民的事，大伤脑筋。

见到洪开聪时，他刚给草皮地的十几户移民发展养殖业跑贷款回来。他苦笑着说：“这段时间，搬迁的群众有点不随心，就到工地上说事。我是跑断了腿、说破了嘴。打仗攻山头也没这么费劲。”

洪开聪是马树村人，1987 年入伍就到牢山前线驻防，在部队立功、入党。退伍后第三年当选村支书，2010 年考选为副镇长，分管库区移民工作。他说：“高度紧张，相当于又上了前线，我们天天打‘水仗’。”

“这几年，我和洪副镇长一起摆平了不少移民搬迁的麻烦事。”小海子工程管理局总工周绍兴在一旁笑着说，“群众脱了贫，干部脱层皮，我们已经脱了好几层皮了。”

洪开聪又开心地说，他今天运气很好，为十几位移民发展生产办的贴息贷款批下来了。移民很高兴，他终于了了一个心愿。他说，这块工作，可以向杨永玲副县长交差了。

多年来，巧家县历届县委、县政府坚持不懈地实施“交通水利立县”战略。尤其近几年的脱贫攻坚，通过多渠道筹集资金，多元化兴办水利，水利基础设施建设有了长足进步，取得了“一年一提升，五年一跨越”的成效。

巧家小海子水库工程，是国家扶贫资金投资建设的脱贫水利工程。所以，国家发改委对小海子水库的建设提出了“2018 年全面完成小海子水库工程建设任务、崇溪分干渠两年内全部完工”的时间节点。

小海子水库工程刻不容缓。“不是我和大家过不去。必须保证小海子水库如期蓄水供水。我把丑话说在前头，谁拖了后腿儿，对不起！拿乌纱帽来见。”这天的推进会，杨永玲一点也不含糊。

小海子水库工程推进会之后，各路兵马协调一致，精神提振。一场脱贫攻坚的水利大决战再掀高潮。

当下，巧家县紧盯小海子水库 2018 年 12 月 10 日下闸蓄水的目标，翘首期盼水库供水的日子……那时，清泉涓涓流万家，山溪潺潺好种田。

水是生命鲜活的理由，正是因为水的贫乏，山川变得焦渴，生命变得枯萎，生活变得困顿。

经过艰苦奋战，小海子水库如期下闸蓄水。巧家人打了多年的“水仗”，终于把“水贫”的难题攻克了。

县长陆颖欣慰地说：“巧家脱贫攻坚的得意之笔，其一是交通，其二就是水利。”

2019 年初，巧家又在县“两会”上发布了水利建设的成绩单：2015 年以来，全县水利建设投下了 14 亿多元，完成各类水利工程项目 5800 多件。其中，在建水库 4 座，新修渠道 700 千米，修复光伏太阳能提水站 1 座，实施饮水管网建设近 6000 件、水窖 2000 多个，有效解决了近 15 万人的安全饮水问题。

全县基本形成了以引荞工程、炉房水库、大海水库、小海子水库、孔家营水库、小空山和洗羊塘水库以及建设堰、和平堰、蒙姑堰等水利工程为骨架，以沟渠管网为脉络，以小水窖为补充的覆盖全县的水利网络和设施。

巧家的“水仗”战果赫赫，不仅解决了群众饮水的困难，也使大量的荒山秃岭变成了水浇地。

巧家人让每一个生命都有了鲜活的滋养。如今，江峡山川变美了，巧家人也变得水灵了。

10 多年前，一位当地诗人以“这无法游泳的海，只能以驼铃解渴，每一粒沙都是渴死的水”悲情描述乌蒙山区的贫困景况。今天，诗人可尽情抒怀，重写生机盎然的新篇章了！

7. 决战乌蒙

尽管成就骄人，巧家人却不敢怠慢！

巧家依然面临着能否在2019年赢得决胜的大考，能否成功“闯关”，决定着昭通市能否如期脱贫“收官”。

“昭通市和怒江州、迪庆州分别位于云南省的东西‘两翼’，是‘坚中之坚、硬中之硬’。只要拿下‘两翼’，云南脱贫才能稳操胜券，云南的发展就可鼓翼腾飞。”云南省扶贫办副主任陈国宝站在指挥部一幅地图前这样说。

昭通市位于乌蒙山区，96.4%的土地面积是山区，高寒冷凉地区占30%，25度以上陡坡耕地占35.6%；气候寒冷，灾害频繁，水土流失严重，广种薄收，被称为“十县有九贫、无灾不成年、开荒开到边、种粮种上天”的苦贫之地。

“昭通市11个区县中有10个属于国家级贫困县，其中7个深度贫困县，贫困人口占全省贫困人口的一半，扶贫开发任务重、难度大。”陈国宝又指着另一幅“全省扶贫攻坚态势图（表）”说，“习近平总书记对这里的扶贫工作高度重视，到昭通视察时，做了重要指示。”

谈到巧家的脱贫攻坚，陈国宝说：“2019年，全省有33个县集中脱贫摘帽。”他拿起一支红笔，在其中“巧家”一栏后面，重重地勾出一个“V”字。然后说：“这是巧家，今年脱贫出列。”

“怎样看待巧家的脱贫攻坚？”

“巧家县沟壑纵横，石漠化严重，干旱缺水，生态脆弱。60多万人口，甚至相当于西部的一个州，是全省27个深度贫困县之一，脱贫工作量很大。”陈国宝加重了语气，“白鹤滩水电站正在建设中，与水电移民工作叠加跟进，情况特殊。关乎全局，不能掉以轻心。包括整个昭通市，省里一直盯得很紧。”

2019年2月12日，这是春节后第一天上班。人们的心情仍然沉浸在节日的轻松里，而云南省的决策层立刻摆出了新年决战的攻势——省委、省政府在昆明专题召开“昭通市脱贫攻坚推进会”。

昭通，足见其重！

这一不同寻常的举动，一下子绷紧了昭通市的中枢神经。

“深入学习贯彻习近平总书记关于扶贫工作的重要论述，从实现第一个百年奋斗目标的高度来对待昭通市脱贫攻坚工作，以对党、对人民、对历史负责的态度，拿出决战决胜的精神状态，齐心协力、共同发力，举全省之力坚决攻克深度贫困堡垒。”省委书记陈豪的讲话阐明了省委对脱贫攻坚的高度站位，和对昭通脱贫攻坚的坚定决心，他还强调说，“要切实加强组织保障，聚焦聚力，坚决打赢打好昭通市脱贫攻坚这场硬仗中的硬仗。”

昭通人一直在努力着。

几年来，昭通市各级党委、政府认真贯彻落实党中央、国务院决策部署和省委、省政府工作要求，团结带领广大干部群众艰苦奋斗、努力拼搏，脱贫攻坚工作取得了来之不易的成绩。但昭通的各级党员干部清醒地认识到，昭通面临的任务之重、难度之艰，不容丝毫懈怠。

省长阮成发在主持会议时又特别强调，各级各部门要认真贯彻落实会议精神，高度聚焦“两不愁、三保障”。“这不仅是工作要求，也是工作原则，更是政治纪律。既不能降低标准，也不能留出任何弹性和缝隙，更不能打任何折扣、搞悬浮。要严格按照标准对脱贫攻坚方案进行全面清理，逐条细化优化，再动员、再部署，再落实。”

省委、省政府的非常之举，奏响了云南围攻贫困“堡垒”的“东进”序曲。昭通市干部群众以“不破楼兰终不还”的决心和毅力，在乌蒙山腹地展开了一场全民参与、攻城拔寨的脱贫攻坚大会战。

巧家县立刻调动各路兵马，处处都是战场，每天都是一场战斗。县里成立了由县人大常委会主任担任“总督查”的脱贫攻坚督查组，挂牌作战，向一个个贫困“堡垒”发起最后的冲击，在江峡山川续写新篇章！

8. 金沙明珠

习近平总书记指出：“脱贫攻坚越到紧要关头，越要坚定必胜的信心，越要有一鼓作气的决心。”巧家的脱贫攻坚已经到了啃硬骨头、攻城拔寨的冲刺阶段，面对的是坚中之坚、贫中之贫、困中之困。全县上下必须坚定政治定力，做到牢记嘱托、紧盯目标，不获全胜决不收兵！

巧家的干部群众铆足劲，层层找短板、补弱项，逐一落实扶贫项目和指标，清理台账。先后投入资金 2.6 亿多元，完成了 13700 户农村电网和 60 个自然村动力电改造项目，179 个贫困村全部升级为 10 千伏动力电。全县村委会、小学校、卫生室已经全部实现通信网络信号、广播电视信号和宽带全覆盖。乡村“电、网、医、教育”等一批基础设施“硬核”项目全面提升，不仅为脱贫加速，也为下一步的“乡村振兴”和可持续发展铸造“硬底盘”。

与此同时，巧家 5 万水电移民大搬迁全面上线，另一场大战拉开大幕。

令巧家人激情燃烧的是，到 2021 年 5 月，白鹤滩水电站下闸之后即将呈现出高峡平湖、绿水青山的壮观景致。巧家将实现一个脱胎换骨的大变化。

白鹤滩水电站是国家实施“西电东送、云电外送”的骨干工程和新时期能源战略的重点项目。电站建成后，对我国调整能源结构、长江经济带建设、区域经济协调发展、建设清洁能源基地、提升流域防洪减灾能力具有重大战略意义。对于云南省来说，进一步打造绿色能源基地、助力脱贫攻坚和经济社会快速发展，不仅作用巨大，且有十分广阔的前景。

云南省委、省政府高度重视白鹤滩水电站工程。2018 年 5 月 25 日，省委书记陈豪与省委常委、常务副省长宗国英和省委常委、秘书长刘慧晏专程来到巧家县调研。

连续两天的行程，陈豪率调研组沿着崎岖山路走进白鹤滩镇水塘村，察看搬迁安置点建设情况；走访村民小组，看望贫困群众，和村民、扶贫队员、移民干部围坐在一起，促膝交流，详细了解精准脱贫带来的变化和水电移民搬迁存在的难点。

在座谈会上，陈豪听了大家的发言后，特别要求，巧家正处在一个特殊时期，面临的任务异常艰巨，要认真贯彻落实习近平总书记关于长江经济带发展“共抓大保护、不搞大开发”重要战略思想，处理好水电站开发和生态环境保护的关系，树立生态优先、绿色发展理念，坚持工程建设与环境保护、生态修复三位一体，“推动白鹤滩水电站成为新时代的绿色工程典范，把库区安置区建设成为水清地绿天蓝的绿色生态廊道”。

白鹤滩水电站主体工程于2017年8月动工建设，计划于2021年5月下闸蓄水，7月1日首批机组投产发电。

电站水库面积216.49平方千米，淹没区涉及巧家县白鹤滩、大寨、蒙姑、金塘、崇溪5个镇32个村（社区），68家企事业单位；金塘镇整体迁建。搬迁安置移民约4.8万人，生产安置移民约5.2万人。移民全部在县内安置，主要分布在“一城三镇”7个安置区。

“水电移民搬迁安置工作历来是‘天下第一难事’，与扶贫搬迁有本质区别。”巧家县水电移民服务中心主任许瀛江说，“我们按照省市下达的移民搬迁工作任务及目标要求，在三峡集团公司、移民综合设计、移民综合监理等各方的配合下，开展实物指标调查、移民安置规划、移民人口界定、安置协议签订、移民工程建设等工作，时间紧、任务重、政策性强。为做好移民搬迁安置工作，市里给予了大力支持和帮助，选派了一批群众工作经验丰富、熟悉政策的干部到巧家挂职，全县所有干部职工挂钩包保到户，深入一线开展工作。”

许瀛江又拿出移民工程项目建设流程图说：“你看，移民工作千头万绪。我们必须倒排工期，倒逼进度，优化施工组织，加速推进各项工程建设，一点都不能放松，确保按目标要求完成移民搬迁任务，确保电站如期下闸蓄水。”

早在2016年10月31日，省委、省政府召开的乌东德、白鹤滩水电站移民工作专题会议上，陈豪就提出了“抓住国家重点工程建设和移民搬迁安置的重大发展机遇，打造巧家县特色旅游城市”。

滇北旅游一直是云南的短板，云南省决策者们早有突破滇北的运筹，并看好金沙江四级电站相继建成后，高峡平湖，梯次相映，组合开发沿江风景带的预期。

巧家有许多独特风景吸引游者，开始升温。其中有“两大河流、两大草原和四大高山、四大梁子”之说。

“两大河流”自然是指金沙江和牛栏江了。

“两大草原”是大岩洞草原和赖石山草原。这两大草原蓝天白云、绿树红花、草长莺飞，与野生鸟群相映成趣；灵动而旷远，热烈而奔放，已是旅游者乐此不疲的目的地。

“四大高山”是大药山、赖石山、堂琅山、睡美人山。

“四大梁子”是大岩洞梁子、大白路梁子、将军树梁子以及台闸梁子。它们都属于大药山山脉和乌蒙山系，有的地处“两江”之畔。这些风景多是江峡雄奇，云海茫茫，霞光万丈，层林尽染，花海辽阔，巍巍壮观。这些地域立体气候特点十分明显，就像当地老百姓说的：“山上飘雪花，山下开桃花；一山有四季，一天看冬夏。”一年四季不断变幻着迷人的身姿与着装调。

位于马树镇的千亩湿地风光旖旎，更是游者的最爱。春夏之季，海草繁茂，鱼儿翻飞，千亩蓝莓飘香，形成一幅幅美不胜收的山水画；秋冬时节，悄然进入野生鸟群的观赏季。蓝天白云下，皑皑冰雪上，沼泽野草间，一群群黑颈鹤或翱翔飞舞，或啁啾传情，或嬉戏追逐……萌态尽显。

2016年，巧家县马树湿地跻身于云南省“省级重要湿地”保护名录，和大海子沼泽、孔家营水库及马树河，成为国家一级保护动物黑颈鹤的栖息地。消息发布，倏然间变身为“网红”，社会关注热度飙升。

巧家的资源禀赋蕴藏着巨大的旅游开发价值，有望成为“七彩云南”新的一极。巧家人兴致勃勃地开始了“预谋”。

按照云南省对巧家的发展定位，巧家县委、县政府于2017年编制了《巧家县白鹤滩水电站库区暨特色旅游城镇总体规划》。

无疑，白鹤滩水电站将是巧家旅游开发的一次契机。

县委书记张华昆说：“白鹤滩水电站建设是国家重点工程，也是一项强国、活县、富民的战略工程，将为巧家经济社会跨越发展提供动力引擎，也是巧家百年难遇的一次历史发展机遇。”

巧家人以开阔的视野，梦想未来愿景。巧家县将移民安置规划与旅游规划深度融合，在县城和集镇规划区内，确定了“一城三镇”7个安置点的规划建设。总体布局是至2020年完成“一城三镇”的移民搬迁安置、公共基础设施配套和旅游基础配套项目建设，启动商业开发、产业培育等工作；县城的功能结构也逐步形成“一心、一带、四区、多组团”的大格局。

陈豪这次来巧家，还特别强调：“要处理好移民搬迁安置与移民脱贫攻坚及后续发展的关系，移民搬迁安置工作必须与全面建成小康社会目标相衔接，与完成脱贫攻坚任务、实施乡村振兴战略紧密结合，用政策组合拳打赢库区移民精准脱贫攻坚战，确保不让一个移民村、一户移民群众掉队。真正做到建好一座电站、带动一方经济、改善一片环境、造福一方百姓。”

县长陆颖说：“到2020年全面建成小康社会，是党中央做出的重大决策部署。因此，电站移民不仅要考虑移民安置问题，把移民工程建成‘安心工程’‘放心工程’‘民心工程’，还要考虑移民后续发展问题，确保移民‘搬得出、稳得住、能发展、会致富’。”谈到对未来的谋划，他说，主要以移民产业发展中心为带动，大力实施创业就业培训等后期扶持项目，确保5万移民与全国人民一道同步达到小康生活水平。

巧家围绕发展定位，坚持“一张蓝图、分步实施”，分期推进特色旅游城镇项目落地建设，先后启动了七里水上乐园、莲塘康养度假区、金塘温泉小镇、热区果蔬产业等项目建设，决心打造移民群众安居乐业的美丽家园。

巧家人从来不缺乏想象力。按照“一城三镇”规划，巧家借助“两江夹一山”独特的自然优势和高峡平湖的景观优势，把巧家旅游打造成休闲度假、水电生态、山水运动、生态文化等多功能于一体的复合型旅游目的地，形成以滨水文化体验和运动养生为主题的两条旅游线，实现“把巧家建设成全国一流湖滨旅游城市”的总目标。

巧家的整体风貌将凸显“灵山秀水、奇峰江峡，金沙明珠、云南巧家”的城市特色品牌，巧家人将会把“一面山、一江水、一座城”的新景观分享给八方来客。

因水而生，又因水而困的巧家，如今又因水而兴。于是又有诗云：

半城山色半城泉，
山映泉水流潺潺。
潺潺流水汇金沙，
山城倒映碧水间。

未来的巧家，将重现“水镇坊乡”的古城新韵，成为滇北的旅游胜景——金沙江畔一颗耀眼的“明珠”。

第三章

中村不是传奇

战斗堡垒疲软！要追赶全面小康的“大部队”，肯定越落越远。

短短几年，从贫困村到小康村，再到明星村、示范村。有人说，中村“蜕变”是班子换届“换”出来的；也有人说，是打通道路“打”出来的；还有人说，是创新乡村治理模式“创”出来的。

甚至有人说，中村是个传奇！

1. 选举爆冷门

踌躇满志的张发德，万万没想到，上任第一天，村民们迎面泼来一瓢冷水。他心中哇凉，备受打击。

第二天，村民们就发现他们刚选的村“老大”不见了。打电话，说不干了；再打电话，不接了。

张发德向镇里提出辞职，令人莫名其妙。这事成了中村的热点新闻。

“张发德，他，他怎么能撂挑子呢？！”

天还没亮，江面上升起的淡淡雾霭给玉屏山平添了一层神秘色彩。中村几个下山进城卖菜的村民沿着田埂小道边走边议论开了。

“晓得不？张发德连人影都找不见了。”

“搞屎不清。都说原来的村干部不争气，选他当支书。瞧见没？屁股里夹鸡毛，都不是什么好鸟。”

“不晓得你就别胡咧咧，放屁熏人。张发德，大伙看不走眼。”

“你说，他张发德这是演的哪一出？”

……

中村是巧家县城所在地白鹤滩镇的一个行政村。县城面朝金沙江，背靠玉屏山，中村就坐落在玉屏山上。

中村有 2600 多口人，平均海拔 1800 米，具有得天独厚的地理区位优势。左边是官村，右边是咪吐村，中村在中间，也因此而得名。官村和咪吐村在村“三委”带领下，各项工作风生水起，变化很大，老百姓很有收获感。

中村多年涛声依旧，贫困人口超过一半。村里没什么产业，老百姓就靠种点蔬菜人背马驮到县城里去卖，或到县城打零工，收入微薄，生活困顿，依然过着磨骨头塞牙缝的日子。镇里也没少费心扶持，却总不见起色。中村成了刘备的娃娃——扶不起来的“阿斗”。

邻村的村民们互相见面时，胸脯挺得都比中村人的直，说话的嗓门也比中村人的高。这种强烈的反差还在日益拉大。

“瞧人家咪吐、官村，整巴地有模有样。唉！我们中村太窝囊。”中村的群众心里憋气，对村干部不满意，说他们“占着茅坑不拉屎”。

镇长罗国平到中村抓工作，眼前情景大跌眼镜：“村委大院里茅草丛生，垃圾成堆，污水横流，蚊蝇乱飞。会议室没有桌椅，开会、党员活动都是站着，或是靠墙根蹲着。这哪有队伍形象和精神状态。村委会里有个露天厕所，臭气熏天；便池是个深坑，上面横了几根木头，也不牢靠，不堪入目不说，娃娃和妇女进去都容易发生危险，让人很不放心。整个办公场所脏乱差！”

村两委班子成员任职多年，工作推诿扯皮，办事拖沓；做事怕得罪人，遇到矛盾绕着走，越来越“油腻”。少了精气神不说，还拖了镇里的后腿。

究其原因，战斗堡垒疲软！这副状态，要追赶全面小康的“大部队”肯定不行！只能越落越远，最终掉队。

“给钱给物，不如建个好支部。”白鹤滩镇党委、镇政府形成共识，下决心，通过村“两委”换届选举，调整村班子，充实新生力量，扭转中村的被动局面。

岂料，中村第 4 届村“两委”换届选举爆出冷门，2500 多名选民几乎全部把票投给了在村里并没有任何头衔的张发德，而且是支部书记和村委会主任两副担子一肩挑。

“没想到张发德的呼声这么高。村民很一致，村班子大换血。”罗国平说，“镇党委当场确认并宣布了这个结果。”

有人说，这是个传奇！

张发德一上任就撂挑子，又是怎么回事？

张发德 1965 年出生的时候，父亲张成林就是中村大队党支部书记，也是二十世纪六七十年代在县里挂上号的老“先进”，后来转为国家干部。张发德的大哥是部队干部，二哥是金塘乡政府干部，三哥在 1979 年巧家的“引荞工程”中不幸牺牲。

张发德虽然在家里是老幺，从小就比同龄的孩子长得高大粗壮，在村里是个“孩子王”。他放学后经常头戴大哥送给他的一顶军帽，腰扎二哥民兵连发的武装带，腰间别着一只木头刻制的小手枪，组织村里小伙伴和邻村的孩子们在老营盘一带上演“小兵张嘎”“南征北战”。老营盘是很久以前中村人为抗击匪患修建的石墙垛子。双方小伙伴们演崩场了，谁都不服，就用拳头一决高下。张发德率领的一班人马，号称打遍天下无敌手。

如今张发德当选了村里“老大”，怎么又𡸁了呢？村里人都知道他是个人物。

1979 年下半年，张发德初小毕业，耐不住寂寞，很想看看外面的世界多精彩。他和他大哥的大儿子也是他的侄子张谦看了《水浒传》连环画，羡慕梁山水泊里的好汉，也为那些武侠小人书里的英雄所折服。于是，两人结伴离开巧家闯江湖，在外面游荡了半年多。

那时还没时兴身份证，出门要靠介绍信，不然公安部门会当盲流抓起来遣返。张发德从粮所里开了封介绍信，给父亲要了 200 元钱，带上几十斤粮票，开始了浪迹天涯的神旅。家里孩子多，大人顾不上，也没人管他们的事。

张发德和侄子张谦两人从西昌到峨眉山，又到了乐山，还去了重庆、武汉、广东。一路爬火车，睡车站，天南海北，游山玩水，在外面漂荡了大半年。没钱了，就干装卸工挣个小钱花，或在餐馆里刷盘子混几天饭吃。在车站上和小偷、流氓交过手，在车上和查票的车警玩过老鼠戏猫的游戏。虽说打小工挣了几个钱，也逃票省了几个钱，最后从昭通到昆明，还是把身上的钱花了个精光，治安人员把他俩当作“盲流”遣送回来。好在他拿出了粮所的介绍信，受到了善待。

这段经历后来成为他津津乐道的传奇人生。张发德说没啥子目的，改革开放了嘛！生活在大山里的孩子就是想出去玩玩，看看热闹，开开眼界，长长见识。

1981 年，村里实行土地家庭联产承包责任制，他不愿意面朝黄土背朝天地熬穷日子，也不甘心在这个闭塞的江峡里憋屈一辈子。不安分的种子在他心里再次萌发。他来到昆明、曲靖一带打工，养过鸡，喂过猪，种过菜，学果树栽培技术，一干就是十几年。直到父母年纪都大了，他才回来，结婚后把家安在县城里，把父母接来住在一起。后来，他开了一个门市部，交给媳妇经营，自己又到昆明务工。家里的日子过得很滋润。

中村两委换届选举，镇长罗国平动员张发德回来参选。他正在昆明带着十几个民工给移动公司搞工程项目，也是一个小老板了。放下生意回村里，他有些舍不得。

村民小组长王怀忠、田国礼和几名群众代表找到张发德迫切地说："发德啊，你回来带大伙一块干吧。你不回来，我们也去打工了。这样下去村里还有啥子噶希望了？"

周勇华是中村的一位退伍军人，已经是县城一家生猪屠宰厂的老板了。他对张发德说："你要是回村里干，我也回去。不能眼看着村里这么落单了。"

张发德觉得自己离开村里多年，情况不熟，担心干不好，一直犹豫，但对村里落到这个地步又不甘心。

罗国平又找他说："发德。这是民意，也是镇党委慎重考虑的。毕竟你是党员嘛！"

想想自己是在党旗前庄严宣过誓的人，张发德回到村里参加了选举。

2."出路" = 修路

当选后的张发德首先想到的是，要想富，先修路。中村也不例外。他信心满满，决心大干一番。

当选这天下午，他独自一人骑着摩托车风风火火沿着山坡的田埂小道跑遍了每个生产小组。他访问村民，征求意见，提出修路的设想和规划。

在村民一组张家坪自然村，张发德一说要修路，村民们立马围上来，都说好噶好噶。有条像样的路，是中村人多年的奢望。

“修路当然好噶！你从哪儿挖？”有人问。

“要从这儿挖。”张发德从远处指点到脚下。

“你挖可以，不能挖我家的。”那人眼一瞪。

张发德顿感愕然，眉头一拧：“大伙选举我，就该支持噶？”

“支持。要得。地是命根子噶。”有人不客气地说。

“你以为当支书就说一不二？”有人撂下这话转身离去。

甚至有人扬言：“挖地就来拼刀子！”

……

张发德碰了一鼻子灰，憋了一肚子气，垂头丧气回到家里。他想不通，原以为大家都会支持他的想法，可谁都不肯挖地，看来，他是一厢情愿了。挖不通路，村里没出路，怎么改变面貌？他这个书记怎么干？

张发德一夜翻来覆去睡不着，那些话戳得他心痛。他越想越懊悔，多年在外，自己先前想得太简单了。看来，这书记不能干，干不出名堂，丢人现眼，还不如早点让位。

村两委的新任成员都期待他这个新官上任开个会，听听他的施政演说。结果，他说不干了，躲起来不露面。

“这事怎么能开玩笑？军中无戏言。”在县检察院工作的吴祥华是张发德的发小，很关心家乡的发展建设。他找到张发德劝说他：“这不是小孩过家家。几千人的一个村子，放在你肩上了，说不干就撂挑子，这哪儿能行？”

“村里的事太复杂，我干不了。”张发德摆着手，一脸沮丧。

“别着急，慢慢来。莫忘了，当书记可是你主动要求的，你就该担当……遇到困难逃避，可从来不是你张发德啊！”吴祥华讲到这儿，张发德一时语塞。

换届前，镇党委考察村两委班子成员候选人时，把张发德列入村委会副主任候选人。但张发德硬要参选村支部书记，否则就退出。

镇党委一时很为难，因为张发德连村两委成员都不是，也没有村里的工作经历，竞选副主任已经是打破惯例了。何况镇党委没有考虑让老支书钱成兴退下来，而是希望张发德进村委班子后，先熟悉村里的工作，适当的时候再考虑进位。他强烈要求竞选村支部书记，原来的老书记往哪儿摆？这给镇党委出了个难题。

考虑到中村的特殊情况，大多数群众都有这样的愿望，镇党委只好找老支书谈话，看看他的态度，希望他正确对待，支持换届选举。

钱兴成低头沉默不语，只是一口接一口地抽烟。他呼出的一团团烟雾，遮挡了他的所有表情，却掩不住他内心世界的纷乱。

平心而论，对张发德回来，钱兴成是发自内心欢迎的。以前，他给镇上提过这事，见到张发德也曾鼓动他回来干，这次进班子他也是积极推动的。但没想到他会挑战书记这个职位。

张发德的父亲张成林曾是村里优秀党支书，在中村德高望重，他兄弟个个都有出息。张发德在外闯荡多年，有见识，也有魄力，他要是回来进村委，肯定能给班子带来活力。他钱兴成手下会有一个得力干将，他会支持他放手去干，把村里的工作搞上去。

到那个时候，他体面地把这个班交给张发德，光鲜地退下来，以后在村里乡亲们面前也有尊严。没想到换届的事会演变成这般。

钱兴成反复寻思着，一口接一口地抽烟。

尽管镇领导表示，会充分尊重他的意见。事已至此还能再说什么？思前想后，这么多年，村里工作上不去，现在能交给年轻一代，不也是一种境界一种贡献吗？

老书记毕竟入党多年，高风亮节，在一番激烈的自我博弈后，钱兴成猛吸了两口，把烟蒂使劲地捻在地上，明确表态："请领导们放心，我服从组织，积极配合。如果张发德当选书记，我做好交接，支持他的工作。"

就这样，张发德破格作为支部书记候选人参加了换届选举。

听说张发德当选了，年近 90 岁的老父亲挺高兴。他见张发德宅在县城家里，像被关在笼子里的一头狮子，焦躁不安，问他怎么没到村里去。张发德说："路都修不得，没法干。"

老人家说："大家选你是对你信任，对你们这个班子抱有希望。你躲在家里不干了，让大家多失望啊！我当支书时也碰到不少难处。有难处，和群众好好商量。只要对老百姓有好处，大家理解，会支持。你赶快回村吧。不要辜负了乡亲们。”

老父亲这么一说，张发德觉得很惭愧。有难处可以和大家商量嘛，哪能脚底板抹油——溜人啊？开弓没有回头箭。老书记还等着交接工作哩。

吴祥华开车拉着张发德回到村里，张发德主持召开了新一届村班子党员干部会议。

“村里的情况不说，大家也明白。”张发德没有什么豪言壮语，放钢炮似的说了一句：“要想富，先修路。中村的‘出路’就是修路！”

谁心里都清楚，中村仅有一条通往县城的羊肠土路，坑坑洼洼，晴天尘土飞扬，雨天泥水飞溅；不是这儿塌方断裂，就是那里泥石流堵塞，连毛驴走起来都小心翼翼。35 个村民小组之间没有一条像样的路连接，都是走田埂。村民们进城卖菜，人背马驮，天不亮就要早起赶路，担子上绑个手电筒，往返县城一趟要走七八个小时。交通落后严重制约了中村的发展，中村最急需的就是修路。

大家都说修路是件好事儿。但是，施工不仅要投资，还要占用群众的耕地和林地。地是农民的命根子，谁让挖？！即使让挖，赔偿的钱从哪里来？议来议去，大家觉得这事太难了。

“难！肯定是难，如果不难，这路早就修成了。”张发德承诺，“如果大家支持我，一年内把村路和公路全部挖通。挖不通我就主动辞职。”

路从哪里修，补偿标准怎么定，又成为大家议论的焦点。

张发德拿出一张“路线图”和大家研究。大家一致赞成，这个方案，行！

占地怎么个说法？是调？是换？还是补？大家议来议去，争执不下。越商量越觉得这事麻烦、复杂、难办。

张发德想了想说：“修路肯定要占用一些土地，涉及各家的利益。很难一碗水端平。”只见他一攥拳头，“干脆！不管是谁，我们坚持八个字：不赔不补、不调不换。”

“以前大集体时没得说，现在土地是个人的噶！”

“没有任何补偿，这是啥子噶道理？群众同意吗？”

大家担心他的“四不”政策是否能够行得通。

“走路不收钱，占地不补款；路是大家走，家家都该做贡献。这是天经地义的嘛！国家搞的是联产承包，不是土地私有。地分开了，人心不能散。咱们还是社会主义嘛！集体主义精神还是要的嘛！我看，只要把道理摆到那里，群众是能够接受的。”

张发德终于说服了大家。就这样，中村新“三委”上任伊始，形成的第一个决议，就是：修路。

虽说形成了村里的决议，也有人心中怀疑这事能不能成。不少人私下议论：“他张发德夸海口，吹牛皮。”“新官上任三把火嘛！”也有人当众打赌：“他要能修得成！我手板心煎鸡蛋给你们吃。”

这话传到张发德耳朵里，他只是嘿嘿地一笑。

村里修路，年轻人大都支持，知道有了路通了车，办什么事都方便，致富就有了门道。老年人也明白这个道理，但一说修路要挖地，就不同意了，谁也舍不得。

张发德和“村三委”的干部分头到各村民小组里开会动员，宣讲修路的好处。他还请中村在县城的公职人员回来帮助村里做群众工作，反反复复说服大家，争取各方面的支持。

不久，中村启动了修路大计。

在村委会专门举行的“通路工程”开工典礼仪式上，张发德宣布了村规民约和修路的“四不”条款。罗国平代表镇党委、镇政府到场讲话，对中村修路给予高度赞扬和评价，旗帜鲜明地大力支持。

3.“打”出来的路

中村的路是“打”出来的!

什么叫“打”出来的?不知真相的人，听不明白。

“通路工程”正式开工，上级下拨的扶贫资金还没到位，张发德先从自己家里拿出8000元钱，作为启动资金。

挖机轰轰隆隆地开进了中村，不少人站在自己的地头上，眼睛瞪得溜圆，盯着挖掘机，看你往哪开?那架势，就是铁匠铺开门——一副动手要打的样子。

只见张发德让挖土机开到自家田头上，指着那片绿油油的苞谷地大喊一声：“来!先从这里开挖!”

挖机师傅犹豫了一下，伸出头来又看了看张发德。确认后，一加油门挖了下去。三下五除二，张发德的一亩六分地变成了路。接着，挖机又来到他兄弟和侄子地里挖开了，一挖就是6亩多。

听说张发德要修路，老父亲专门嘱咐他：“你去村上干，不仅要干净，还要自己先吃亏，才能服人。做人要坦坦荡荡，做事要公平公正，让乡亲们信得过。”

张发德从自己地里挖起，是老父亲支持的。

张发德带着“村三委”成员和各小组长过来看，告诉大家，就照我家这样挖。

接下来“村三委”成员带头开挖，然后是党员的、小组长的，一个个跟上。村上人一看，这是真挖啊!再接下来就没人瞪眼了。

路，继续往前修。

路，再延伸。当挖到老支书钱兴成家的地时，老支书没得说，手一挥：“发德，你尽管挖。”就回去了。

他老伴从家里跑出来拦住了，嚷嚷着：“哪个挖?!不能没了这地!挖了，让喝噶西北风啊?!”

张发德叫她表姐。张发德说：“表姐，姐夫干了几十年的支部书记，自己的地都挖不通，让村里爷们怎么看?你这不是给他丢脸?”

“这地……”表姐一听，叹了一口气，“心疼啊！”转身回家了。

挖机昂着脑袋挺进，挖到了11组组长肖坤禄的地头。肖坤禄拦住了挖机，愤怒地说道：“你们不能老奶奶吃柿花——专挑软（炟）呢整！挖了我家的地，我一家老小吃啥子噶嘛？！谁也动不得！”

“老肖，谁不知道你家地是多的噶？”

张发德和村委会的干部就和他摆道理，摆村里落后原因，摆修路的好处，摆中村未来的发展前景。直到肖坤禄点头称是，让开了道。

挖掘机又开上来，肖坤禄好像忽然想起什么，把张发德拉到一旁，央求说：“这路能不能绕着走，躲开我家地？”

张发德一听，眉眼一立说：“做梦娶媳妇——想好事噶！为了少占地，这路线是精心规划的。绕开你，绕开他，这路还修个㞗！”

肖坤禄一听，无语了。

村民老周有意见，硬是拦住挖机不让挖，村委会几个人就把他拉开了。老周气急败坏地拿起棍子就朝村委会副主任周勇华打过去，真的动手打起来了。

打架可是个技术活。周勇华在部队练过擒拿格斗，左闪右躲不还手。他俩是本家兄弟，老周竟然不依不饶追着周勇华边打边骂，不收手。

周勇华急了，抓住老周的胳膊：“家门！你是哥，我让着你哪！”一把推开他。老周趔趔趄趄脚下一绊倒在地上。周勇华赶紧上去拉他，又被他踹了一脚。

“老哥，不能太过分了吧！”张发德上去把老周扶起来。他把老周拉回家里，老周的婆娘一见老周的模样就指着数落开了：“告诉你不要出去露那个噶头，逞能！猪八戒照镜子——自找难看了吧？！”

老周婆娘是个热情厚道人，也是个心直口快的大嗓门，绰号叫“满街响”。她忙从屋里拿出板凳：“四弟，你坐，我给你泡茶。”

“你别跟他一般见识，他是个木脑袋。修路是村里大事，有啥子想不开？！”她一边倒水一边叨叨着。

老周觉得脸面下不来，一瞪眼：“娘们家，闭嘴噶。”

“嗬！丢人现眼。你倒有理噶！”老婆毫不怯他。

老周本来就底气不足，脑袋立马蔫巴下来。张发德递给他一支烟，说：“嫂子说得是。你好好想想。都说，咱中村比咪吐、官村矮半截，啥子噶原因？还不是咱村里没路。到城里卖头猪，不用人抬就用驴驮，咋子噶发展么？”

张发德端起一碗水，咕咚咕咚喝了大半。又说：“你忘了？去年咱哥俩见面，你说你那头猪拉不出去，比在城里少卖了一二百元。通了路，咱能吃这亏？”

……

一番开导，老周平静下来。张发德又说：“你想想看，村里地肥，有这么多山林，离城里又近。通了路，还愁不发展？”

“要得要得。”老周直点头。

正当两人摆得心花怒放，只见有人从外面飞快地跑进来，大喊：“张书记，不好了！不好了！要出人命了！”

“谁噶？疯啦！”

原来，挖掘机挖到 12 组肖老汉家门前的菜地时，只见他提着一把菜刀冲出来，绿火冒头地吼叫着：“谁动我家地！老子砍了谁！”施工人员吓得立刻退出来。

张发德过来一看，老肖站在挖机前，手举菜刀冲着施工人员大声吵嚷着。人们吓得躲到远处。

张发德犹豫了一下，难道他老肖真的要动刀子？周围的人都盯着张发德，有人想拦住他，担心他被老肖用刀攻击。人一冲动什么事都敢干。

这时，村委会副主任万泽菊从远处跑过来，边跑边急切地呼喊：“使不得！使不得！”人们紧张地瞪大了眼睛，不知所措。

只见张发德朝众人一摆手：“没你们的事。都给我躲开！”他一边捋着袖子走上前，一边微笑着对老肖说：“哥，你忘了？当年上小学的时候，我们玩打鬼子、抓特务游戏，每次都是你当俘虏。今天让你找找当年的感觉，长长记性。来！来！咱们单挑！让你先来。有胆、有种，你就一刀把兄弟的脑袋给削掉。削不掉，我绝对饶不了你。”

这一刻，空气一捏就爆。

真是哪壶不开提哪壶，张发德一番话，老肖举刀的手竟然垂下来。老肖知道自己打小就不是他的对手，他是个吃软不吃硬的家伙。看到老肖没了脾气，大伙提到嗓子眼的一颗心才落下来。

张发德对着挖机大喊一声："挖！"挖掘机又轰隆隆地响起。老肖无奈，一屁股坐在田埂上，看着自己的一亩三分地眨眼之间被推平，气得噘着嘴，欲哭无泪。

张发德轻轻地坐到老肖身边，贴着他的肩膀，递给他一支烟，对他说："哥，别怪我。"又给他点上烟，"咱俩从小一起长大，大伙推举我，你更应该支持我的工作，给我撑台子。不修路，咱村里穷日子没个头。再说了，修路占地也不是你一家……"

老肖愤怒的情绪渐渐平复下来。张发德又拍拍老肖的肩膀，对他说："老哥，你不想想，这路修到你家门前，方便的先是你噶么。你个聪明人，咋子噶脑壳进水了？"

一阵春风化雨，老肖回过味来，一拍脑袋，懊悔地说："要得要得。我一时糊涂，一时糊涂。"

"再糊涂也不能拿这个耍噶？犯法！"张发德指着他手里的砍刀。

"哎！不是这噶么。"老肖吧嗒口烟，脸上挂不住了，"我我……我是去那边砍树杈子烧火的。"两人哈哈地笑起来。

挖机继续吼叫着向前开进。当挖到王怀忠、周德伦两家的地时，张发德也心寒了。

王怀忠家的甘蔗该收了，是不是等几天？他看了看王怀忠，王怀忠正用可怜巴巴的目光望着他。王怀忠是党员，村里修路他第一个举手。现在要把快该收割的甘蔗挖掉，张发德实在于心不忍啊。

万泽菊是位女同志，走过来低声劝说："是不是等几天？"

张发德一时不知如何是好，心血翻卷，涨得满脸通红，又变得铁黑。最后，他咬咬牙说："不能等。你等他等，这路还修不？"

王怀忠懂得张德发，理解张发德。张发德再看他时，他点点头，带着难过的腔调喊道："挖！"

挖到村委副主任周德伦母亲家的菜地时，他 80 多岁的老母亲趴在地上抱住张发德的腿哭着说："我这一亩多苞谷是全家人的口粮，你挖了，我一家日子咋子噶过？"

张发德的心一下子又软了。他赶紧把周德伦的老母亲扶起来，安慰说：“老嫂子，莫难过。有话好商量嘛。”

挖机已经挖了 5 米多，地里面翻起来的全是苞谷，谁看见都心疼。张发德知道这个时候心不能软，心一软下来，这修路的事就泡汤了。不能让中村的脱贫之路前功尽弃，成为一条“断头路”。

“德伦是新班子的副书记，这个事你要支持。常言道，不能独眼龙走田埂——只看一面。”张发德安慰她说，“老嫂子，这路修通了，咱的东西拿城里卖才值钱。村里发展起来，日子才能越过越好。你这一亩地苞谷能打多少斤？我拿大米还你好了吧？你放心。只要我家有饭吃，不会让你家饿着。”

张发德又说：“不修路永远别想富，现在你必须支持村里工作。你支持了村上的工作，村里人永远感谢你，忘不了你。”

这时周德伦赶过来，劝说母亲：“发德家的地也挖了，挖得比咱还多。修路是大事。娘啊，你老人家让开吧。”

老人家一听，抹把眼泪，起身走了。

晚上，张发德从家里扛了一袋大米，送到周德伦老母亲家里。老人家过意不去，执意不收。张发德说：“收下吧！这路修好了，以后的日子只会越过越好。”

老人家忙从鸡窝里抓出来一只鸡让张发德拿上：“发德啊，看你忙得，这些日子又黑又瘦了，拿去补补身子噶。”

“不用不用，你老人家留着吧。”张发德又给她放回去。

挖路占用了 413 户村民的土地，少则一分，多至三五亩。虽说开始遇到了不少矛盾，也经历了不少风波，都被村委会的干部们一一做通了工作。

后来，整个挖路过程中再没闹事的了。挖到谁家的地，谁就杀鸡宰羊盛情款待施工人员。为什么群众又这么热情？

“人心换人心，四两换半斤。”群众看到了通路带来的好处与变化，看到这一届村干部真心实意为老百姓办事。他们理解了、支持了。

经过 8 个月的连续施工，中村 24 条共 36 千米的村组路和通往县城的公路全部修通了。后来在村民的要求下，他们又打通了户与户之间的户间道。

不到一年，中村的“通路工程”全部竣工。全村 35 个村民小组，720 多户村民，家家门前通了路。中村人“出行难”的困境被彻底击穿。那种担子上绑着手电筒、人背马驮进县城的日子终于抛进了金沙江。

原来全村的农用三轮车、摩托车加起来不到 20 辆，随着一条条路修通，各种车辆一下子增加到 860 多辆，家家都有车。村里原来有 300 多匹驴、马、骡，全被会泽县的一位经营商赶走了，村民们出行一律是屁股后面冒烟儿。

提起修路，村民一组党支部书记王怀忠感慨道：“以前人背马驮，人穷怕了。当时苞谷绿油油的，挖了就是心疼。转来一看一条路形成了，方便了。多少年了，不就是盼着有条路嘛！”

中村的路修通了，中村的干部们想秀一秀。这是为了给中村人提提神，长长自信，也是为了提升一下中村的形象。张发德和大家商量决定搞个通车庆典，来一点生活蜕变的仪式感。

一个春暖花开的艳阳天，中村隆重地举行了通路工程竣工典礼。各方嘉宾接到邀请倍感意外，不到一年的时间，中村竟然把路全部修通了！

一进中村地界，一条崭新平整的公路展现在眼前。原来由县城开车需要 2 个小时，现在不到半小时就进了村委会。村委会里里外外也焕然一新。

来人都说，这是个传奇！

通路庆典上，那些为修路让出土地和做出贡献的乡亲们，戴上大红花走上主席台上，成为主角和明星。

剪彩后，张发德提议嘉宾们把车让出来，让受到表彰的村民和参加通车典礼的老人们坐上车，沿着新修的公路在村里转上一圈，兜兜风，体验一下坐车的滋味。

那些七八十岁的老年人坐上车乐得合不拢嘴。直说：“没想到这么噶好哩！”当初阻止挖地的老肖和老周也坐在车里，互相点支烟，抽着，美滋滋地风光了一把。

周德伦 80 多岁的老母亲曾抱住张发德的腿不让他挖家里的苞谷地。她也带着大红花坐在小车上，乐得前仰后合。老太太开心地说：“一辈子没走过这样的路，也没坐过这样的车，更没戴过这样的大红花。这样的好日子，我还要多活几年子噶。”老人家舍不得把大红花取下来，在胸前戴了好几天。

路通心通百事通，村民们感受着中村一点一滴的变化，也享受到发展带来的实实在在的成果。村干部赢得了群众的信任和支持，干群关系也发生了根本变化。

行得春风，必有秋雨。“以前，村里干群关系恶化，老百姓见了村干部翻白眼，互不相干。大家心里苦闷，不愿多说话。你当你的官，我跑我的摊。现在脸上笑容多了，话也热乎了。村民见了村干部往家里请，村里工作一呼百应。”村委会副主任周德伦深有感触地说：“通过修路这件事教育了大家，群众思想观念改变了，干群关系改善了，邻里也和睦了。中村的经济发展也推动了精神文明建设，村容村貌村风发生了根本转变。”

在国家扶贫政策的支持下，中村的公路包括户间道全都铺上了水泥。村委办公楼建起来了，村里小学校也焕然一新。一栋栋白墙灰瓦的两层小楼依山而建，山泉小溪从村中穿绕而过。中村的基础设施、人居环境又上了一个大台阶。

“以前家家门口，都是烂糟糟的，走起路来泥巴沾满半截腿。现在打起的水泥路都光噜噜的，走起路来再也没有泥巴沾脚上哩。”村民陈凤英背着一箩筐刚从地里收的苞谷，边往家走边开心地说。

村民的出行条件得到了改善，也为产业发展创造了条件。

“我大部分时间都在外面打工，只有儿子和媳妇在家种菜。路通了，地里的蔬菜运出去卖就很方便了，还有老板上门来收。我家一年的收入有十多万元。现在有车、有房，还有存款。一家人过得可舒服哩！”村民李天学乐呵呵地说。

谈起当初通路的事，张发德说：“村里的路确实是‘打’通的。吵架动手好多次，当时心急啊！软的、硬的，亲情、友情都用上了。有时方法简单，伤了和气，也是无奈之举，后来我们也向村民表示了歉意。现在回过头来看，我们打通的不仅是路，更重要的是眼界，是头脑，是思路，是新的发展理念。只有这样，才能打出一片新天地。”

4. 新型“农联体”

中村因为有了路，老百姓的生活正在悄然发生变化。张发德在修路的同时，也在谋划着中村的另一条“出路”。

中村2600多口人，3500亩耕地，人均只有一亩多，主要种植蔬菜。指望种菜，就是用碾子碾也碾不出多少油水来。农民收入不高，日子过得紧巴巴。

中村要彻底“断穷根”儿，必须开辟另一条“新路”。这条“新路”就是利用现有的资源发展产业，开发出新的产品，实现与市场对接，让资源变成资本。

资源在哪里?

“绿水青山就是金山银山。”习近平总书记的这句话让张发德脑洞大开。满山覆盖的森林不就是中村得天独厚的资源？而且泉水四季流淌，源源不绝，水分涵养丰沛，应该让它长出钱来，成为财富之源。

2015年，中村在国家扶贫政策的支持下，发挥距离县城近的区位优势，针对市场需求，村里先后实施了500亩冷冻蔬菜和1000多亩的石榴庄园基地项目，建成“巧家县夏秋冷凉蔬菜试验示范基地”；引进种植优质冬桃、核桃，套种中草药种植等产业项目；成立了“土鸡养殖农民专业合作社”。通过打造巧家县城“菜篮子”，实施产业富民工程，年总产值达到300万元。当年就有40多户农民实现脱贫出列。在产业发展的有力支撑下，中村脱贫攻坚的步子越走越顺、越走越宽。

为充分利用中村优秀的林地资源，拓宽新的经济增长点，帮助贫困群众进一步增收致富，张发德又开始琢磨在村里15000亩森林里做文章。这是中村脱贫路上的另一条“路”。

巧家县德丰养殖有限公司负责人史良民刚从云南武定县引进了一种优质肉食鸡，叫武定壮鸡。因为这种鸡对环境要求比较高，正适合建一个高标准的饲养基地。听说中村成立了“巧家县张家坪土鸡养殖农民专业合作社”，在林下饲养山鸡，对外打出了招商引资的牌子，引起了他的兴趣。

史良民找到张发德，要谈合作。张发德摆出了中村的资源优势和未来发展的远景规划，一下子把史良民深深地吸引了。两人一拍即合，握手言定。

但在合作的方式上，双方各执己见。按照传统的惯例和方式，史良民提出对山林地全面承包，每年向村里支付一定的承包费。

村“三委”否决了这一方案，决定闯出一条农村集体发展的新路子。经双方协商合伙成立股份公司，群众用山林地入股，根据公司每年的经营收入，双方按股份比例分红。

于是，“巧家县张家坪土鸡养殖农民专业合作社”与“德丰养殖有限公司”以股份合作制的形式成立“中村德丰养殖有限公司”。村委会负责整合村里的山林地、水、电等资源场所，建立产业基地；德丰公司负责投入启动资金，引进鸡苗，对村民进行技术培训和指导，带动村民增收，推动中村发展。

习近平总书记在中央扶贫开发工作会议上指出：“要通过改革创新，让贫困地区的土地、劳动力、资产、自然风光等要素活起来，让资源变资产、资金变股金、农民变股东，让绿水青山变金山银山，带动贫困人口增收。”

学习领会总书记的讲话精神，推动农村承包地“三权分置”改革，中村人更有了底气。

中村创立乡村治理新模式，与德丰养殖有限公司在原来合作的基础上，组建了“德丰林下养殖生产队”，村民各家各户按照耕地、林地的面积入股，农户不仅能够按照股份的多少享有公司股权的利益分成，还可以作为公司的股东，对公司的经营有参与权、知情权，并享有公司用工的优先权，实现了资源变资本、资金变股金、农民变股东的“三变”目标。

这和合作社 + 公司 + 基地 + 农户的合作方式，被称为新型“农村联合体”。

中村的实践证明，这种模式创新使农村经济发展焕发出强大的生命力。

中村的群众一天天富起来，腰杆也硬起来。原来觉得比邻村村民矮半截，现在中村人的胸脯也挺起来了。

又有人说，中村是个传奇！

其实，吸引史良民的不仅仅是中村的资源优势和区位优势，还有张发德的为人。“张发德办事认真，遇到困难、矛盾，他从来不推诿扯皮，敢作敢为敢担当。”

谈起与中村的合作，他又说："张发德很在意合作分享。他为村里的利益着想，绝不让村民吃亏；他还能站在对方的角度上思考问题，出主意、想办法，实现双赢。"

就拿武定壮鸡的改名来说吧。武定壮鸡本来是从云南武定县引进的特色饲养品种。张发德说，不管是哪来的品种，既然放在中村饲养，就是中村的产品，中村的品牌。中村的这座山叫玉屏山，就给这种鸡换个新名字，叫"玉屏山鸡"。

史良民有点担心这个牌子打不响。张发德说，只要我们的质量过得硬，哪有打不响的道理？就这样，武定壮鸡在中村一落户，摇身一变，成了"玉屏山鸡"。

说来，这种山鸡确实有点怪。在中村饲养出栏后，肉质明显长进，口感也好。他们通过对品种优选、优化和人工饲养培育，这种山鸡的品质又提高了一个档次。

他们请来专家进行了鉴定。专家们一致认为，玉屏山鸡在玉屏山特有的地理、气候、泉水等自然条件下，经过自然和人工选育已经形成颇具特色的"另类"。

张发德总是滔滔不绝地向外地客人介绍玉屏山鸡的特点。玉屏山鸡以自然放养为主，吃的饲料主要为苞谷、豆粕和米糠，生长周期长，肉质鲜美，肥而不腻，瘦而不柴。进入市场后，深受消费者青睐，常常供不应求，又成为中村一大新的收入增长点。

说起中村的林下养殖项目，大学生村干部杜梅两只大眼睛扑闪着亮光。她在手机上一扒拉，算了一笔账："村里动员老百姓养鸡，1 斤重的鸡苗由德丰公司按 15 元的价格提供，政府拿 10 元补贴扶持启动，农户投入 5 元。一只鸡养七八个月长到五六斤，可卖 132 元，扣除 97 元的成本，可赚 35 元。一家至少可养 300 只。仅养鸡一项，一年稳收入 10000 多元。再加上劳务收入和股份收入，轻松脱贫不成问题。情况好的，应该是奔小康了。"

中村张家坪一组村民肖体美以前在外打工，常年在外辛苦奔波。现在他是德丰养殖有限公司林下养殖基地的一名工人，给鸡消毒投放生态饲料是他每天的主要工作。他开心地说："上班就在家门口，一年工资 3 万元，再加上奖金，达到

4 万元，要比在外挣得多。”肖体美还有山林地入股，一年有 7000 多元的股份收入，每年保证有 5 万多元的收入没问题。他说：“日子过得很舒心。”

中村之“路”还走出一个令人欣喜的现象：外出打工的农民兄弟陆续返回村里，成为新型“农联体”的职工，再也没有了因常年在外打工漂泊给个人和家庭带来的种种烦忧。媳妇们的面颊上也放射出红扑扑的光彩。

新型“农联体”的运作机制坚持做到公事公开、权力透明，一切都在阳光下运行。村里的账目清清楚楚，村民们明明白白。就连每家每户的一笔笔收入都在村委会的电脑上显示出来。谁家脱贫没脱贫，小康不小康，全都一目了然。

张发德说：“新型‘农联体’才是中村要走的一条金光大道。”

2016 年，全村经济总收入 2000 多万元。其中，村民林地入股分红 86 万元、劳务费 60 余万元，又有 215 户脱贫出列。

随着精准扶贫各项政策落实，中村在原来的基础上，整合土地资源，重新规划，结合农村拆迁改造，集中建房，为进一步发展腾出了空间。同时，帮助 38 户建档立卡的贫困户完成了危房改造。

2017 年，中村集体经济如虎添翼，快速腾飞，先后实施了农田水利基础设施、美丽宜居乡村建设等项目，人居环境大幅提升。

5 月 14 日，省委常委、省委组织部部长李小三到巧家县调研时了解到中村的变化，予以充分肯定。他说：“脱贫致富，关键支部。习近平总书记指出‘党的根基在基层，打赢脱贫攻坚战，关键要看基层党组织的战斗力’。强化农村基层党建，抓实队伍建设，对于如期脱贫至关重要。”

中村人已经触摸到“两不愁、三保障”的总体目标，以前的“穷帽子”不见了。

中村人的胸脯挺得越来越高了，他们觉得，后来居上，超过了咪吐、官村，不自觉地流露出一点扬眉吐气的小得意，好像赛场上又扳回一局。

中村在小康路上没有懈怠。新型“农联体”再加入电商模式，林下养殖基地不断扩容，村民签约入股达到 100%，实现了全员覆盖。中村的经济发展正在由传统农业生产经营方式向现代规模跃升。与此同时，中村的新型“农联体”加电商发展之路开始向外辐射。

在白鹤滩镇党委、镇政府的主导支持下，中村进一步整合土地资源，扩大经营规模，吸纳了临近的官村、咪吐、法土等村社加入进来，抱团发展。通过林下养殖项目带动了周边村庄、社区的产业发展和脱贫摘帽，新型“农联体”不断壮大。

罗国平说：“条件成熟了，就把几个村联成共同体，不仅可以整合资源，相互借力，还可以增强农业产业化发展的市场竞争力和抗风险能力。”

邻村的群众则高兴地说，这叫“背靠中村好乘凉”。

不少人认为，中村是个传奇！

5. 一路开挂

走进中村，可谓一步一景，如在画中。

一栋栋白墙灰瓦的特色民居掩映在郁郁葱葱的松林中，崭新的水泥路通到家家户户。人间四月天，正是姹紫嫣红的时节，农田边、路两旁簇拥着盛开的鲜花，蜂蝶起舞，布谷声声；清澈的山泉吟唱着歌谣，顺着玉屏山蜿蜒而下，穿过村户，越过田畴，欢快地奔下山冈，恰一幅“曲水流觞”图。

中村的林下养殖、蔬菜果木种植以及深加工企业等蓬勃发展，到处是一派繁忙景象，一个正在振兴的村庄带着生机盎然的气息扑面而来。

再次见到村党总支书记张发德时，他正在忙活村里准备上马的光伏发电项目，还要筹备一个“乡村文化旅游节”。这位魁梧的中年汉子，穿一身整洁的西装，口袋上的那枚党徽格外鲜艳。黑黑的脸膛堆满笑意，双眼闪闪发亮，浑身上下洒满阳光，精气神十足。

中村富起来了，可中村人并不满足，张发德和村委的干部们又开始琢磨起来。

中村地处平均1800米的海拔，恰好与四季如春的昆明在同一个高度上，非常适合于休闲康养；面对金沙江，居高临下，又是观光旅游的好玩处。能不能想办法把远方的客人吸引来，留住，享受美丽乡村？

于是，中村人又有了新梦想——把开发乡村旅游业作为下一步发展新目标。

一个月明星稀的夜晚，村民田国荣、田绍贵、田绍才和几个年轻人闲来无聊，坐在山坡上纳凉，忽听到江边飘来阵阵歌舞声。低头一看，这乐舞声来自眼皮子底下县城里的堂琅广场，广场上灯火通明。他们议论开了：

“啧！啧！看人家，多爽！”

“现在这日子，不缺吃不缺穿的，就缺没啥子可玩的。”

“离我们村这么近，撒泡尿一使劲就能鼓捣到城边。咋就差别那么大噶？”

“咱村搞旅游总得让游客有个玩的地方，弄点玩的项目，不然谁到我们这儿来噶？”

“咱们能不能学城里人，修个广场，客人来了，也能唱唱跳跳什么的？”

“对，学城里人建个广场，跳舞娱乐；还有观景台、栈道、长廊……他们坐不住了，走！下去看看，城里噶人是咋子噶玩法。”

几个年轻人跨上摩托车，一溜烟直奔山下而去，半袋烟的工夫来到了县城的堂琅广场。

在巧家县城，除了大龙潭公园，堂琅文化广场就是巧家人的最爱了。如果说大龙潭公园是。巧家的历史，那么堂琅文化广场就是巧家历史上的现代风情。

堂琅文化广场处于县城中心的西侧，四面环路，环境优雅，主要由绿化园林、堂琅八景、音乐喷泉、堂琅奇石馆等组成。其中六根图腾柱表达了对发生在古堂琅山（今大药山）上彝族“六祖分支”这一重大历史事件的追怀。图腾柱上的浮雕图案是堂琅文化的代表符号，彰显了堂琅文化的主题。而那百米艺术长廊再现了古今堂琅的重大历史事件和深刻的文化底蕴。

整个广场集观赏、娱乐于一体，流光溢彩，美轮美奂，展现出巧家人绚丽多姿的生活和对美好未来的追求。

田国荣、田绍贵、田绍才和几个年轻人在广场上转悠了一圈，广场上热闹极了，左边是跳健身舞的广场大妈，右边是唱山歌的阿哥阿妹，西南角上还有跳交谊舞的酷男靓女，在艺术长廊前一群孩子习武练功，活泼可爱。

奇石馆门口的台阶上，几个领舞的女人，穿着半截袖的红衫，露出来的胳膊白的像藕莲，那胸脯挺得鼓鼓的；下面穿的打底裤紧绷在身上，圆圆的屁股翘着，好吸引人噶。

他们几个人看呆了。口中不停地念叨：“嘿嘿，看人家的婆娘。”

“人家长得好看，是跳舞跳的呗！”

“都说咱巧家有‘十八怪’，这是其中‘一怪’哩！‘广场婆姨惹人爱’！”

他们几个人边看边议论着，看到了堂琅广场上有踩高跷的老头，还有“啪啪”甩大鞭的壮汉，好过瘾啊！

中村人一致要求，要建自己的文化广场，像城里那样耍、那样爽，让文化生活“富”起来，精神文明“亮”起来。

文化广场建在哪里？中村寸土寸金，并没有多少腾挪的空间。

张发德和村“两委”的干部们转来转去，看中了村委会下面田坪二组的一块地。这里平整开阔，上面是村委会，下面是一片漫坡松林。俯视：亮丽县城，滔滔金沙，尽收眼底；远眺：群峰逶迤，万山葱茏。老奶奶打哈欠——一望无牙（涯）啊！好一块风水宝地，建设文化广场再合适不过了。

但是，这片土地涉及8户村民，要拿出来建文化广场，又没有补偿款，他们愿意吗？

村干部们把这8户村民请到村委会和他们商量。一开始他们谁都不吭气，只是低头吧唧吧唧地抽烟。张发德理解他们，要割心头肉谁不心疼啊？尊重群众，不能勉强。

“口袋‘鼓囊囊’，也要精神‘亮堂堂’。”张发德边给大家递矿泉水边说，“这事是村里发展的长远大计，莫得急。你们回去，和家里人商量商量再说。”

“没啥子噶好商量的，村里的发展是大事。”占地最多的田国聪第一个站出来表态，“前几年，村里修路，不少人贡献了地，村里发展了。现在村里建广场，做旅游，是为了今后的大发展。需要用地，我没得说。”

在田国聪的带动下，田国臣、田国奎、钱国荣等8位村民纷纷表示支持村里修建广场，无偿让出自己的土地。

就这样，中村建起了田坪文化广场，为中村人的文化生活，也为中村旅游业发展腾出了宝贵的空间。

随着中村的文化设施逐步完善，村级活动场所覆盖了每一个村民小组；开阔的广场、整洁的外观，还有俯瞰全城的观景台，吸引了大量游客。中村的人气越来越旺，旅游也渐渐火起来。

自从修了文化广场，村里的夜晚不再静悄悄。“以前到了晚上，山上黑漆漆的，现在村里亮堂堂的，大家唱啊跳啊。到了周末，就更热闹了。城里的年轻人都会跑上来耍。”田国聪乐悠悠地说。

来到中村，走过休闲广场、观光长廊、步行栈道，可以登上观光亭。亭前翠竹掩映，亭内设有护栏和“美人靠”，如此而坐，听松风、品香茗，赏玉带峥嵘、慨滇云蜀雨。金沙风光尽收眼底。再从观光台下来往左走，串过一片松树林，便来到没有经过人工雕琢的天然观景台——老营盘遗迹，顿有不知今夕是何夕之慨。

此时，头顶蓝天白云，呼吸着清新的空气，听着阵阵松涛声，俯瞰着美丽的巧家县城，会让人情不自禁地放声一展歌喉，令人陶醉！

春夏之交，花开烂漫，这里的美色被发现了，越来越多的巧家人慕名而来。除了风景漂亮外，中高海拔也成了避暑的又一好去处……游客们相互约起，一波一波地来到中村休闲旅游！

2017年5月28日，6000多名游客汇聚中村，巧家县首届“乡村文化旅游节”在美丽如画的田园风光中举办。吃农家饭菜，品长街宴，观斗鸡比赛，欣赏文艺演出，纵情篝火晚会……一套颇具乡村气息的系列文化大隆重开席，游客们玩得如痴如醉。

用中村人的话说，农家乐“爽歪歪”。

文化旅游节为许多村民带来了一笔可观的收入。据村委会初步统计，有50多户群众当天分享了10万多元的收入。田坪2组村民谢治琼得意地说：“我推凉粉车卖小吃，一天赚了2000多元。希望我们中村天天都是旅游节。”说完，哈哈地乐不可支。

人们都说，中村是个传奇！

“村民日子好过了，觉悟也高了，村风、民风也好了，所以工作开展起来就顺风顺水了。”张发德信心满满地说，“白鹤滩电站建成后，中村将是县城附近高峡平湖最好的‘观景台’。我们将把中村建成巧家县旅游度假的避暑胜地和最美的后花园。”张发德又笑着补充道。

不是“最美”，是“醉美”。的确，对于巧家江边低海拔的干热河谷一带来说，中村是避暑消热的绝佳胜地。即便是跨越滇川、路经巧家的远方游客，在中村稍憩几日，小作休闲，轻松享受一下这里的田园景致，也是一个不错的选择。

党总支书记张发德透露，中村正在筹备组建乡村旅游公司，大力发展乡村旅游新兴产业，力争形成年接待 10 万人次以上的生态观光旅游和营销一体化的集体企业。眼下，旅游配套设施包括“农家乐”餐馆、农庄宾馆、旅游厕所等一应俱全。旅游酒店、会议中心、观赏玫瑰种植基地等项目也在筹建中。

2017 年 6 月初，玉屏山碧若翡翠，花团锦簇，流水如歌，一派生机葱茏。巧家县“脱贫攻坚现场观摩经验交流会”在中村召开。全县基层干部聚集中村。张发德带着大家边看边讲述“农联体”的发展成果和体会。

“今天的中村，不仅群众脱了贫，也有了壮实的集体经济，这些都是在国家扶贫政策和县里、乡里支持下发展起来的。以后，有个风风雨雨，村里自己都能扛。搞点基本建设，项目投资，不用再向国家伸手了。思源思进。反过来，我们中村人也懂得感恩。公司该交的交，该纳的纳，尽力回报国家，给社会多做贡献……”

张发德的一番肺腑之言赢得一片掌声。

谁能想到，这是白鹤滩镇曾经出了名的后进村、贫困村，在短短的几年中彻底实现了命运的蜕变，成为脱贫致富的“乡村之星”。

七一前夕，巧家县委授予中村党总支部“先进基层党支部”称号，张发德也被评为“优秀党总支书记”，受到县委表彰。

“怎样看待中村的变化？”

县委常委、县委办公室主任罗国平，略一思考说：“群雁高飞头雁领。习总书记曾讲过，农村富不富，关键看支部；支部强不强，关键靠头羊。中村的群众选了一个好支书，支书带出一个好班子。党员队伍的先锋队作用发挥出来了，群众就跟上来了。再加上观念新，有思路，工作实，就能创造出令人惊喜的成果。”

2018年新年之际，巧家县首批500户屋顶光伏扶贫电站并网仪式在白鹤滩镇中村举行，标志着巧家县首批光伏发电项目正式运行。

中村是不是传奇？！这不重要，重要的是，小康路上不能满足，乡村振兴不能停下脚步。中村人说，下一个目标：由传统农业向农旅融合转型，打造玉屏山“全域旅游休闲度假胜地”。

雄心勃勃的中村人，正以打开未来的各种姿势一路开挂！

第四章

最暖心的风景

党徽闪闪亮，党旗峡谷飘。

这是巧家最美最亮最暖心的“风景”，也是巧家人震后重建、脱贫攻坚的力量之源和精神之光。

1. 党徽闪闪亮

夏日的午后，牛栏江的气温达到一天的峰值。坐落在江边的苞谷垴乡红石岩村一如往常。江峡两岸红褐色的崖壁在阳光的强烈辐射中，像一个巨大的烤箱在燃烧。而牛栏江蒸发的雾气不断氤氲升腾，与天空的云翳偶合变幻出缤纷的斑斓和奇形怪状，给乌蒙山川平添了几许神秘莫测的色彩。

住在红石岩村冷家坡的周清顺从山坡上打回一背篓青草，正准备用粉碎机打成猪饲料。突然，传来一阵天崩地裂的轰响和抖动。本来患有高血压的他只觉得头晕目眩，站立不稳。他本能地抓住草棚的柱子，以为是血压升高引起的幻觉。以前，他有过这种感觉。

“娃他娘，娃他娘……”他呼喊妻子。

这一刻，他还没有意识到究竟发生了什么，面前的房子轰然倒塌，一股气浪将他推了一个趔趄。

他从弥漫的烟尘中挣脱出来，踉踉跄跄地跑到院子外面，定神一看，眼前的景象把他惊呆了。山坡上碎石飞滚，村子里烟尘飞腾，转眼间，一片墙倒屋塌。虽然他从来没经历过这种毛骨悚然的场面，凭着他不惑之年的人生常识，他断定到底发生了什么。

“不好！地震了。”

他转身去找妻子，妻子顶着一头灰尘奔过来。他对妻子说：“地震了，赶快救人！”

他看了一眼已成一片废墟的房屋和庭院，转身向山坡那边奔去。

“家都没了呀。你到啥子噶去？！”妻子惊魂未定，想喊住他。

“我去村委会。救人要紧！”周清顺头也不回地消失在树丛那边。

从此，他再也没有回来……

苞谷垴乡乡长何朝芬讲起周清顺的故事，依然眼含泪水。

2014年8月3日16时30分，云南鲁甸县龙头山镇发生了6.5级地震，牵动了全国人民的心。素有“巧家东大门”之称的苞谷垴乡与震中龙头山隔江相望，仅有10余公里。大地被撕裂的瞬间，江峡石壁乱石纷飞，一个个山村顷刻间便成为一片残垣断壁，惨不忍睹。

震倒的是房屋，震不倒的是旗帜。危急时刻，苞谷垴乡的600余名党员，挺身而出，冲在抗震救灾的第一线。他们把党旗插在废墟上，在大灾大难中挺起坚强的脊梁，成为群众的“贴心人”“主心骨”。

红石岩村冷家坡村民小组组长、共产党员周清顺强撑病体，第一时间带领群众冒着大雨，不顾余震和落石的危险，从残垣断壁中救出6名被埋群众。

“8·03”地震，是巧家县自新中国成立以来，经历的一场最大的自然灾害。

哪里有呼唤，哪里就有党员干部义无反顾的身影。也许人们看不出他们有什么不一样，但在关键的时候、在危急关头，他们挺身而出，与众不同。党员就成了不一样的人——敢于冲锋陷阵的人，敢于牺牲担当的人。

在“8·03”抗震救灾中，苞谷垴乡党委按照“一面旗帜、一套班子、一套制度”创建红旗社区，成立了6个“红旗社区”临时党支部。他们在安置点、村委会、重建点挂上党旗，每个党员胸前都佩戴着党徽。

火红的旗帜、闪闪的党徽，给灾难笼罩的山乡带来了亮光和炽热的温暖。

受灾群众看到那一个个胸前闪动着红色党徽的身影，奔波在灾后生产生活秩序的恢复中，顿时觉得有了依靠，灾后阴影很快被驱散。一张张笑脸绽放着信心，写满了希望。

“感党恩，铭党情，鼓干劲，建家园。”走进巧家，堂琅大道上的12个大字光彩夺目，映照出巧家儿女感恩奋进、自立自强的心声。

震后百废待兴，重建“早”字当头。巧家的干部群众勠力同心，尽非常之责、举非常之力、克非常之难，在废墟上重建家园，以一种超凡的速度跑赢灾难创伤，创造了灾后重建的“巧家速度”。

“地震是一场灾难，恢复重建却是我们脱胎换骨、加快发展的机遇。”巧家县长陆颖说。

灾后重建的战场上，巧家县委、县政府把灾后重建与扶贫攻坚相结合，把改善民生与产业发展相结合，把推进美丽乡村建设与乌蒙山片区区域发展规划相结合，将遭受地震摧残的山河打造成一幅美丽的画卷。

“干部辛苦一阵子，群众幸福一辈子。”苞谷垴乡党委副书记柳尧富说，“明年恢复重建结束之日就是全乡脱贫之时。”

见到柳尧富时，他下村里刚回来。柳尧富个头不高，块头不大，一张青春脸，讲起话来，口气坚定自信。谈起农村的工作，他第一句话就是：“有情怀，加上用心，没有干不好的事。”

柳尧富来到小营村抓震后重建，启动集中安置点新村建设，需要征用村民罗坤云的 2 亩多地。60 多岁的罗老汉拦住不让动，工程被卡住了。小营村人均耕地少，罗老汉常把家里的几亩地作为在村里自豪的资本，动他的地就像割了他的心头肉，无论如何不在协议上签字。

柳尧富带了一桶 20 斤的酒，登门拜访。老罗觉得很光面，非要请柳尧富喝酒吃饭。两人摆起了龙门阵。

柳尧富称赞老罗在村里为人厚道，受人尊重，然后描绘着小营新区未来的美好情景，老罗听得合不拢嘴。合不拢嘴就一个劲地喝酒，喝了酒就一抹嘴上的酒星子，哈哈地笑起来：“要得要得。”

“老罗啊！一人吃亏，大伙受益。一家做贡献，全村住新房。这是大善大德啊！咋子噶不为嘛？全村都看着你哪！”柳尧富敬了杯酒，“再说了，没有党和政府的关心、支持，哪有今天的好日子？现在，党和政府给咱老百姓办好事，咱们不能不支持哩……”

“要得要得。”罗坤云望着柳尧富胸前闪动的党徽坐不住了，当即表示，“这个字，我要签。”

后来村民们搬迁到小营新区，乡亲们都夸老罗功不可没。老罗却摇摇头，不好意思地说：“我算个啥子么。要是我不同意，误了大家的事，那才挨骂哟。”

柳尧富深有感触地说：“作为乡镇干部做群众的工作，首先要尊重群众，尊重就是看得起他。话是开心的钥匙。只要你面对面、心贴心、实打实和百姓交心，老百姓就理解你、支持你。大道理要好好地讲，知心话也要好好地说。”

在迎来2016新春之际，新建的小营新区、周家坪等集中安置点投入使用，所有受灾群众全部搬入新居。

2016年7月1日，庆祝中国共产党成立95周年大会在人民大会堂隆重举行。茴谷垴乡党委作为“全国先进基层党组织”受到党中央的表彰。

金色的奖章凝结着共产党人无悔的付出与奉献，红色的证书记录着前进路上的自豪与荣光。“现在我们所有灾区群众都已经住进了宽敞明亮坚固的新房，请党和人民放心！”乡党委书记何锡华动情地表示。

巧家县开展了“党员戴党徽、岗位亮身份”活动。党员“戴党徽、当先锋、树形象”蔚然成风，发挥模范带头作用成为每个党员的自觉行动。这一活动在社会上产生了积极广泛的正效应，赢得了人民群众对党员的点赞。

“那些戴党徽的人就是不一样。”这句赞扬出自老百姓的口中，是因为党徽暖在老百姓的心中。

“一枚党徽一份责任，一名党员一面旗帜。”县委书记张华昆说，“我们巧家县有1500多个基层党组织，16900多名党员。通过开展以‘戴党徽、当先锋、树形象’主题活动，强化了党员干部的宗旨意识、服务意识，推动了党政机关的作风转变。党员队伍的精神面貌和工作姿态发生了很大变化。党员的先锋模范作用突出了，良好的形象也树起来了。”

2.“挂包帮”“转走访”

2015 年，如何在震后恢复重建的基础上赢得脱贫攻战的主动?

巧家县成立了县扶贫开发工作领导小组，县委书记、县长担任扶贫开发工作领导组“双组长”，下设 17 个脱贫攻坚专项工作组。16 名县处级党员领导任乡镇党委“第一书记”，县人民政府分管领导为行业扶贫的“第一责任人”。全县采取了县级领导和县直各部门对贫困乡镇和贫困村全部实行“挂包帮”“对口扶”的方式，每个贫困村都有驻村工作队，每个贫困户都有干部结对帮扶，实现了“挂包帮”村村全覆盖。

同时，以转作风、走基层、访贫困为主题的“转走访”工作法已然兴起。各级领导以身示范，全县 61 万多干部群众凝心聚力，奏响了决战脱贫的最强音!

云南省统计局干部陈杨东是下派到巧家县挂职副书记的扶贫工作队总队长。他对数字有着特殊的敏感性：“2015 年底，巧家县选派了 477 名政治素质好、工作作风实、综合能力强的干部职工，组成第一批扶贫工作队，进驻 93 个贫困村（社区）开展帮扶工作。2016 年，县里又加强了一线扶贫力量，和中央、省、市选派的 134 名队员，组成 179 支驻村扶贫工作队，全部挂联到村。与此同时，全县 3842 名干部职工走出机关大院，走进乡村山寨。通过进村入户调查摸底，识别贫困户，全面掌握各村面临的主要困难和问题，与贫困群众一道析穷因、挖穷根、谋出路，实现了结对帮扶户户全覆盖。”他还特别强调说，“精准扶贫，首先是要精准确定扶贫对象，解决‘帮扶谁’的问题，必须扣好‘第一粒纽扣’”。

苞谷垴作为“8·03”的重灾区，能否如期推进，举足轻重，影响全局。因此，县里投入了扶贫攻坚的重兵力。

苞谷垴乡有红石岩、新坪、周家坪、燕麦沟、红箐村 5 个贫困村，分别由昭通市烟草公司、县委办公室、县国土局、市国土筹备中心和县烟草公司“挂包帮”，并派工作队驻村扶贫。

何朝芬说苞谷垴 2015 年脱贫近千人。2016 年，按照“五查五看三评四定”

的原则，已完成了第三次建档立卡“回头看”工作。

“尤其苞谷垴的交通很恼火，全乡没有一条像样的路，地震时又受到严重破坏。不通路，难致富。但是，修路需要征地拆迁，这种事在农村工作中难度最大。”乡长何朝芬又笑盈盈地说，“想不到我们进行得很顺利。”

前几天，乡里修街道，要占用苞谷垴社区一部分工地，乡里的干部们分头去村里做工作，想不到老百姓这么痛快。大家都表示：“修路脱贫，大力支持政府。只要能用到，我们让出来。”

何朝芬说，听了这话好感动。老百姓经历了那场大地震，觉悟提高了。群众看到了集体的力量、国家的力量，他们对政府充满了信任，对脱贫满怀信心。

征用杨昌富家的地时，还是遇到了麻烦。50多岁的杨昌富没说什么，他妻子提出能不能给调块地出来。他妻子的要求并不过分。他家8口人，原来有7亩地，一次次都给乡里征用了。现在还剩1亩多地，种着苞谷和花椒。对于土里刨食的农民来说，这是家里最后的一点指望。这次乡里修街道，又占去几分，这是全家人最后的一块心头肉啊！

苞谷垴社区很小，坐落在山坡上，就一个小小的丁字街道，每逢集市，人塞地满满挤不动，更过不了车，确实需要开出一条新街道来，这也是群众多年的呼声。

何朝芬带着乡干部和苞谷垴社区党总支书记王朝富再次来到杨昌富家，和他一家拉起了家常。

“老杨啊，你家的房子盖得好漂亮噶。”

“要得要得。”老杨脸上挂满了笑容。杨昌富家里的房子确实不错，两层楼有三四百平方米，一楼是门面，上面还带阁楼。老杨的老伴得意地说：“这都是地震后国家给补贴钱，政府帮着给建的吗。这要感谢政府哩！”

“是啊，老百姓有灾有难了，政府会想着老百姓。政府有了难处也需要老百姓支持啊！”何朝芬循循善诱，摆出了开心的钥匙。

“要得要得。”杨昌富吧嗒着烟说。

王朝富告诉他，社区里做了努力，调不出地来，希望他们家理解。

“没得说，没得说。”杨昌富点着头说。看来，杨昌富一家有思想准备，就这样接受了。

“一家奉献百家安。我代表乡里谢谢你们一家，你们家有了困难乡里会考虑的。”何朝芬亲切地说。

杨昌富没再提什么要求。何朝芬说：“群众工作就是这样，需要干部登门交心，到群众家里坐下来，面对面地摆一摆摆政策、道理，再调过屁股来，体谅一下老百姓的难处，说几句暖心的话，群众就理解了，也就支持了。”

杨昌富和社区里签了协议。回来的路上，何朝芬又一再交代王朝富，多关心杨昌富一家的生活，有什么困难及时给他家解决。村上办不了的，反映给镇上解决。

古道柔肠，女人的心总是绵软的。“将心比心嘛。”她说：“老百姓善良，我们更要善待。”

如果不是隔着牛栏江，远远看去如同疤痕一般、裸露于青山上被削去半壁的红褐色山体，似乎很难让人想象两年前这片江峡山川所遭受的巨大劫难。

在夕阳的余晖里，走进震后重建的新集镇——苞谷垴乡小营新区，几乎颠覆你对山乡的所有想象。

惊艳之处，不仅是它的环境优美亮丽，更是它一应俱全的完善而又人性化的社区功能。

小营新区安置点是国务院批准规划建设的 3 个重点集镇之一，除民房外，还建有便民服务中心、学校、医院、敬老院、文化站、集贸市场、避难场所、客运站、水厂、垃圾焚烧站、污水处理厂等公共服务设施，功能完备，配套完善。

漫步其中，一种生命的张力和生活的灿烂扑面而来。这还叫山乡吗？分明是一座现代化超级版的小城嘛！

若不到现场，无论如何，你想象不出这个坐落在乌蒙大山深处曾被强烈地震摧残得支离破碎的小镇，竟然奇迹般地复活出这般模样。

在社区的便民服务中心和超市里，进进出出的居民们洋溢着笑脸。在花园广场、球场、健身场上，还有那儿童乐园里，极富节奏感的乐曲和着歌声和笑声，汇成一首幸福交响乐，在江峡远山悠悠回荡。

3. 精准的力量

苞谷垴乡周家坪村有一户特殊贫困户，在巧家深入生活也随之打开一扇透视“精准”的窗口。

于是，从这家贫困户的变化中，看到了“精准”的力量，也看到了巧家人在挑战贫困中顽强不屈、砥砺奋进的“最美风景”。

2015 年 9 月份，国土资源局多次来到挂钩包扶的贫困村周家坪村深入走访调研，精准排查摸底。周家坪村贫困人口 1500 多人，贫困发生率 48%。局里干部职工采取结对包扶，任务比较艰巨。

局办公室的干部刘启金作为第一批下派驻村扶贫干部来到周家坪担任第一书记。他在日记里记录了一个特殊家庭——吴仕彪一家的情况。他家“特”就特在不是贫困户的“特困户”。

刘启金在扶贫日记中做了如下记述——

2016 年 7 月 25 日晚上，突然接到吴家营村民小组贫困户吴仕彪的电话，说他有两个娃娃高考分数下来了，同时考上了大学。家里非常困难，问他能不能帮助解决两个孩子的学费问题。吴仕彪 44 岁，邓永焕 46 岁。他夫妻靠长年在外打工挣钱，供养四个孩子上学。

吴仕彪的收入算不上贫困户。向扶贫工作队求助，看来他们夫妇确实无能为力了。

我在电话里安慰吴仕彪不要着急，待两个孩子的录取通知书到后，尽快与他联系，想办法让两个孩子入学。

像吴仕彪家这种状况在巧家县不乏少数。了解了一下，入学至少需要七八千元的学费，许多人家恐怕没有这个能力。扶贫必先扶智。要解决贫穷的根源问题，必须首先从教育入手。一个贫困家庭走出一个大学生，就有了脱贫的希望。

几天后，吴仕彪的两个孩子都接到了入学通知书，但入学的学费成了问题，真是喜中有忧。吴封窕本来去年考取了一所大学，因学费高，实在上不起，只好放弃。不服的她复读了一年，终于如愿以偿，考上了昭通学院。经多方联系协调，学院为她免除了学费；同时，巧家县教育局资助中心为她办理了助学贷款。吴封洪考上的是南开大学。虽说不是他心仪的第一志愿，但当他得知南开大学是周恩来总理的母校时，感到欣慰。他与南开大学联系，入学后可以办理校园贷款。现在，两个孩子的学费问题都有了眉目。

2016 年 8 月 23 日，上级下拨了一些救济物资，主要是粮油。晚上，村民委员开会研究救济物资的发放时，特地给吴仕彪家救济了米和油。

2016 年 9 月 1 日下午，我和村委委员邓明刚到吴仕彪家走访，只有吴仕彪的妻子邓永焕患病在家，她感到有些突然。当我们说明来意后，她显得有些激动。经与邓永焕交谈得知，除她家种植的两亩花椒能收入 5000 元左右，就指望她和丈夫吴仕彪做临时工了。村里了解到他家的实际情况，决定为他们申报两个低保。

吴仕彪左腿伤残，做过脑部手术，再加上震后重建房屋，前后总共欠了十几万元。过几天，在周家坪学校做完临时工，他们夫妇就到昆明洗涤厂打工。因为残疾干不了重活，每月也只能挣 1000 多元。他们一边供 4 个孩子上学，一边还债。她还表示只要能过得去，不给政府添麻烦。

吴仕彪一家在村里为人厚道、处事实在。他们夫妇要供 4 个孩子上学，经济上还有很大困难。虽然 2 个孩子同年考取大学给他们带来了喜悦，但家庭经济拮据带来的压力，令他们有些无奈和不安。

我和邓明刚安慰她，有党和政府的关心、关怀，困难只是暂时的，大家共同努力，一定有办法渡过难关。

……

从刘启金的日记中，了解到这个特殊的贫困家庭的大致情况。一个身有伤残的丈夫和一个弱小女人，又是一对文盲夫妻，是怎样把四个孩子抚养成人，并培养出两个大学生的？如今，他们夫妻俩又是怎样支撑四个孩子上学的？

这背后肯定有着不一样的故事。

很想见见他们，因吴仕彪夫妇外出打工，且务工地点变化不定，一直联系不上。但，这个家庭一直成为牵挂。他们身上究竟沐浴了多少“精准”的阳光？

2018年元旦过后，几经周折，终于在安宁市的温泉镇找到吴仕彪一家。

吴仕彪含泪诉说十几年前在一次矿难中左腿粉碎性骨折的遭遇。因没有文化，不懂得通过法律途径追诉赔偿和保障权益，住院手术欠下巨额债务，并落下残疾。破屋偏遭连夜雨，不久，吴仕彪又做了一次脑部手术，使这个风雨飘摇中的家庭雪上加霜，负债累累。两个大点的孩子上小学，两个小的还没上学。吴仕彪躺在床上养病，几次变故下来，家徒四壁。妻子用羸弱娇小的身躯苦苦支撑着这个凄苦无助的家。

有人私下劝邓永焕：“你还年轻，赶快走吧。这家人怕是没指望了。”邓永焕摇摇头说：“不能，我不能走。我还有四个娃娃，我走了，他们怎么活噶？”她又流着眼泪说：“我和他结婚时发过誓噶，一辈子不分开。”

吴仕彪父母去世得早，他十一二岁就一个人过活。一次他赶场子卖水果，一位甜善的姑娘来到他摊前挑拣水果，两个人你看我，我看你，看得心热脸燥。一来二去，两个人相识了。再一来二去，两个人相爱了。姑娘就是邓永焕。这年，他们俩一个十七岁，一个十八岁。

邓永焕的父亲是农村比较保守的那种传统型人物。虽然他是村干部，却从来不让唯一的女儿一个人单独外出，也没让她上学。没想到女儿第一次一个人逛街，就谈上了恋爱。他十分懊恼，发了几次飙也无奈，女儿认定了。就这样，邓永焕嫁到了一贫如洗的吴仕彪家。新婚这天，两人海誓山盟，一辈子不离不弃。小两口恩恩爱爱过日子，当年大女儿就出生了。

随着孩子一个个出生，不幸也接二连三地降临到这个家庭。一次次苦难的打击并没有让邓永焕精神崩溃。在最困难的日子里，她一个人伺候丈夫，照顾孩子，打理地里庄稼，还养牛养猪，从不言苦。孩子们一个个上学了。她再累，也从没让孩子们误过一堂课，少做过一次家庭作业。丈夫一天天好起来，孩子一天天长起来。由于过度劳累，她也落下了肠胃病。

2014 年，“8·03”地震又一次把这个家摧毁。在政府的帮助下，吴仕彪家盖起了三间新房。随后的一系列“精准扶贫”政策才让他这个苦难之家慢慢恢复了元气，有了希望。

乍一见吴仕彪，不像一个文盲，他很干净利索，像一个知识分子；他也不像一个有残疾的人，他长得很精神，尤其是穿上那身草绿色呢子安保制服，更显得英俊帅气。

吴仕彪干不得力气活，只能做些看守工地或门卫这样的临时工，挣的工资低。他在一家地产公司做门卫，妻子在一家小餐馆做服务。每人一个月能挣 1600 多元。按照他俩的收入和当年年人均收入 3200 元的脱贫标准，再加上政府给他家的低保。全部算下来，他家应属脱贫了。

再算“硬支出”：他 4 个孩子上学，除去各种必需的生活消费，满打满算，每月还有近 2000 元的缺口。看来，贫不贫，不仅要算收入账，还要算“硬支出”。

对于一个还背着 10 多万元债务的家庭来说，确实是一个特殊的“贫困户”。何况，他们夫妻俩的收入都是临时性的，务工单位并不固定。生活的压力依然很大。

正值寒假，大女儿从昭通学院直接去深圳打工了，他的两个儿子和小女儿来到父母身边。两个儿子也在温泉镇找了份临时工做，小女儿也在小餐馆里为母亲帮忙。两个上大学的孩子在学校的“校园贷款”被直接扣缴学费了，一年的生活费要靠周末和假期打工来补贴，始终处于一种拿起课本读书、放下书本打工的状态。他们说，不管挣多少钱，总能替父母减轻些负担。

吴仕彪感慨道，他现在做梦都想上学，只可惜小时候不懂得学文化的重要。他是个仗义之人。一家同时出了两个大学生，邻居们送来钱说是给孩子凑学费，这是村里的大喜事。他很感动，非要把家里养的一头牛杀了宴请全村人。妻子拦住他说，这头牛能卖 5000 多元，给孩子们交学费。他说：“大伙凑的钱怎么也比这头牛卖得多。这几年，乡亲们也没少帮咱。”结果，他把牛杀了请全村老少大吃了一顿。全村好不容易才凑了 3000 多元给他，落下妻子和女儿的不少埋怨。

他和妻子由亲戚介绍来到温泉镇务工已经半年了。尽管日子清贫得不必言喻，但他们并没有一丝愁苦，脸上总是洋溢着笑意。孩子们也非常懂事。他说，再苦再难也要供孩子们把学上下来，不能再让孩子像他一样，没文化受穷。

生活在大山里的老百姓虽不富裕，他们朴实、勤劳、隐忍和对善良的坚守，令人起敬。有不少人家自强不息，砥砺奋进，不向政府伸手，也成为巧家一道“最美最暖心的风景”。这是不少扶贫队员和基层干部的共同感受。

但是，也有个别“贫困”户有力不出，有劲不使，有条件不干，总想依赖政府，存在着“等、靠、要”的懒惰思想，甚至甘当贫困户。面对这种情况，扶贫工作队员又该怎么办呢?

4. 懒汉脱贫

扶贫工作队女队员杨宗芬想不到，她挂包的贫困户竟是一个“二流子”。心中叫苦不迭。

2016 年下半年，县国土资源局里的青年女职工杨宗芬主动报名，作为巧家县下派的第二批扶贫工作队员来到周家坪驻村扶贫。杨宗芬巾帼不让须眉，驻村当天，就向第一书记刘启金要求熟悉情况、分配任务，并把村里难度大的贫困户交给她。

杨宗芬挂包了名叫吴永忠的一家。想不到，这家很特殊。吴永忠是个光棍汉，一提起他，村民们都摇头，还有人悄声说他是“二流子”。

咋子嘛摊上这么一户？！杨宗芬听说后不好意思提出调换，只怪自己运气不佳。

这天，刘启金带着杨宗芬入户走访、逐家了解贫困户的情况，并帮助解决脱贫中遇到的困难。杨宗芬想，脱贫攻坚是政治任务，何况是自己主动要求的，不能认㞞。吴永忠家到底啥子嘛情况，今天走访一定去他家搞清楚。

一天下来，他们走访了 8 户人家。还有一户人家，是她必须要去的挂包贫困户吴永忠。

此刻，天色已晚，山村一片漆黑。去吴永忠家的路是一条挂在陡峭山崖上的羊肠小道，十分危险。手电筒的光束也越来越微弱。返回，杨宗芬又不甘心，很想弄清这个所谓的“二流子”家到底是怎么回事。

刘启金带她先来到村主任龙顺发家里，龙顺发热情地为他们让座沏茶，杨宗芬迫不及待地问贫困户吴永忠家的情况。

龙顺发端起茶碗“咕咚”喝了一口，冷冷地说：“他呀，瞎子害眼病——没治了。一句两句话说不清楚。”

“到底啥子嘛样啊？”杨宗芬急切地问。

“吴永忠是贫困户，说不过去。他呀！懒汉一个！三十来岁的老爷们，身强力壮，整天东游西逛，溜溜达达，啥子嘛都不干，是个懒汉。人称‘二流子’。”老龙一脸的无奈。

“就说盖房吧。8・03 震后恢复重建，在政府的扶持下，家家户户都忙着盖房子，入冬前不少人家都搬进了新房。可‘二流子’倒好，住在危房里，却四处逛游，啥子嘛都不干。还嬉皮笑脸地对村干部说：‘你们让我住破房，给上面当官的知道了，咋子嘛交差？’一副无赖样，气死人不偿命。他还有个 80 多岁的奶奶。大伙实在看不下去了，村委会商量，让村民小组长邓勇先带人给他修，这才让祖孙俩住上了现在的房子。”

龙顺发越说越来气：“这种人，‘靠着墙根晒太阳，等着别人送小康’。典型的等、靠、要！就是扶不起的阿斗！不穷才怪呢。大小伙子，连个婆娘都没得混。”

刘启金和杨宗芬提出去吴永忠家看看。龙顺发觉得天太晚了，让他们改天去。他又恨铁不成钢地说：“我看，你们不用去了。去了也恐怕见不着人影。见了也没用，谁拿他都没得法。就他那 80 多岁的奶奶，眼睛、耳朵都不好使。”

听了龙顺发的介绍，杨宗芬忧心忡忡。人，最怕的不是穷，而是没有志气，甘愿受穷！像吴永忠这种情况，显然患的是“精神贫困症”。我们该怎样激发出这种贫困户靠勤劳致富的内生动力呢？返回的路上，杨宗芬寻思着应该怎么办。

几天之后的一个上午，杨宗芬向吴永忠家走去。吴永忠家在周家坪村子边缘的半山腰上。从山梁上远远望下去，孤零零的房屋坐落在荒山野岭间，像一个落了单的羔羊，一副可怜兮兮的模样。

杨宗芬小心翼翼地绕了40多分钟陡峭的山路，总算走进这个单门独户的篱笆院落。院内冷冷清清，杂草丛生，屋内凌乱不堪，一幅破败相，这哪像个家呀！

果然吴永忠不在家，屋里有位年迈的奶奶。杨宗芬打过招呼，说明来意。奶奶的腰驼得厉害，行动很吃力。

说起吴永忠，奶奶叹口气说：“唉！这孩子命苦。从小就没爹没娘，我把他拉扯大。可这娃儿，都已三十好几的人了，就是讨不到媳妇，唉……这可咋子噶办呐？”

“他念过书啊？”杨宗芬提高嗓门大声问。

“念书……谁苦钱给他念书？唉……说来也是我害了这娃……”说到这里老人扯起衣角来抹眼泪了。

通过与奶奶的交流，杨宗芬有点明白了。吴永忠从小与奶奶相依为命，没受过教育。奶奶觉得他可怜，过分娇宠他，从小养成无所事事、好吃懒做的恶习。村里人瞧不起他，他就破罐子破摔，变成现在这个样子——在村民眼里，他是个“懒汉”。

奶奶也不知他干啥子噶去了。杨宗芬一边里里外外收拾他家的屋子、院子，一边等着吴永忠回来。她想看看这个“二流子”究竟是怎样的一个人，能不能改变。说心里话，杨宗芬一点底气都没有。

傍晚时分，吴永忠终于回来了。他嘴里随意地嚼着一根野草，一副特别懒散无聊的样子。杨宗芬心里一下子凉半截。不怕人穷，就怕志短。

吴永忠进来看到家里变了模样，一脸惊奇，站在院里愣住了，好像这不是他的家。

当他看到家里坐着一个年轻女人时，眼珠子差点掉出来。他家里怎么会来女人？在他的记忆中，自从双目失明的母亲离开这个家以后，再也没有来过女人。这是幻觉吗？顿时，他满脸绯红，脚手无措，支吾着说不出话来。

杨宗芬告诉他，她是扶贫工作队的，他才平静下来。

“你出去找活计做了？”杨宗芬试着跟他交流。

“没呢，闲逛。”他低头搓着脚尖回答她。

“你有一身的好力气，为啥子嘼不去找些活做？一天能挣到100多块钱，你可以补贴家用啊。”她鼓励他。

“我不会做，也做不来。”他尴尬地瞟了一眼她，又赶紧把目光移向别处。

“那，你会做些什么呢？”

“挑砖，打混凝土，扛模板呗。”

“对呀！你会做的事还挺多的嘛。你就去帮别人家干这些活，一天下来，你手里不就有100多元钱了嘛。等你攒多了钱，就可以好好孝敬奶奶，还可以娶上媳妇，生儿育女，老婆孩子热炕头，也能把家收拾得像现在这样干干净净，在人前也被瞧得起，总比你现在这样晃晃荡荡过日子有意思吧？”

“真的？我我……能行吗？”他两眼怔怔地看着她。

“那是当然的，你又不傻不笨的，为何娶不到媳妇。原因就是你太懒惰了，哪个姑娘愿意跟懒汉过日子？只要你勤劳、努力，一切都会好起来的。”她进一步鼓励他，对他说：“有一首扶贫歌唱得好。你听。”

精准扶贫到你家，人品人格不能差。
如果真是贫困户，大家一定来帮助。
如果甘当贫困户，你家永远不会富。
如果争当贫困户，肯定吓跑好媳妇。
不能懒惰‘等靠要’，个人努力最重要。
勤劳脱贫莫等闲，自我发展才长远。
……

“你说是不是这个道理？”杨宗芬唱完扶贫歌问。

“哎，要得要得……”吴永忠红着脸不停地点头。

吴永忠虽说没上过学，也不是一点文化没有。在现代社会文明的耳濡目染下，他还是认得不少字，也有基本算数能力。从这一点来看，他并不笨。

接下来，杨宗芬就和吴永忠一起商量了一个个小小的规划：种花椒或核桃，三到五年可以有收益。核桃苗和花椒苗她可以帮他到林业局联系。在花椒林或核桃林发展林下养殖，养一些生态鸡。如果养 100 只生态鸡，除掉成本一年至少可以赚到 8000 元。比较肥沃的土地拿来种苞谷，这样粮食既可以自给自足，还可以养一头年猪改善一下生活。农闲时候再到近处临村打打零工，既可以照顾家里的奶奶，打理地里的庄稼，又可以挣一些钱补贴家用。

这些规划让吴永忠呆滞的神色焕发出光彩，也激发了他内心的自信。他连连表示："要得要得。"

杨宗芬发现，这个"二流子"并不像人们认为的那样无可救药，只要好好去引导他、帮助他，是完全可以改变的。

杨宗芬突然觉得，女扶贫工作队员有一种天然的热度，能暖化坚硬的冰山。杨宗芬更有了信心。

扶贫队员做到精准扶贫，就是要帮助贫困户制订脱贫计划，做到因户制宜、因人而异，提高帮扶、脱贫的准确率，最终扶持贫困户走上致富之路。

杨宗芬又给吴永忠算了一笔账。按这些规划去做，几年之后，吴永忠家年收入能达到 2 万元左右。即便是结了婚、生了孩子，一家人也能实现"两不愁、三保障"，不仅轻轻松松脱贫，还可以奔小康。

这个计划也令她有点小激动。她准备长期帮扶他，跟进这些计划的实施，直至他脱贫为止。

奶奶坐在一旁都听到了。杨宗芬向她道别时，奶奶吃力地站起来，佝偻着身子，执意让孙子扶着她送她。

奶奶一边颤巍巍的抹着眼泪，一边不停地唠叨着："好人哪！好人哪！娃子，你遇到好人子噶哩！"

杨宗芬分明看到吴永忠的眼圈早已泛红，那是他内心深处燃起的对生活的希望。

看到奶奶脸上挂着眼泪，杨宗芬再也控制不住自己，鼻子一酸，两眼湿润了，她急忙转身而去。

沿着那条悬挂在山崖上的羊肠小道，杨宗芬迅速登上山坡。天边照过来最后一抹美丽的夕阳，好像是故意留给她的——一道最暖心的风景。

“日暮苍山远，天寒白屋贫。”杨宗芬回身望去，看到吴永忠扶着奶奶还站在那儿，向她这边张望。

杨宗芬知道奶奶的眼睛患的是白内障，几乎什么都看不见了。她想，等到康复工程“光明列车”开到巧家来，她一定带奶奶做个手术，让她老人家晚年能够享享看得见的幸福……

5. 好消息、坏消息

如今的苞谷垴乡，大多数农户都住进了新房，庄稼地里苞谷、洋芋、花椒长势喜人；乡间道路、农田水利等基础设施建设，正在紧张施工。昔日满目疮痍的废墟上，美丽安全宜居的新家园在群山环抱中悄然崛起。

何朝芬说：“看到地震后群众的生活稳定下来，我们心里稍微轻松了一点。但是，要实现全乡整体脱贫出列，还有一段艰难的路要走。”

随着“扶贫攻坚、全面发展”工作的开启，全乡实施脱贫攻坚精准扶贫计划。但在扶贫计划的实施中，却不断交替上演“好消息、坏消息”的悲喜剧。

好消息——县委办公室挂包的新坪村，属于海拔 2000 米以上的二半山，传统种植作物是苞谷。要提高老百姓的收入，必须更新农作物种植。驻扶贫村工作队队长、第一书记李永彪和工作队员邓仁勇听说在苞谷地里套种魔芋收益高，专程到外地参观学习。为了推广种植魔芋，他们先动员群众在苞谷地套种魔芋。但是，村民们信不过，怕冒风险。

清明前后一场雨，胜似秀才中了举。为不误时节，他们动员了村民小组长黄自坤、胡开贵等六户村民试种了八亩魔芋，免费为他们提供魔芋苗。李永彪说：“不种植经济价值高的农作物，老百姓很难提高收入。”

坏消息——最近发现好好的魔芋出现了病症，绿油油的叶子变红了，不知什么原因，这事让他们俩很纠结。

“人误地一时，地误人一年啊。”邓仁勇说，“幸亏是在苞谷地套种，不然损失更大，但对扶贫工作来说，产生了不小的负面影响。村民信不过了，以后推广新的农作物种植就更难了。”

虽说，种植魔芋一时出现病症，李永彪和邓仁勇并没灰心。李永彪说：“已经联系了专家，他们很快就会到村里来指导，能够解决病害。”

比起新坪村的扶贫工作队来，苞谷垴乡红箐村的扶贫工作算是幸运的。

红箐村 1085 户，贫困户占 45.5%，全村海拔 2000~2800 米，适合种植烤烟。扶贫工作队员、巧家烟草公司的王勇荣发挥他们烟草部门的优势，和村主任刘万寿动员村民种烟叶。开始老百姓也是不愿意，怕种烟叶有风险。他们给老百姓算了一笔账，碰上好年景，一亩能种 1200 多棵烟叶，收入 6000 元。一季烟下来，一般的农户脱贫没问题。巧家烟草公司还派来了技术员对村民进行种植烟叶技术培训，把大家打动了。

好消息——全村种植了五百多亩烤烟，长势良好，丰收在望。

坏消息——天有不测风云。7 月份突然下了一场冰雹，把长出半米高的烟叶砸得七零八落，其中有三户绝收。

俗语说，有钱买种儿，没钱买苗儿。老百姓埋怨王勇荣：“看你，非让我们种烟。彻底砸了呀！”也有村民伤心地说：“今年绝收了，让我们喝西北风？！”

好消息——王勇荣早有防备。县烟草公司给每户统一买了农业保险，保险公司按一亩 1000 元的标准进行了赔偿。

当村民们领到保险公司的赔偿款时，才知道还有这样的好事。一个个挂满忧愁的脸上顿时乐开了花，纷纷对王勇荣表示：“以后，你说种啥子噶，咱就种啥子噶。有保险，还真保险，咱不怕了。”

为了保证种烟浇水，县烟草公司还资助每户修了水窖。这天，村民小组长罗仁荣和妻子正在修水窖。这座水窖可储 40 立方米水，共花了 1 万元，烟草公司给他补了 4000 元。他说：“如果不是补助，手头还是很吃紧的。”

罗仁荣夫妻俩一身泥土满头汗，都称赞他们是勤劳致富的好把式，有志气。

罗仁荣摇摇头，不好意思地说：“我这点算个啥子么。”他说，他很佩服邻村红箐村的沈国伟，人家才叫有志气。

沈国伟在红箐村里属于“能人”，今年 40 多岁。前几年，他在外打工腿摔伤了，走路不方便。地震时，家里房屋倒了。他盖了一套房子花了 14 万元，正好，国家给他补了 4 万元，他会开装载车，自己存了 10 万元。这样把房子盖了起来。

这两年，地震后恢复重建中，沈国伟开装载车帮别人施工，为人厚道，遇到贫困户，他会无偿帮忙。他人缘也好，生意忙不过来，每个月能挣 4000 元。

村“三委”研究低保时，看他腿脚不方便，给他享受一个低保，他坚决不要。他说自己收入过线了，算不上贫困户，还吃低保，太丢人。他自强不息的精神让周围的人很佩服。村民都夸他：“好样的！”

由于沈国伟在村里脱贫中带了个好头，红箐村里没人伸手要低保，更没有争当贫困户的。这应该算是个好消息吧。

不管好消息、坏消息如何交替上演，最后的结局肯定是好消息领先并最终胜出，并成为一道“暖心的风景”。

好消息——到 2016 年底，围绕着“群众增收、产业富民”的目标，苞谷垴乡采取公司 + 农户 + 基地的模式，引进专业公司和企业参与特色基地建设，规划在海拔 1400 米以下重点发展砂仁和林下养殖，在海拔 1400 米至 2000 米之间规模发展花椒和核桃，在海拔 2000 米以上重点发展魔芋间套作及中药材种植。这些特色产业的发展将会促进农民的收入大大提高。

苞谷垴的好消息频现，苞谷垴的故事还没讲完。

何朝芬说，昭通市烟草公司扶贫工作队队长蔡忠山带领两名扶贫队员一直奋战在位于重灾区的红石岩村。那里的房屋、交通、水利等基础设施在地震中几乎全被摧毁，不仅重建的难度大，而且脱贫任务也是最为艰巨的。红石岩是最前线的“最前沿”。

他们的扶贫工作进展如何？红石岩村的脱贫之路还会遇到什么样的坎坷和曲折？那里有多少好消息坏消息？会有怎样“暖心的风景”？

因为前往红石岩的道路还没修通，他们的故事还在“漫漫扶贫路”上。

第五章

漫漫扶贫路

红石岩对面的龙头山乡就是“8·03”震中。

20年前他在那里挂职扶贫，曾站在牛栏江的对岸遥望过这边的红石岩。

20年后，他又来到灾难中的红石岩重复昨天的故事。

一个人的扶贫路——

1. 呻吟中的小山村

蔡忠山无意拨动岁月的琴弦，而岁月的琴弦却向他不停地弹奏命运变奏曲。

蔡忠山第一次来到红石岩村是 2015 年 9 月，也是“8・03”地震后的一年零一个月。牛栏江对岸的龙头山乡就是他 20 年前挂职的扶贫点。隔江相望，那里虽然伤痕累累，那里的山水依然那么清晰、那么熟悉、那么亲切。

20 年前，他曾站在牛栏江的对岸遥望过这边的红石岩。但，无论如何他想象不到，20 年后，又来到红石岩村重复昨天的故事。他不禁心中喟叹，人的一生不知会发生多少戏剧性的机缘巧合，让人始料不及。这是命运的刻意安排，还是人们常说的“缘分”？

单位选派驻红石岩村扶贫工作队长时，蔡忠山觉得这次“下课”了。上级有要求，驻村扶贫工作队长年龄不能超过 50 岁。

公司党委书记张雄找他谈话。他笑笑说：“今年超龄了。这次该‘让贤’了。”张雄说：“这个，我们知道。党组反复研究，考虑到你有丰富的农村工作经验，红石岩村又是‘8・03’地震的重灾区，还是决定让你辛苦一次，担任队长，把年轻人带出去再回来。你考虑考虑。”

蔡忠山 1986 年毕业于河南农业大学，21 岁的他被分到了烟草公司的科研所。1996 年，为响应《国家八七扶贫攻坚计划（1994—2000 年）》扶贫行动，他被昭通市下派到鲁甸县龙头山乡挂职科技副乡长。他运用科技优势开展扶贫工作，在龙头山乡发挥了突出作用。三年后，他回到烟草所任所长，但龙头山乡作为昭通市烟草公司扶贫工作的联系点没脱钩，他一直挂着原来的职务。

2001 年，蔡忠山又调到鲁甸县的罗红乡挂职科技副乡长。直到 2007 年，云南省展开新农村建设工作，他又调到镇雄担任新农村建设工作指导员。

直到 2015 年 9 月全国打响脱贫攻坚战，蔡忠山已经整整走过了 20 个年头的漫漫扶贫路。

而此时，他的妻子身体又不好。面对领导征求意见，蔡忠山欲言又止。妻子得知他又要驻村扶贫，让他给单位提一提能不能换人去。可是面对组织的安排，“不去”这种话，蔡忠山却怎么也说不出口。

蔡忠山 1965 年出生于一个革命干部家庭。老家是河南洛阳的，父亲十几岁参军就加入了“刘邓大军”。1950 年 3 月 3 日，他父亲所在的解放军二野四兵团十五军四十三师进入昭通。昭通和平解放。他父亲留下来参加地方政府的组建工作，曾任昭通市民政局局长，是新中国第一代边疆云南的建设者。

在蔡忠山的记忆里，父亲经常下乡开展扶贫救助工作，每次回来，总是心情沉重地向家人讲述山村里百姓多么苦，孩子们多么可怜，多么需要帮助。尽管家里的日子并不宽裕，父亲却经常告诫他们要勤俭节约、艰苦奋斗；工作学习不能讲条件讲价钱，要懂得知足，珍惜生活。

父辈的信仰早已在他成长的过程中铸就忠诚。作为一名党员，面对组织的信任，蔡忠山没再说什么，打点起行李，告别了妻子。他和同事查健、杨淳组成扶贫工作队，转战巧家县苞谷垴乡的红石岩村，又开始了驻村扶贫攻坚的新历程。

前往红石岩村的道路尚未打通，一条盘桓在山崖上的土石路也在地震中被塌方的落石阻断。蔡忠山乘坐的越野车小心翼翼地在悬崖峭壁上折折返返，在大山里辗转了一天，又步行了一个多小时，饥肠辘辘、疲惫不堪地来到红石岩村。

虽然有心理准备，眼前的凄凉景象还是让他们震惊。村里房屋都已倒塌，到处是残垣断壁；因为道路还没恢复，重建工作进展缓慢，群众还住在简易房里，生活十分艰辛；用电也没有保障，村里凌乱不堪。看到这情景，蔡忠山内心感到压抑。

蔡忠山身材魁梧，大大的脑壳，前额开阔明亮，胸前佩戴的那枚鲜艳的党徽格外显眼。他像个地地道道的村支书，一点也看不出科技工作者的范儿。但他讲起话来，既有知识分子的斯文，也有乡村干部的豪爽。

“扶贫工作队来了！帮我们脱贫来了。”见到他们，村民们奔走相告。

但是，村委会的房子都倒了，扶贫工作队住哪儿？正犯愁时，村民王永忠主动提出来把自己刚盖的一幢新房腾出来让给扶贫工作队。

王永忠是村里生活状况比较好的人家，地震后刚刚盖起了四间新房子。尽管里面四壁徒空，还是潮湿的，但这已经是村里唯一的好房子了。

村支部书记蒋先林，40 多岁，是优秀村干部，在“8·03”抗震救灾中组织村民抗灾自救，被评为全省劳模。他和村干部们抱来自家的被褥和锅碗瓢勺等一些生活用品，送给扶贫工作队。热情的村民也纷纷拿来家里的苞谷面、土豆和食用油等吃的送到扶贫工作队。

查健说：“当时的条件十分艰苦。说心里话，看到那种情况，我们心里很凉，情绪也很低落。但是，群众的热情、淳朴、厚道让我们感到很暖心，也对扶贫工作有了信心。”

红石岩村共有 10 个村民小组，400 多户，1400 多人口，村民居住分散。为了尽快掌握村里情况，蔡忠山带领扶贫工作队员深入农户，摸清村情民意，和村干部一起制订脱贫方案。

昭通市烟草局（公司）党委高度重视红石岩村扶贫工作，成立了以局主要负责人为组长的扶贫工作领导小组。为了加快脱贫进度，做到精准施策，他们把红石岩村 10 个村民小组划分为 5 个工作片区，干部职工分片包户，做到贫困户全覆盖，积极配合、支撑驻村扶贫工作队开展工作。

2. 希望所在

正在读高二的周波，姐弟三个都在上学。父母身体有病，不能外出打工，家里收入十分微薄。“8·03”地震，给原本负担就很重的家庭带来毁灭性的打击。尽管房子建起来了，三姐弟上学的费用却没有一点着落。周波不得不退学回家，准备外出打工。蔡忠山来到他家安慰他说：“你好好上学。我们想办法帮你。”

蔡忠山和队员们了解到一些学生因家庭经济困难而面临辍学，心里十分焦急。他们把全村失学的孩子统计出来，回单位筹措了一笔助学资金，帮助孩子们重返课堂。后来，他们在村里建立了教育扶贫基金，拟定了《红石岩村贫困学生资助和奖励办法》帮助困难家庭的学生，并采取奖励的办法扶持考上大中专的优秀学生，为贫困家庭的学生解除后顾之忧。

如今在昭通学院读大二的周波，回想起来总是感激地说：“我和姐姐重返课堂，考上了大学。没有扶贫工作队的帮助，没有国家的扶贫政策，我就失学了。”

后来，红石岩村建起了一所新学校。蔡忠山和队员们又多方奔走，筹措了9.2万元的资金，为红石岩村新建的小学购置了急需的教学设备和用品。

从昭通出发去红石岩深入生活的那天，车子奔跑了一个半小时。绕过一片悬崖路段后，路过江边的一座山头。山头上矗立着几幢崭新的楼房，白墙绿顶，格外醒目。

蔡忠山指着那片建筑说，那就是新建的红石岩小学。当年地震后，李克强总理乘坐的直升机就是降落在这座山头上，现在建成了小学。小学前面红色的三层楼就是新建的红石岩村村委会。

“8·03”地震发生后，李克强总理在第一时间来到灾区察看灾情，慰问灾区群众。灾区交通中断，总理乘坐的直升机飞临灾区时降落在红石岩村这座稍微平缓的山头上。总理走下飞机遥望牛栏江对岸的龙头山，察看当地的受灾情况，对抗震救灾做出了具体部署。

小学大门上方赫然镶嵌着一排金色的大字：巧家县苞谷垴乡红石岩小学。学校刚放寒假，静静的校园里空无一人。走进校园，运动场上的一面国旗迎风飘扬；国旗后面的院墙上，是一幅洋溢着孩子们欢乐笑脸的宣传壁画，上面六个鲜红的大字格外醒目：少年强　则国强。

在小学大门外的一侧竖着一块大理石石碑，上面刻着这样的文字：

> 2014 年 8 月 3 日，鲁甸县发生里氏 6.5 级地震，波及昭通、曲靖等 5 个县区。天崩地裂，举国皆惊。危急关头，一个支部一个堡垒；危难时刻，一名党员一面旗帜。中共中央组织部情牵灾区，心系灾民，第一时间下拨贷款代管党费 1000 万元，用于活动场所修复重建。其中有红石岩小学……为铭记党恩，感谢关怀，弘扬抗震救灾精神，特此铭记。

3. 盛装归来

修路、通水、盖房是扶贫工作队面临的三大攻坚任务。

“经过一年多的紧张施工，路修通了，水窖也建起来了。老百姓的生活用水基本上有了保障。又经过一年多，老百姓全部从简易房里搬进了新房。”杨淳兴奋地说。

“老百姓的住房虽然解决了，但是用水仍是问题。虽然有了水窖，还是靠天喝水，不是长久之计。”蔡忠山又说，“生产用水也需要解决。水，是我们攻坚的重点。最初的努力却失败了。”

2016 年的端午节，蔡忠山从市里请来了打井的施工队，当地的地理环境比较复杂，能不能打上水来，打井施工队也没有把握。他们与打井施工队签订的合同，投资 50 万元，保证把水打出来。但是，红石岩村海拔太高，打一口井至少要 2000 多米深，地震断裂带上的地质结构不够稳定。一旦发生地质变动，2000

多米的井就会出现堵塞，这样的水井风险太大，而且，要从 1000 多米的地下把水提上来，成本太大。最后，只好放弃了这一方案。

但是，水从哪里来？红石岩村山高坡陡，没有水源，群众生产生活用水极度匮乏。扶贫工作队并没有放弃，经过多方努力，终于在 20 多千米外铜厂沟寻找到一处水源地。他们争取了 1.6 亿元资金，决定在苞谷垴乡铜厂沟建设一座库容 500 万立方米的小型水库，解决红石岩等 6 个村庄的生产生活用水问题。很快工程上马，进展顺利。

蔡忠山说，水库建成后，不仅能够解决老百姓的供水问题，大部分农田也能灌溉，农业生产也有了可靠的保障。

车子绕过一座悬崖，美丽的红石岩村映入眼帘。只见一幢幢崭新的民居簇拥在一片相对平缓的斜坡上。房子的外墙统一粉刷成了橙红色，远远望去，像晶莹的橘瓣散落在山间，又像清晨的霞光映红了山岗，呈现出一道亮丽的风景。红石岩颜值不低，令人惊艳。

“如今，老百姓全部住上了新房。看看村里的面貌，想想我们当时进村的那一幕，真是发生了天翻地覆的变化。”望着眼前的村庄，蔡忠山自豪地说，“美丽的红石岩，盛装归来。”

在扶贫工作队驻地门前，蔡忠山说，这就是当初村民王永忠盖的最好的房子。他们工作队成员一直住在这里，只是里外重新粉刷了一遍。

一楼三间房子，中间门厅比较大，是一个兼作餐厅的办公室。两边的房子打了隔断，分成四间小房，他们三人每人住一间，还有一间是扶贫工作的资料室。

一位身着浅色卡其上衣的青年人坐在电脑前正在忙碌着，他就是队员查健。

查健中等个头，戴一副眼镜，文质彬彬。他说，近两天上级要来检查今年的脱贫工作，他们要把建档立卡贫困户的最新情况和数据进行审核整理，装入上级统一制作下发的“昭通市精准扶贫明白卡”档案袋，并录入扶贫大数据平台。

墙壁上挂满了各种图表。查健指着墙上的一组组“扶贫工作剪影”照片，介绍他们几年来扶贫工作的成果和一幕幕场景。

正说着，门外进来一位村民，说是要找蔡队长。蔡中山热情地给他倒水让座，他们像老朋友一样，边说边笑很开心。他叫李树洪，来找扶贫工作队提供证明，给他在昆明住院做手术的父亲报销医药费的。因为他父亲加入了农村医疗保险，按照规定可以报销一定比例；他父亲又是贫困户，吃低保。这样算下来，老人看病花不了多少钱。

说起报销医疗费，李树洪感激地说："多亏了扶贫工作队的同志。"当初扶贫工作队的同志动员他父亲和四兄弟加入农村医疗保险，他们几家人都不情愿，觉得平时也没什么大病，有点小病小灾的，吃点药或挺一挺也就过去了。说到底，还是不舍得花钱买保险。蔡队长到他们家里做工作，苦口婆心地劝说他们，才加入了农村医疗保险。现在，年近古稀的父亲有病可以到昆明住院治疗。要在过去，连想都不敢想。这都是因为有了医保，不然哪能看得起病？

李树洪拿着开好的证明，不停地说着："谢谢！谢谢！谢谢你们呀！"

4.“大保姆”遇到忧心事

2017 年春节前的一天晚上，蔡忠山突然接到村民周留兵打来的电话。他说老婆要生孩子了，没有钱住院，农村医疗保险能不能保？

周留兵 40 多岁了，原是村里的老光棍。地震后恢复重建，政府帮他盖起了新房，他才娶上了妻子。周留兵是村里一个勤奋老实的农民，娶个妻子也是不容易，原来的积蓄因结婚、盖房子都花光了。妻子的年龄也大了，还有残疾。现在，妻子住院生孩子生不起，他向扶贫工作队求助。蔡忠山向他做了解释，安慰他不要着急，先把妻子送医院，随后帮他想办法。

"扶贫工作常常会遇到各种各样的问题。就拿新农合来说吧，在村里因病致贫、返贫是个普遍现象，大多数群众已经意识到加入农村医疗保险很重要，但是还是有一少部分困难群众连每年买保险的 150 块钱都拿不起；也有些群众觉得一年看病最多花十几块钱就够了，花钱买保险不划算，舍不得。"蔡忠山说，当初动员群众加入新农合费了不少周折，扶贫工作队和村"三委"的同志们挨家挨户地做工作，磨破了嘴皮子，最后确保全村人人加入新农合。

巧家县在“医疗保障”方面是下了大气力的。几年来，通过东西部扶贫协作项目在全县新建了64个村卫生室，基本达到村村都有卫生室，并配齐了基础医疗设备。19个乡镇卫生院医疗水平和设备也得到提升，县、乡、村三级医疗卫生机构全部达到脱贫退出验收标准，全县推行了“四重保障”“先诊疗、后付费”制度和一站式结算服务制度。

在县里谈起社会兜底保障时，分管副县长童世铃肯定地说：“全县建档立卡贫困人口参加基本医保和大病保险达到100%；符合条件的建档立卡贫困人口参加养老保险达到100%。过去，老百姓‘看病难’的问题已经‘不再难了’。”

但是，农村医疗保险也有无法覆盖的“个案”，像周留兵这种情况的确是个特例。

蔡忠山放下电话，马上联系苞谷垴乡医院院长，请医院先接受周留兵的妻子住院分娩。第二天，蔡忠山和杨淳、查健还有村委会的干部临时凑了一千元，来到乡医院给周留兵补缴了费用，并把他妻子住院分娩的事安顿好。

周留兵的妻子生了一个男孩，他高兴地逢人便讲：“多亏了扶贫工作队。”要让儿子认扶贫工作队的同志做干爸。周留兵给儿子起名字拿不准是叫“扶贫”“脱贫”还是叫“致富”。他知道扶贫工作队的人都是文化人，专门跑到工作队让他们给孩子起名字。蔡队长想想了说“要往前看，日子越过越好，就叫‘小康’吧。也希望孩子健康成长。”

村支书记蒋先林称赞说：“扶贫工作队的同志待群众就像自己家里人，无所不管。村民们也不见外，就连邻里纠纷、家庭矛盾，也会找他们调解。在群众心目中，扶贫工作队就是村里的‘大保姆’。”

不过，最近蔡队长和蒋书记又遇到点忧心事——村民李树兴妻子又怀孕了。

李树兴40多岁，和老婆已经生了4个孩子。李树兴长年在外打工，老婆带着孩子们在家生活。他老婆有点智障，一家人生活的状况可想而知。扶贫工作队进驻村里后，就一直把李树兴家作为重点贫困户进行照顾。帮钱、帮物不说，特别是几个孩子上学，让蔡忠山和村干部操碎了心。先是3个孩子辍学，费了好大劲，孩子们上学了，学习还不错。后来因为没人管，孩子们又经常逃学。扶贫工作队的同志又三天两头地去他家督促孩子们上学，并和学校老师配合，及时掌握孩子们的学习情况。

蔡队长说：“一定要让几个孩子把学上下来。孩子有文化将来就能自食其力，这个家庭就能从贫困的泥淖里拔出来。不然，这个家庭就会陷入更加困难的境地。”

李树兴每年回来一两次，也住不了几天，平时村里和他联系都很困难。中秋节期间，李树兴回来了。蔡队长和村干部专门找他商量，要他经常回来看看，把家里的事安排好，特别是孩子上学不能耽误了。

前几天，他们从邻居那里听说，李树兴的老婆又怀孕了。村支书蒋先林打电话联系不上李树兴，气呼呼地骂道：“这小子，墙上挂席子——不像画（话）。平时不在家，家里的事也不管。回来就知道搞老婆，搞大了肚子拍拍屁股走人，这算啥子嘛！”

蔡队长和蒋先林商量了几次，找不到李树兴，也没什么招，至今一筹莫展……

5. 男儿有泪肚里流

在扶贫工作队住的房间里，墙上挂着一块金字奖牌，上面是四个鲜红的大字：“先进集体”。红石岩村扶贫工作队是昭通市和巧家县两级表彰的先进扶贫工作队，队长蔡忠山和队员杨淳、查健三人都是“先进工作队员”。蔡忠山还是云南省烟草系统表彰的“优秀共产党员”。在这荣誉的背后，又有多少不为人知的付出？

2017年9月初，按照市里的统一部署，巧家县再擂战鼓，召开动员大会，启动了脱贫攻坚“百日大会战”，把“精准扶贫”的各项任务、目标进一步压实，真正做到扶贫对象、项目、资金、措施、帮扶、成效“6个精准”，决心以脱贫攻坚的实际行动和辉煌战果迎接党的十九大召开。脱贫攻坚战又一次大升温。

蔡队长说："在这三个多月的时间里，也是我们动员老百姓进一步汇聚力量，向最难的'山头'发起总攻的过程。"

恰在这时，查健的孩子病了，但他没有回去。查健是 2016 年结婚的，2017 年 9 月份孩子出生。孩子刚满月就发高烧，妻子打电话向他哭诉。蔡忠山让他赶快回家，孩子这么小，他老婆一个人，肯定害怕。查健担负着红石岩村的资料搜集整理及数据录入云南扶贫大数据平台工作，他一走，这块工作就要放下。他考虑再三，还是摇摇头，他说他已经叫父母过去了。工作这么紧，算了吧。他没有回去，一直坚持到"百日大会战"结束，全部完成任务。

到了年底，查健的父亲查出了肝癌，住进了昆明医院。他得知这一消息，心里十分难过。本来父亲患有胃癌，因为驻村扶贫，他没能在病床前尽一天儿女之孝。现在父亲查出了肝癌，不知风烛残年的父亲能否扛过这一劫。想到这里，查健不禁潸然泪下，他拼命工作，想尽快完成眼前的任务去昆明看望父亲。舅舅见他接到信息多日没到昆明，十分恼火，在电话里对他大发雷霆。

幸好，经复查父亲患的是良性肝脏肿瘤。第二天，查健又连夜赶回村里。

说起杨淳来，蔡队长也觉得很委屈他。他一直生活在城市，做过烟草销售和酒店管理，还从来没有接触过农村工作。让他下来驻村扶贫，觉得不适合。既然组织上有了这种安排，杨淳什么也没说，就跟着蔡忠山来到了红石岩村，一住就是两年。他儿子一直在昆明上高中，他也很少去看儿子，一家人三口在三处，离多聚少。儿子出国留学，他也没能送送儿子，落了妻子不少埋怨。

"百日大会战"期间，有一天杨淳走访贫困户，回来时已经天黑，被一只恶狗咬伤了腿。他没在意，回来也没说。第二天，村里老百姓追到扶贫工作队，让他赶快去打针，蔡忠山才知道杨淳被狗咬了。他从乡里找了辆车，把杨淳拉到了昭通打了防疫针。

蔡忠山说："在山村里被狗咬伤是一件非常危险的事。我必须对他们的健康和生命安全负责，不能出现任何差错，更不能留下任何遗憾。"

从那以后，他们外出多了一件装备，每人弄了一根打狗棍拿在手里。在杨淳住的房间里，他拿出自己的打狗棍，一米多长，枣红色。他也说不清是什么木头，做得非常精致，已经磨蹭得溜溜发亮。他说：“这应该成为我在红石岩村驻村扶贫的永久纪念。”

常言道，谁家都有一本难念的经，蔡忠山也不例外。

蔡队长和大家一起正忙着盘点一年的脱贫工作。公司党委书记张雄突然给蔡忠山打来电话，带着责备口气问：“老蔡，嫂子病重住院了，你怎么没回来？”

“不晓得。怎么啦？”

“嫂子发高烧，公司妇联已去人照顾。你赶快回来吧。”

其实，他们三个驻村扶贫后，公司对他们的家庭十分关心。工会和妇联的同志经常去他们家里看望慰问，及时为他们解除后顾之忧。公司也曾提出让蔡忠山回单位，另派人替换他。蔡忠山觉得再有一年红石岩就脱贫了，执意坚持到底，站好最后一班岗。

蔡忠山一听坐不住了，他交代好工作，匆匆赶回市里。

“看，我们的扶贫功臣回来了。”见蔡忠山一头热汗推门进来，单位的两位女同事高兴地说。

“谢谢两位，给你们添麻烦了。”

“这还不是应该的，比起你们在村里扶贫，算个啥子噶！”蔡忠山看到妻子躺在病床上，焦急地说：“住院了，怎么不告诉我？”

妻子娇嗔地说：“你还知道回来噶？”

“蔡队长也是心疼嫂子么，既然回来了，就要好好表现噶。我们先回去了，有事打电话噶。”两位同事说笑着告辞。

“住院了，告诉我么！”蔡忠山抹着额头的汗。

“告诉你有啥子噶用嘛！还不是这样，除了让你牵挂、分心。”

“需要我做啥子噶？”蔡忠山挠着后脑勺，手足无措。

“没啥子做的，你摸摸我的头噶。”

他抚摸了一下妻子的额头：“还有点热。”

“你回来，我就好了。”妻子朝他莞尔一笑，“坐下歇歇吧。”

他嘿嘿地笑了笑，坐在妻子身边，触到妻子输液的手臂：“这么凉啊？”

“输液多了，就凉。”

“我给你暖暖吧。”他用两只粗糙的大手捧住妻子的手臂。

“这还差不多。”妻子幸福地笑了。

“怎么闹得病噶？”

“周末，给两个学生补课。走时下雨了，我把伞给学生，淋感冒了。昨天突然高烧。”妻子又抚摸着他的脸说，“胡子没刮。”

“早上急慌，没顾得上噶。”

“看你，又黑又瘦。变老了。”

“老了好噶。老了能退休，在家照顾你。”

“得了吧，你就拿这话哄我。你呀，是个一辈子不懂料理家的人，指望不上。”

“那，我怎么还你？”

“你平平安安就好。”妻子说完转过脸去。

蔡忠山只觉得一股暖流直达心底又涌进他的鼻腔。他懂得妻子，妻子委屈，又时刻担心着他。望着吊瓶里滴答滴答的药液，犹如一根针往他心里扎……

蔡忠山顿觉心里愧疚，亏欠妻子的情况不是一次了。自从他到红岩村驻村扶贫，妻子两次生病住院，他都没有陪伴在身边。

有一次，蔡忠山回来了，妻子要到成都去看病，很想让他陪着去一趟。当她听说整个昭通市正在开展脱贫攻坚“百日大会战”时，话到嘴边又咽了回去。她对丈夫说：“算了，还是我一个人去吧。”说完，泪眼婆娑。

“你照顾好自己，等我驻村回来就能陪你了。”

“这话你都说了N遍了。”妻子嗔怪他。

蔡忠山把妻子送到车站，安慰妻子，路上多注意。妻子红着眼圈上了车，又隔着车窗嘱咐他：“你在村里要照顾好自己，少喝酒。”说完，两行热泪流下来，转过脸不停地擦拭眼泪。

客车启动了，也牵动了蔡忠山最柔软的神经。他觉得两眼滚烫，但他强忍住，使劲把眼泪咽了回去。

妻子一个人去了成都，他又回到了红石岩。

蔡忠山的妻子叫智向萍，在昭通市民族中学当老师，他们两个是高中的同班同学，又是同岁。

提到他的妻子，蔡忠山惭愧地说：“我心里觉得非常对不起她。我知道她很理解我，也许我们是同学吧，有这种感情基础。这么多年，她总是默默承担着家里的一切。她也有过埋怨、责备和不满，更多的是理解和支持。”作为一个女人，随着年龄的增长，不说夫妻朝夕相伴，也还是需要夫妻间的关心照顾的。

他长嘘了一口气：“我常年在村里工作，回家一趟也不容易。特别是在工作紧张的时候，好长时间不回家一趟。妻子理解你，你也要理解她。埋怨也只是发泄一下，释放一下情绪。甚至有时候她劝我回来，给领导提一提，换一个人过去。但是，我也说不出口。其实，我们这些扶贫人，家里人和我们都一样，都为脱贫攻坚付出了不少。我不说我们多么高尚，但起码我们要对得起组织的培养，对得起我这胸前的党徽，对得起我们脚下生我养我的这片山山水水……这不是唱什么高调，仔细想想，就是这么回事。服从组织、服从国家，都习惯了。这是信仰，就得忠诚。”

他说完，大家沉默了良久。

“有道是，三个女人一台戏，三个男人会不会‘有戏’？”

“当然有戏。前几天，我们喝酒时，我就和蔡队长就干了一架。”杨淳说话时，咧着嘴，透过眼镜看了一眼蔡队长。蔡忠山不好意思地笑笑，不发话。

“是怎么回事？”

蔡忠山笑而不答，倒是杨淳坦率地说：“还不是因为队长说话不算数。”

就前几天，蔡忠山答应杨淳和查健忙完这几天工作，让他们俩回去休几天，一个多月都没有回家了。杨淳听了这话很高兴，他也给妻子打了招呼，过几天回去处理一下家里的事。谁知，上级又来通知，对2018年全年的扶贫工作进行检查考核。他们要把一年的工作重新梳理一遍，准备迎查。杨淳想回去处理一下家里的事就回来，蔡忠山也不解释，只是安排干活。回去休假的事就这样泡汤了。

杨淳心里很郁闷，晚上，他们在一块喝酒，杨淳发起牢骚。蔡忠山强调上级要来检查工作，必须在岗在位，认真弄好。杨淳却认为，一年的工作都摆在这里，查就查，不用怕嘛……两人还是争吵起来，差点摔起杯子。

杨淳不好意思地说：“其实，那天心情不好。还不是喝了点苞谷酒胆子大起来？蔡队长包容性很强，从来不跟我们计较。第二天清醒了，见面一笑也就过去了。”

蔡忠山笑着说：“人嘛，都有喜怒哀乐。在一块工作生活，难免有点磕磕碰碰，谁都不会往心里去。”

“嘿，就像扶贫歌一样。”杨淳开心地唱起来：

扶贫干部三年苦，
换来群众一生甜；
为了实现中国梦，
脱贫攻坚我冲锋。
……

蔡忠山转脸回应他：“是啊，你不冲锋谁冲锋？！以后少给我发飙。”

一阵开心的笑声飞向山谷。

6. 红石岩的“全民所有制”

如今，红石岩村不仅家家户户住进了新房，硬化的路面通到家家门前，水也通到家家户户，全村的面貌焕然一新。按照“两不愁、三保障”和“八有”标准基本实现了脱贫。

谈到产业发展，蔡队长说，多年的扶贫工作经历告诉他，一个地方的脱贫，没有产业就不能从根本上解决问题。

红石岩村的主要产业是花椒种植和养殖，没有其他更多的资源和优势。蔡忠山说，只能在“种”和“养”上做文章。首先，他们对村民进行了种花椒的技术培训。从昭通请来了专家，给村民们讲课，让大家学知识。然后，到田间地头进行辅导。这样就慢慢地掌握了技术，把村里的种植和养殖发展起来。

扶贫工作队与村“三委”商量，建一个养鸡场，发展林下养殖项目，把“种”和“养”结合起来。他们的这个想法得到了市烟草公司的支持。

他们专门来到白鹤滩镇中村学习考察“新型农村联合体”，也叫新型“农联体”，结合本村的实际情况和群众的意愿，研究决定成立红石岩村养殖专业合作社。不过，他们也有自己的组织经营方式，叫红石岩村的“全民所有制”。

何谓“全民所有制”？就是让村里的群众家家入股，人人参与，集体当家。这样的方式可以保证把村里的集体经济和个人经济融为一体，可以保证党支部主导和村委会的管理决策，保证对合作社的经营状况及时监督。

但是，要成立一个合作社，必须要有一个有能力的人来管理。他们在村里物色了几个人，进行考察，都觉得不是太理想。

但是，年轻人大多外出打工了。群众非常希望有知识、有能力的青年能够回乡带着大伙创业。

2016 年 8 月的一天，30 岁的杨顺敏来到村委会，找到扶贫工作队和村支书。他说：“听说村里要成立合作社，能不能让我来干点啥？”

杨顺敏在外面打工多年，走了不少地方，学了不少知识，他也一直想回到家里来创业，总是找不到机会，也不知从哪儿下手。听说村里要成立合作社，他就动了心。

蔡队长和蒋先林听了杨顺敏的想法，觉得他有这个能力。但是，杨顺敏能不能把大家带动起来，还是个未知数。

“当时我们就决定，让他来试一试，跟他签了一年的合同。由他经营养鸡场，对外开展销售。做成功了，我们正式任命为合作社长。杨顺敏也承诺，如果达不到村里提出的目标和效果，就主动辞职。”

村两委动员村民全部入了股，人人有股份；对贫困户，扶贫工作队调动了烟草公司的 10 万元扶贫资金，代交了入股金。这样，全村适合养殖的林地，由杨顺敏负责统一开发经营，统一管理、统一销售，而且调动老百姓的积极性，家家开展养殖。扶贫工作队提供技术辅导、饲料。在扶贫工作队的帮助下，杨顺敏很快就把合作社搞起来了。

蒋先林说："我们红石岩合作社是比较成功的，得到了老百姓的积极拥护和参与。不仅能够帮助老百姓脱贫致富，持续发展也有了保证。"

车子翻过山坡来到合作社，这是一个养鸡场，坐落在一面坡地上，周围用铁丝网围起来。大门上一旁挂着"巧家县林下土鸡养殖农民专业合作社"的大牌子，看上去还是很有气派的。

杨顺敏10年前就外出打工，先后到过昆明、广州、上海等地，在建筑工地上或工厂里做过许多工种。2014年"8·03"地震，他回来参加抗震救灾和恢复重建工作。想到自己年迈的父母需要照顾，自己在外打工飘忽不定，无法给家人更好的生活，一心想在家乡发展。

村里创办养殖场让他很心动，就向村里提出交给他来做。开始，他个人投资，建起了鸡舍、围栏。扶贫工作队给他提供了3万元的启动资金和400只鸡苗；给每户村民发了20只鸡苗，进行扶持，全村都入股加入了养鸡合作社。扶贫工作队从昭通农校请来了养殖专家，对村民进行了养殖培训和技术指导。

"集体、村民入股、管理经营者，三方的分配比例是怎样确定的？"这是群众关心的问题。

杨顺敏说："合作社的股份是每股100元，按照自愿入股的原则，采取按每人入股多少的比例分红。"他又解释说："村民各自占有的股份，多少不等，最多的40股，最少的也有3股。"杨顺敏占50%的股份，村民总共占有40%，剩下的10%的股份归村集体所有。

合作社去年试运行，赢利了8万元。今年春节前后可以收入20万元。其中，8万元分给全村的股民，2万元归村集体所有，杨顺敏能分到10万元。这样一年下来，可为村里老百姓人均增收1000多元。

"村里给杨顺敏占大头，是因为他个人投入的股份多，承担的风险也大。现在试运行，刚刚起步，以后会随着合作社收入增加合理调整分配比例。"村支书蒋先林还说，村里实行"全民所有制"，集体、股民、管理经营者，三方的责、权、利都非常清晰。合作社在阳光下运行，所有的账目、收入、分配全部都是公开的。村民有权利监督经营情况，也可随时提出自己的建议和质疑。

最后，杨顺敏谈了自己的打算。他说，下一步他要把养鸡场做大。他这个养鸡场只做鸡苗和统一销售，把养殖下放到村民家里，这样就可以扩大养殖场规模，增加更多的收益。他还说："我们红石岩村脱贫是没问题了，只想带着大伙把日子过得更好。"

是的，真正的脱贫还是要靠自己。真正的幸福生活，要在脚下的土地上自己去创造。山乡的未来，属于走出大山、长了见识、有了能力，而又回来建设家乡的年青一代，属于有知识的新一代农民。

随着脱贫攻坚战的不断推进，农民朋友们的积极性已经调动起来，集体主义思想、国家意识也越来越强。他们正在不断创新各种各样的农业生产组织方式，结成"利益"或"命运"共同体；他们的智慧和创造力得到充分释放，农村工作的活力愈加彰显。

如今，农民兄弟不仅改变了落后的生产生活方式和农村面貌，也强化了社会的主人翁地位，彻底改变了自己的命运。这不正是脱贫攻坚追求的结果吗？

一个"乡村振兴"的美好时代正在走来。

第六章

醒来吧，“睡美人”

低保指标被村干部瓜分，镇干部震怒：再穷，干部也不能把“贫困”变成“贪困”！

筑牢“安全网”，破解“看病难”。

村干部门前路最烂，群众走上了“脱贫路”。

醒来吧，“睡美人”——新店人在呼唤。

1. 巧家味道

再次到巧家是 2017 年 12 月，与第一次不同的是，沿途车水马龙，布满了工地。从昆明通往巧家的高速公路已经开建，云岭高原脱贫攻坚、决战决胜的氛围如火如荼。

晚上 7 点多，县城灯火通明，像过节一样热闹。文联主席姚国剑和几位同事刚从挂包的马树镇八皮村回访贫困户回来。他在家里做了一桌菜和火锅炖羊肉，和大家正等着我，宣传部的老同志亢光富从家里拿来两瓶多年的老酒，对他们的盛情我有些过意不去。

姚国剑告诉我："今天是冬至，按照我们巧家的风俗，是要吃羊肉火锅的。"这时我才明白，县城为啥这么热闹。

冬季的北方连日大风降温，一路风寒走来的我，已从热气腾腾的火锅里，感受到巧家的温馨。

在我国北方沿海一带也有过冬至节的民俗，是吃羊肉水饺。不过，这里吃羊肉火锅与北方不一样。北方吃火锅是把羊肉切成薄薄的肉片，放在滚开的火锅里涮几下，蘸着拌好的麻汁或蒜泥等各种调料吃。巧家的吃法是把羊肉切成块块，放在火锅里与魔芋、鸡纵菌、血豆腐、洋芋粉条、蘑菇、白菜、山笋等当地特色蔬菜一块煮，内容和味道都很丰富。

文联的饶红梅说，巧家有"十八怪"，这是其中"一怪"——"人人都爱大锅菜！"宣传部的艾显群说："还有一怪——花儿拿来当菜卖！"她指着桌上的菜说："像攀枝花、枇杷花等等，一些山上的野花草，都可以当菜吃。"

他们几个开心地掰着指头把"十八怪"捋数了一遍，全是顺口溜。正说着，周开权、王棹林、郑吉喜加完班也赶过来。大家难得一聚，其乐融融。

火锅里的菜很快就煮透了，夹出来蘸着辣子作料吃，而且越辣越想吃，直吃得满脸冒汗。这儿羊肉多是山上放养的黑山羊，还是带皮吃，吃起来很鲜嫩，没有膻味，嚼着有一种胶质感。我虽算不上吃货，羊肉的特点还是能品出来的。

说起巧家人养羊，巧家朋友来了兴致。他们介绍说，养羊一直是巧家人的传统养殖业，也是实现精准扶贫重点发展的产业之一。全县存栏数量已达 20 多万只。其中山羊达到 12 万只，主要是本地黄羊、黑山羊。县里也曾引进过一些南江黄羊、努比羊、波尔山羊等新品种，虽说新品种数量不多，但发展很快。

"我们这里老百姓养羊多在海拔 1000 米以上的山区草场放牧。以野草、灌木林做饲料，绝对生态。"亢光富给我挑了一块肋扇子，自豪地说，"这里的羊肉，你在老家肯定吃不到。来，多吃点。"

文联的王凯幽默地说："你不晓得，我们这儿的羊吃的是大药山上的中草药，拉的都是'六味地黄丸'哩！"他这话逗得大家差点笑喷了。

这顿晚餐，在他们的一片热情中吃得热汗涔涔，寒气顿消。热身的酒、暖心的话，让一个山东人不知不觉融进了巧家。

第二天凌晨，一觉醒来，只觉浑身燥热。正想起来喝水，忽感床铺摇晃起来，激灵一下跃身坐起，立马意识到是地震了。正想着是不是钻到床下躲一躲（这是抗震常识），抖动便停下来。看看表，时间是 4 点 28 分。有人在微信里发布信息：刚才地震了，3.4 级。

上午上班时，没有人提及地震，也没有人议论，巧家人好像不在乎。想想那惊魂一刻，心里惴惴不安，担心还能不能去新店镇？

这次来巧家要去新店镇深入生活，除了包谷垴，就是新店镇在"8·03 地震"中受灾最严重。

新店镇的书记和镇长正在县里开会，他们说，这样的微震没有破坏性，不用担心，明天会议结束一块走。看来，江峡山川偶尔嘚瑟一下，稀松平常，不算个事。

从县城到新店镇的路途比到包谷垴的路还要远、还要险，从西到东，横跨巧家全境。

新店镇位于云南省巧家县城东北部，地处滇北之巅大药山南麓峡谷处，东与鲁甸县龙头山镇、乐红镇隔牛栏江相望。8・03 地震受灾比较重，5000 多户民房严重受损，10 余人在地震中遇难。新店镇下辖 13 个村民委员会，3 万多人，其中贫困人口 8500 多人，占 28.4%。新店镇在巧家县是贫困深度比较重、贫困面比较广、贫困发生率比较高的乡镇之一。再加上"8.03 地震"的破坏，新店镇脱贫攻坚的任务十分艰巨。

巧家的"味道"不光在火锅里，还在云蒸霞蔚的山川上。

车子翻山越岭，长途跋涉，沿着大药山南麓爬上将军梁子。将军梁子上有一棵古老而苍劲的松树叫将军树，据说，明代有位南征的将军率部路过此处，在这棵古松下小憩，将军树由此得名。于是便有了将军梁子。

将军梁子海拔大约 2800 米，车子从中间穿过时，两侧的山包上云雾缭绕，十分险要。虽说这个季节有些苍凉，从山坡上那些郁郁葱葱的苍松翠柏中可以看得出来，这里的夏天是一派风光。

巧家有许多很风光的地方远近闻名。其中"睡美人山"就在新店境内，属于大药山山脉，雄奇峻险，风光无限，美不胜收，也是将来具有巨大旅游开发价值的风景区。

车子越过险要的将军梁子，接下来要翻过白毛滩，而白毛滩要比将军梁子更加险峻。

进入白毛滩之前专门有个安全检查站，对过往的车辆进行安全检查和对司机进行安全提醒。

白毛滩海拔 3300 多米的山头，云遮雾罩。翻过白毛滩便是一个大下坡，弯急路陡，一边是峭壁，另一边是万丈深渊。云雾迎面飞来，忽明忽暗；两旁的荒草树枝上挂满了冰霜，眼前顿时白茫茫一片。之所以叫白毛滩，就是这个原因。

不一会，天上飘起雪花，感觉轮下打滑，令人心惊肉跳。直到午后，车子驶进新店镇，下车时才感到后背发凉。

2. 100% 一个都不能少

2016 年 12 月 24 日上午，新店镇召开由村干部和群众代表参加的选举县人大代表和政协委员动员会，也是选举培训会。

会后，王红祥把 7 个贫困村的支书叫到小会议室，了解贫困户加入“新农合”的情况。想不到，戴一副眼镜、举止儒雅的“王教授”会发火。

坐在对面的白牛村的村支书刘振国说：“收缴费太困难，有些农户收不上来，没得法。”

其他的几位村支书也都反映，新农合收费太难……

王红祥立即敲着桌子，打断大家的议论，严肃地说：“我们没有时间再讲啥子噶困难了。大家只说具体有啥子噶问题，采取啥子噶办法。”

青山村的村支书胡兴林解释说：“主要是在外地打工的人员，有的人联系不上，有的说是在打工当地已经加入了新农合，没得法。”

“没得法，也要想法子嘛！活人还让尿憋死？”王红祥拉下脸来，一点也不含糊，“你们晓得，新农合是国家一项重要的惠民政策，是为老百姓返贫打造的第一道防线，也是防止老百姓因病返贫兜底的一张网。‘两不愁、三保障’，这是其中之一。26 号是加入新农合的最后一天，明年就停止了，就剩这两天时间了。过了这个村就没这个店了。如果再不办理以后就没得办了。”

曾经，因病致贫、因病返贫成为贫困地区的比较普遍的现象。“小病拖，大病挨，重病才往医院抬。”“辛辛苦苦干三年，一场病变成穷光蛋。”流传民间的顺口溜真实地反映了群众看病难、看病贵的窘境。如何帮助群众摆脱这一窘境？在脱贫攻坚战中，成为农村医药卫生体制改革难啃的“硬骨头”。

巧家县优化完善医疗救助制度，按照“两不愁、三保障”的脱贫目标，于 2016 年年底前，将农村人口全部纳入新农合，做到“医疗有保障”，为群众筑牢防止因病致贫返贫的“保障网”。

王红祥拿起手中的一张统计表看了看，对刘振国说：“你们白牛村还有 183 个人没有加入，不到 95%。上级要求必须达到 97% 以上，这也是上级考核乡镇脱贫的硬指标。我们镇的目标是100%，一个都不能少。”

“要得要得。”刘振国连连点头。

王红祥口气缓和下来：“精准扶贫，就要想尽千方百计、走进千家万户、道尽千言万语、历尽千辛万苦、不惧千难万阻，做到精准、精细。不能怕麻烦，不能打折扣。我告诉你们三个办法：一是要做好宣传解释工作。告诉乡亲们，虽然每个人一年要缴120元，一旦有了大病，国家保证给治疗；大病不愁治，就医有保障，也是买健康，这是多好的事啊！不要心痛这点小钱，小钱能管大用，关键时候能保命。要乡亲们搞清这种利害关系。二是联系不上的，要赶紧想法子与他们联系，都有手机了嘛。实在一时联系不上，动员他们家里人或亲戚朋友替他们交上。三是如果他们说在打工当地已经办理了，这是好事么，让他们把单据证明复印件寄来，备个案，将来有据可查。”

他给每人递了一支烟，又说：“实在来不及的，你们村干部分担一点，先替他们办理了，用预付资金搞定这个事。这是硬指标，这个保障不了，怎么脱贫？因病返贫就麻烦了。‘救护车一响，一头猪白养。’当叫花子要饭，给谁？总之，这件事必须落实。三天之内，各村必须达标。”王红祥停顿了片刻又问，“大家还有问题吗？”

“没得没得。”村支书们一致表示。

“回去抓紧办吧。散会。”

后来才知道，这个“王教授”其实也是一个大碗喝酒、大口吃肉的豪迈之人。

农村的精准扶贫工作已进入克难攻坚的深水区，剩下的贫困户不仅是脱贫攻坚的难点，而农村的配套改革也成为难啃的“硬骨头”。

王红祥说：“再硬的骨头，我们也必须咬着牙啃下来。在共同富裕的路上，一个都不能掉队。”所以，基层干部必须要有一种爬坡过坎、滚石上山的“韧”劲。

会后，王红祥解释说：“乡镇的工作必须一抓到底，尽到心。‘看病有保障’，这是脱贫攻坚的一大‘堡垒’，必须拿下，这事火急啊！我们这山区本来医疗条件就差，有病看不起，一家子就被拖穷了。新农合把老百姓兜起来，我们心里就踏实了。像习总书记讲的‘抓铁留痕、踏石有印’。经得起历史检验。”他又说，“我们换了一批新支书刚上来，还没经验，需要带带，磨炼磨炼。”

谈起这次村级班子换届，王红祥说：“镇党委是下了决心的，也是冒了风险的。”

3. 不能把“贫”变成“贪”

2010 年 10 月份，王红祥来到新店镇任镇长。他发现一些村干部存在的问题很严重，如果不遏止、不纠正，新店镇的基层工作非出问题不可。

这绝不是危言耸听。就拿新寨村来说吧，100 多个低保指标竟然被村干部截留瓜分。村支部和村委会、监委会的干部几乎人人有份，就连他们的媳妇也统统都吃低保，真正的贫困户得不到。村干部和群众之间的矛盾很尖锐。

有个小组长叫王华才，村委会分给他两个指标，他当即拒绝。他有正义感，认为这样做不合适。村支书还说他不够意思。好人都难做，风气变成什么了？

国家的惠民政策到村里全都变味了。低保指标成了村干部的“共享蛋糕”，真正困难的群众得不到救助。低保工作完全被扭曲，群众意见很大，不出问题才怪呢。

在新寨村村“三委”召开的一次班子的会上，王红祥质问村干部：“你们为什么这么干？”

村干部竟然说，是为了提高村干部的工作积极性。

王红祥震怒了，拍案而起：“好事全让村干部独吞了，你们这么干下去，还有老百姓过的？！”

他铁青着脸，一把抓起面前那份《低保金发放登记册》，另一只手敲打着，气愤地说：“你们自己看看，就连这上面的‘贫困户’都写成‘贪困户’了！再穷，干部也不能把‘贫困’变成‘贪困’！”

看那错别字，王红祥变成一副哭笑不得的样子。只见他随手举起登记册，“啪”的一声摔在了桌子上……

在镇党委常委会上，王红祥提出必须彻底纠正新寨村的问题，得到了镇党委的大力支持。

王红祥带着工作组坐镇新寨村，他先召开村“三委”全体成员会，学习关于农村低保的政策规定，动员村干部退出来。他劝说一些村干部：“低保政策是国家给困难群众兜底的、最基本的生活保障，是保生存的，也是保活命的。国家给村干部每个月发了一份工资，这点低保还想贪占？同志们啊！我们都是党员，无论是从党性还是从良心上，都说不过去啊！要严格执行低保政策，严格审核。不符合条件和要求的，必须退出来。老百姓把村里的工作托付给我们，我们不能让老百姓心凉啊！”

王红祥情真意切的话语打动了大家，一些吃低保的村干部自我检讨，纷纷退出低保。按照上级要求，结合村里实际，严格低保评定办法和程序。让村民代表参与进来，入户调查；重新提出贫困户名单，征求群众的意见，再进行张榜公示。最后进行审定，上报镇里批准，把低保真正落实到了贫困户。

王红祥说，就像扶贫歌唱的那样：

党的政策来惠民，精准扶贫帮穷人。
精准识别村村有，步步都按政策走。
先申请、后评议，村委审查很仔细。
镇政府，严把关，党的政策担在肩。
两公示，一公告，家家户户都知道。
……

这些，一点都不能含糊。后来，新寨村凡事坚持公正公平、公开透明，老百姓心服气顺，村里工作才有了新起色。

王红祥说：“这两年，我们落实党和国家的扶贫政策，把各项工作责任到人，实惠落到实处，逐步拉近政府与群众之间的距离，把当年群众对我们党的信任找回来。群众看似佩服某个干部，其实他代表的是整个班子，是党委、政府。工作做好了，群众对党和政府就信任了，党和政府的良好形象也就树起来了。”

他又说：“从良心的角度，我们都是从农村出来，我们了解群众的疾苦，与群众心贴心，多做雪中送炭的事情。新寨村这件事，纠正了错误，改变了风气；教育了干部，也教育了群众；让我们看到建设一个风清气正的村级班子有多么重要。”

2015 年 7 月份王红祥接任镇书记。2016 年 5 月份，村级班子换届。为了下一步能够发挥基层支部的组织作用，调动群众的积极性，甩开膀子干，打好脱贫攻坚战，镇党委决心把村级党支部全部调整到位，打造坚强过硬的基层战斗“堡垒”。

新店镇党委明确提出：“脱贫不脱贫，关键是带头人。不能脱贫就换人！”

新店镇所辖 13 个村支部，镇党委下决心调整了 7 个村的村支部书记。目的只有一个，打赢这场脱贫攻坚战。

回顾这个过程，王红祥认为，前些年，基层执行上面政策时，有时工作太冒进、急功近利，也搞了一些面子工程，给群众心理造成许多阴影，带来不少负面影响。比如计划生育工作，为了完成计划生育工作，工作方式简单粗暴，动不动就去削他的房子，赶他的猪，就这样逼他。老百姓能不伤心吗？再加上一些干部“吃拿卡要贪沾”，甚至贪赃枉法。干群关系紧张，群众不信任政府。严重损害了党和政府的形象。

“还有，原来的一些支部书记做工作还是老观念、老办法，工作作风简单粗暴。”他说，“包括乡镇党委、政府和基层干部，都是从点点滴滴小事做起，重拾信任，慢慢缩小与群众产生的距离，消除与群众的隔阂，把我们失去的阵地再赢回来，营造良好的政治生态。”

他感慨道，党和国家的许多惠民政策到了基层，就面临“最后一公里”的问题，就靠党员村干部抓到位。只要村干部执行政策公开公平、透明，群众就会积极配合、支持。

为了确保换届成功，广泛听取群众意见，以民意为基础，选拔群众公认的村干部。54 岁的谭永才，1996 年 7 月入党。他家里四口人，有两个孩子。家里的活全部交给老伴去打理，他一心扑在村里的工作上，是村里的优秀小组长。这次换届时，当选村支书和村主任，一肩挑。他带领全村发展3000亩核桃，还开发了桃花胶，成效很大。村里贫困状况很快发生了改变。

“原来村班子，有问题的该处理的处理，该退居二线的退二线。比如说，有个村的村干部，家族势力比较大，以权压人，对老百姓很霸道，我们毫不客气地拿下来。调整了班子之后，村里面貌很快发生了变化。”

“但是，我们也很注意工作方法和把握分寸。有的村干部干了几十年，有毛病，又不是大问题，不能一棒子打死。要给他一个平台，实现顺利交接，继续支持后任的工作。”

“配好基层干部很重要。村党支部、村委会、监委会，小组长，这些人是基层组织的骨干。这次村级换届，我们还选配了20多个大学生进入村委班子。”王红祥说，“这些同志有担当、有激情，做事情公道、正派、务实，像白牛村的书记刘振国就是这样。”

在王红祥看来，村民小组的组长，是兵头将尾，是党委、政府基层权力的终端用户，决不能忽视。他说：“乡村的基层工作，只有抓住村级班子和小组长，才抓住了农村工作的牛鼻子。上级党委、政府的方针政策最终要靠他们来落地。这次换届调整后，小组长队伍优化了，乡村普遍风正气顺了。”

4. 为起飞铺一条跑道

2016年7月，上级下拨了一笔19万元的经费，是驻村工作队队长经费转移支付项目。新店镇党委、镇政府研究决定利用这笔项目经费硬化从青山村委会到杨家弯村民小组的一段土路。

根据经费预算，这条620米长、4米宽的土路只能硬化1米宽。镇里征求村里意见，村民不同意。认为农用车不能跑，另外3米就废了。提出至少要做3.5

米宽。

王红祥说：“群众的意见有道理。”

李启伟说：“搞到3.5米，钱从哪里来？”

两个人的意见相左。一般来说，书记和镇长意见不一致，这事就很难办了，班子也显得不和谐。

2015年，组织安排李启伟任新店镇镇长，与王红祥搭班子。他对农村工作并不陌生，也是年富力强的干部。镇里基本上没有税收来源，多是上级下拨的项目经费。如何把握好镇里的财政盘子，对他这个镇长来说，面临不小的压力。

镇党委会上研究这件事，大家充分发表意见。李启伟考虑的是，扶贫资金的使用要求和审计都很严格，超支了他不好交代；财政盘子上留下个窟窿将来也很麻烦。下拨到乡镇的都是专项资金，挪用不得。都知道，打酱油的钱不能买醋，买醋的钱不能打酱油。

还有人提醒王红祥，“8·03”地震后抢修公路的事记忆犹新，这种极具风险的事，我们不能再干了。

这句话引出了王红祥刻骨铭心的一段经历，至今他也说不清是他人生的一段精彩还是一片云翳。

路，是经济活跃的动脉。新店镇没有一条像样的路，成为制约经济发展的瓶颈和老百姓脱贫致富的羁绊。

新店镇不仅是巧家县一个贫穷落后的乡镇，还是一个在地震中遭受重创的灾区。“8·03”地震造成一些道路坍塌或山体滑坡把路阻断，打通道路成为震后重建的必要条件和燃眉之急。新店镇巧借震后恢复重建之机，果断上马“通路工程”。

这事引起县里高度关注。分管副县长把王红祥叫到办公室，敲着桌子厉声责问：“你们新店好大噶胆子哟！一不向上级申请报告，二没列入规划。在没有得到任何资金支撑的情况下，竟然擅自上马如此大规模的交通项目。你们这是无法无天！先斩后奏……”

“领导，莫要发火。这是我的失误。镇上的路太破了，没得走。群众着急，我们也着急啊！”王红祥连忙解释。但双方还是争得面红耳赤。

王红祥并不是不想汇报。听说上级拨下来10个亿的应急资金，他判断县里肯定会拿出一块给乡镇用于基础设施建设，而且首先是恢复交通。当时资金使用还不明确，大家都很小心。如果给县领导汇报，县领导反而为难；如果等到资金到位，又耽误了震后复建工程进度。不如先干起来。

王红祥说："必须超前思维，主动作为，讲点策略，打一个心理时间差。"从心理反应上来讲，地震受灾后，大家都沉浸在众志成城、团结一致抗震救灾的亢奋中。修路占地、拆房，老百姓不计较，村镇干部一呼百应。即使有个别人计较，想要补偿，也说不出口。

有人担心说："生米煮成熟饭噶。过后，老百姓找后账咋子噶办？"

"生米煮成熟饭，也不是强迫群众吃。我看，只要这锅饭做得好，群众就会乐意吃。"镇长李启伟态度鲜明。

"说得好。这锅饭，我们要让群众吃得又香又甜，吃得开心！"王红祥补充说。

镇党委、镇政府最终统一思想，下决心，把打通乡村道路作为恢复重建的"牛鼻子"和后续发展的"总先手"，立刻上马"通路工程"。

王红祥和李启伟也明知道会有担责的风险，但他们不愿错过这样的机会。于是，调进来100多台机械，展开了轰轰烈烈的乡村公路大会战。一鼓作气干了三个月，把全镇300多千米的道路拓宽整平，全部打通。

新店镇通过实施"通路工程"推动交通提档升级，为群众带来实惠，也为脱贫攻坚和后续发展奠定了坚实的基础。

应该说，在新店镇的脱贫攻坚战打响之际，他们打了一场漂亮的乡村交通速决战，也是最精彩的一笔。用王红祥的话说："这是为新店的起飞铺了一条宽广的'跑道'。"

但是，"这一笔"的成本也不小。他们没想到县领导如此震怒，骂他们做事"无法无天，先斩后奏！"

事后冷静下来，王红祥带着歉意说："分管领导严格要求我们是对的，我们想干事也没错。没有个人恩怨，都是为了工作。只是当时冲动，大家都毛了，呛起来。事情完了也就过去了。"

事后证明，虽有个别村民提出占地补偿问题，但“通路工程”这锅米饭做得好，老百姓吃得舒畅，一致称赞。

现在，再把乡村公路进一步延伸到自然村直至每家每户。青山村到杨家湾的这条路再次遇到经费不足的矛盾。李启伟认为：“这次，有多少米煮多少饭，没必要超预算。”

坦率地讲，上次抢修公路的教训在王红祥内心深处留下的阴影比谁都更深。

但是，在镇党委会上，王红祥依然这样表明自己的观点：“镇长的意见可以理解，这个事确有难处。但是，我们做事要看得长远一点。老百姓乐意不乐意、赞成不赞成是考量我们党委、政府工作的根本标准。所以，好事要干好。这条路干成了半拉子工程或是豆腐渣工程，老百姓一边走路一边骂我们，这是搞得啥子个尿！我们成了大姑娘生娃娃——出力不讨好。花了钱，糟蹋了路，也把政府的形象给糟蹋了。”

他给大家递了支烟，又自己点了一支。接着说：“我们不能把这锅米饭做成‘夹生饭’，到头来再吃‘二道饭’。办不好重来一遍，不仅浪费了人力物力，还耽误了时间，得不偿失的事不能做。大家想想，这种事划算吗？”

王红祥又接着说：“飞机起飞的跑道，窄了不行，薄了也不行。我们修的这些路就是新店起飞的跑道，既不能窄，也不能薄。钱不够，我们再想想办法。到上级部门跑一下子，请施工方让点利。即便是财政上出个洞，我看，只要是我们真心实意为老百姓办事，没往自己兜里掖，也没什么大不了。我们党委、政府一起担责。”

书记已经把话说到这份上了，没人再提出不同意见，党委一班人达成了共识。

谈起这件事，李启伟说：“后来想想，还是王书记的思路对。不干则已，干就干好，干到位。咬着牙干了这件事。我们向县脱贫攻坚指挥部写了报告，得到认可。我跟施工方沟通，按市场价压一些，少赚一点，或者先垫付一部分。明年来了项目经费再覆盖掉。我们还听取村委会和村民小组长的意见，把原定的10公分厚度改成了20公分，农用车、重型车就可以开进去。从长远考虑，为百姓着想。后来我们又把整个自然村的户间道也进行了硬化。虽然超了7万元，却大大方便了群众。”

施工过程中，村里群众纷纷给王红祥和李启伟打电话，称赞这个事干得好。“我和王书记有个共同的心愿。”李启伟恳切地说，“要求不高。那就是我们离开新店后，别让群众一提起我们的名字就骂。认可这两个人还是干了一些事情就行了。真心做到，无愧于父老乡亲，无愧于这片山川。”

经过一年多的奋斗，新店人终于打通了一条条光亮亮的道路。

打通了乡村公路，夯实了交通运输基础，使农民真正尝到了交通发展这一惠民工程带来的甜头。

新店镇老房村村民王发贵就是其中的受益者之一。他利用通村公路硬化后带来的便利，把运输车辆直接开进村里做起了收购农特产的生意。他帮助乡亲们在家门口把农副产品卖出去，自己也小赚了一笔。

随后，山村里一幢幢新房拔地而起，一个个村寨再现生机，就连有名的“烂泥箐”也变成了充满诗意的现代化新村“望月寨”。

5. 日子就像杀猪饭

时间的脚步刚刚踩着猴年的尾巴，王振虎就迫不及待地杀了一头三四百斤的大肥猪准备迎接“鸡”祥如意的新春了。

杀猪过年，请左邻右舍帮忙，要吃一顿杀猪饭，而且要请亲朋好友一起吃。这是巧家的风俗。

为了这顿杀猪饭，王振虎精心谋划。他郑重其事地来到镇政府，邀请几位镇上的领导，并当面陈述理由：“你们镇领导一年到头没黑没白地在下面跑，平时没机会表达心意，快过年了，请你们吃顿杀猪饭吧。”

王振虎哪里是发邀请？简直是发考卷。

他给新店镇的干部们出了个难题。去，上有中央八项规定，下有县里明确要求，干部一般不许在老百姓家吃酒；不去，让王振虎太失面子。不管怎么说，他是村里换届新当选的村委干部。从某种角度讲，到他家吃顿饭，也是对他的支持，这是人之常情，老百姓很在意。

两个选项都有足够的理由。这顿饭到底吃不吃？

王振虎接过书记王红祥递来的烟，恳切切地说："你们当领导的，给个面子呗。"

王红祥看了看镇长李启伟。李启伟对王振虎说："算了算了。谢谢兄弟好意。干好工作是我们的本分，职责所系嘛！有啥子嘛值得感谢的，我们做不到像焦裕禄、孔繁森那样，但我们尽心尽职，上对得起组织，下无愧于百姓，都是应该的。"

李启伟高挑身材，高鼻梁大眼睛，五官很有棱角，显得精爽，讲话也有棱有角。他又拍拍王振虎肩膀说，"兄弟，我们不求别的，只求离开新店的时候，别让你们骂我们：'这狗日的，不咋地'。"说完，大家笑起来。

书记王红祥也许觉得镇长这话太瓷实，补了一句："不求人夸干得好，但愿不要落骂名。"

王振虎忙说："哪里会嘛！新店的老百姓感谢还来不及呢，哪会那嘛子没良心？！"

大家都乐了。王振虎面子上下不来，执意要请，拗着不走。

王红祥个头不高，白净的方脸，戴一副黑边眼镜，像个教授，言谈举止略显儒雅。看着王振虎一副不肯罢休的样子，他寻思片刻，笑笑说："别难为他了。我们深入群众，到老百姓家吃顿饭，体验一下当地风情吧。"然后，又对大家说，"我们乡镇干部整天和老百姓打交道。只要有底线，饭，还是可以吃的。"他朝大家一挥手："走。"

"大山里人淳朴、厚道、实在，还要面子。他邀请你你不去，他认为你看不起他，他会伤心。干部们也不白吃白喝。他们拿两瓶酒，带上一条烟，还是有底线的。"王红祥边走边说。他认为，这也是群众工作。饭桌上交交心，拉近了感情，有啥子嘛事找老百姓商量，也好说话了。人之常情嘛！

王振虎家离镇政府不远，沿着斜坡上去几百米就到。"离过年还有一个多月呢，这么早就杀猪准备过年了？”

王红祥说：“这是当地的风俗。有句老俗语：年货备得越早，日子过得越好。”

王振虎家的小院不大，里里外外很整洁，新盖了三层楼房，原来的老屋没拆，修缮一新，屋檐下挂着一串串金灿灿的苞谷，描绘出一年收获的风景，也像叙说着来年的希望和梦想。

小院里满当当地摆了六桌酒菜，坐满了不少亲朋好友、左邻右舍，喜气洋洋，像过年一样热闹。看上去，王振虎家日子确实过得殷实。王振虎的父母和妻子忙里忙外热情招呼大家。每桌十几个菜，满当当，非常丰盛。

猪脚猪肘猪耳朵，
猪肝猪肚猪大肠；
五花腊肉老火腿，
清炒辣子血豆腐；
肉片甘酸菜，油炸土豆片；
清蒸辣丁鱼，油炒四季豆；
红烧排骨土鸡蛋，
高山苦荞燕麦面；
金豌豆、糯米粑，
有白有黄苞谷饭……

王振虎活像说快板书似的报出一连串的菜名。完了，开心地说：“我们巧家人脱贫致富奔小康，日子就像这杀猪饭，丰富流油。”

小院里热腾腾、香喷喷。大家喝酒吃菜，酒杯叮当作响，相互祝福，荡漾着暖融融的欢乐，好一幅喜迎新春的农家吉祥图。

酒意正浓，乡长李启伟突然接了个电话，兴奋的神色一扫而光。电话那端传出的声音好大：

“启伟，你咋子噶搞的嘛！你们镇上的老百姓又有闹事的了……”

“喔？不晓得，不晓得。”李启伟起身躲到一旁接电话去了。看来这个电话不妙。

过了一会，李启伟回到饭桌，对王红祥说："刚才县领导在电话上把我臭骂了一顿，搞得我一头雾水。"

"啥子噶事么？"

"前几天，电信公司架设光缆线路，通过新寨村，老百姓阻工闹事。你晓得这事不？"

"不晓得。没人说这个事么。"

"县领导恼火得很，责问我们为什么不支持？我说我们都不晓得。县领导让我们了解一下具体情况，处理好，不要影响电信公司架设光缆线路。"

"这是好事么。为啥子噶不事先通知我们？"王红祥问。

"他们是垂直管理部门，牛逼，不鸟我们。现在惹出了麻烦。"李启伟愤然说。

原来，县里实施乡村有线"通网工程"，电信公司架设光缆线占用了老百姓的土地，施工人员考虑不周，群众产生误会，闹起事来。电信公司只好求助县里。县领导找到镇里。结果，搞得镇上很被动。

"这帮家伙，怎么能这样干呢？出了问题让我们背黑锅，还要给他们擦屁股。"

"俗话说，'进山拜神、入户敲门'，这是常识嘛！进入我们新店施工应该打个招呼。"

"前段时间，县里开会讲过'通网工程'的事，这是国家扶贫工程项目，下一步要村村通光缆，家家能上网。这也是脱贫攻坚的一大'堡垒'，我们也不能含糊。"王红祥又说。

"我已经安排村干部，让他们做好村民的工作，这是扶贫工程，耽误不得。明早我再到现场看看。"李启伟又说，"你放心好了。"

饭局上出现的这段小插曲就这样过去了。王振虎看到书记和镇长又端起了酒杯，就过来给大家一一敬酒，小院里又立刻恢复了先前的热闹。

王振虎 1981 年出生，个头不高，非常精干，大大的脑门儿，显得聪颖智慧。他家共六口人。他虽然高中毕业没考上大学，但他自修了大专文化。他曾到广东、昭通务过工几年。白鹤滩水电站刚开工时，每月 3000 多元招聘看守炸药库的临时工，别人怕危险不敢去。他说他们不懂，只要遵守操作规程，安全得很。他看守炸药库还帮着装卸车，一月能挣 5000 多元。

“8·03”地震时，家里房屋严重受损。他回来盖房，认为在外面打工，虽说挣到三五千元，总不是长久之计，也不能照顾家。他决定在家乡做生意，还可以带动乡亲们一块脱贫致富。现在，他用务工积攒的钱买了一辆车搞运输，一年能挣五六万元。

镇上盖中学，他非常支持，家里的地全被征用了。虽然家里没地了，他们夫妻把小家经营得红红火火。他跑运输，妻子在学校门口开了小卖部。他养了 4 头猪，一头一年多就长到四五百斤，可以卖到 5000 多元。4 头猪可以卖 2 万多元，就基本脱贫了。

今天他杀了两头猪，一头自己留着，做成腊肉，可以吃一年，另一头一斤 15 元卖给村里乡亲们过年。

问他一年收入大概多少？他想了想，笑着说：“我家已经走上了小康路。”

“我家养的是猪，你给人家吹啥子噶牛？”妻子在一旁嘲笑他。他和妻子是青梅竹马的同学。

“用不着藏着掖着，咱是勤劳致富，应该光荣嘛！”王振虎开心地说：“来，大家喝酒。”

“王振虎很能干，很能吃苦。”王红祥端着酒碗说，“他是我们镇上表彰的靠勤劳脱贫致富的典型。这种有志气、靠双手富起来的群众在镇里有相当一部分，大多是村干部或是经济发展的带头人。”

王振虎自酿的苞谷酒，一股浓浓的醇香，沁入心扉。老百姓的日子不正是在这点点滴滴中酿出芬芳、酿出满院的欢乐与幸福吗？

这场面，几杯酒下肚，已然若醉……

6. 书记门前路最烂

2016 年 12 月 28 日一大早，一阵鞭炮声把沉睡一夜的小镇叫醒了。打开窗子看到，好像是镇上一家新商铺举行开张庆典仪式。

昨晚下了一场雨雪，天空一碧如洗，黑黢黢的山峦上略施粉黛，像包公脸上随意涂抹的肥皂泡。远处的大青山飘绕着朵朵白云，悠然自得，逶迤妙曼，云岭高原像天空刚刚分娩的一个婴儿纯洁晶莹。

今天要去青山村。看过去，青山村离新店集镇并不远，就在对面的大青山上，村委会的办公楼看得清清楚楚。但是，地处大药山南麓的新店镇，辖区内地势高差较大，境内重峦叠嶂，山高峡深。由于清水河、段家河东西深切割，镇政府与青山村中间隔着落差 800 多米的大峡谷，到青山村车子要跑一个多小时的路程。

来到村委会办公室，扶贫工作队员和村“三委”的干部们正在开会。村支书胡兴林、村副主任奥云斌、镇林业站的陈正喜、新店镇市场监管所的胡应飞等村干部，还有县公路分局的驻村扶贫工作队长、第一书记彭天云，一位年轻的女扶贫队员马娟。他们一起盘点 2016 年的工作，谋划新年度的未来。

看到他们一个个黑不溜秋的模样，突然想起前不久国家部门的一位专家到云南调研，描述云南基层干部的一句玩笑话：远看笑乎乎，近看黑乎乎，细看傻乎乎。看似一句戏言，实则概括了云南基层干部的热情、淳朴、厚道的形象，也反映了他们在这大山里生活和工作的艰辛状态。

青山村原来是个后进村，问题较多。胡兴林当选村书记后，带领村“三委”很快改变了村风村貌。

在青山村发现一个特殊的现象，全村都是崭新的水泥路，只有通向村支书胡兴林家的那条路是土石路。这段路有 1000 多米长，30 多度的坡度。因为刚下过一场雨，被车轮碾得坑坑洼洼，泥浆翻出好深。胡兴林骑摩托车上去时车屁股“嘭嘭”爆响，直冒黑烟。

这里有七八家住户，30 多口人，通往这里的路是村里最烂的一条路。

“这条路是黏土，一下雨全是泥巴，车子深深浅浅，很糟糕。邻居埋怨我说，跟你支书做邻居不沾光，光沾泥。吃不到便宜还要吃亏。我给邻居们解释，修路的资金不够了，先修其他的路，等以后有了资金再搞这条路。”胡兴林又解释说，“如果先修我门前的路，老百姓会骂，有了好事先是当官的。我背后还有个监督员，他也会骂我的。”

“监督员是谁？”

他说是他伯父，二十世纪六七十年代村里的老支书。见到他伯父时，老人家正在粉碎猪饲料。年过八旬的老人，身体依然健朗。说起他侄子当书记，老人家说：“我年纪大了，不懂现在的政策了。但有一条，永远不能变，你是党员，是干部，不管啥子噶时候，先为群众着想。只能吃亏，不能占便宜。”

人们曾经赞扬的“老支书精神”已经传承到新一代村支书身上。

虽说胡兴林接手村里工作，赢得群众的称赞和支持，也得到镇里的充分肯定，但是，他也有许多自己的苦衷。

胡兴林上有父母，都已年过七旬；下有两个孩子，十一岁的儿子在镇里上小学五年级，小女儿才四岁。家里的几亩地一部分种苞谷，一部分种核桃。青山村有七位村干部，胡兴林属于稍微贫困的了。当选村支书以来，他把精力全放在村里工作上了，里里外外全靠老婆打理，他一点也顾不上家。青山村是全镇脱贫难度最大的村，他们晚上加班加点是常事。

胡兴林是从中央广电学院在巧家县办的大专分校毕业的，他有个心愿，就是考上公务员。他说他不走运，连考了三次，就差几分没过，很遗憾。他决心再考，苦于没时间看书复习。

这两年脱贫攻坚任务越压越重，越抓越紧。他说：“我一年下来在家里的时间不超过一个月，都是走村下户，了解每家每户情况，落实精准脱贫；晚上填表上报，录入云南脱贫攻坚大数年平台；还要跑镇上协调修路、建村委员办公楼等等。大大小小，都要亲力亲为，整天有干不完的事。”

年底了，各级都在盘点。这几天，村干部和扶贫工作队员们加班熬到凌晨2点多，统计填写各种报表，再录入云南脱贫攻坚大数据平台。现在他们几个两眼还红红的。

“我们青山村共有 63 名党员。现在的党员大多数都是不错的，但比起他伯父那一代老党员还是有不少差距的。”胡兴林颇有感慨，“以前是吃苦在前，享受在后，现在没以前那么模范带头了，党性也弱了。有些人精神滑坡了，甚至有的倒在了路上。村里上任班子的主要村干部就受到严厉处分。这次换届以后，党员的作用明显增强了。”

离开青山村，胡兴林家那条最烂的路令人难忘。正因为村干部走的是一条最烂的路，青山村的老百姓才走上了一条宽广的脱贫路、希望路。

7.“我的青山”有故事

彭天云圆圆的脸，黑铁塔一般，是驻青山村扶贫工作队队长兼第一书记。他幽默地说：“一看我这，就知道是干公路的。”他话不多，笑起来很甜善。在同事眼里，他是个“暖男”。

另一位扶贫队员叫马娟，说话慢声细雨，很会讲道理，被大家称为“理论能手”。谈起青山村的扶贫工作，他们总喜欢说：“我的青山。”

2015 年 9 月 22 日，巧家第一批扶贫工作队驻村，县公路分局党委书记陈云清带着十多名干部职工来到新店镇。

马娟在日记里记下了许多扶贫故事和感受。

当天在镇里参加动员会，一些新词、新概念，比如“两不愁、三保障”、五查五看等专业词语，对他们来说还是第一次听到，一时搞不明白，更不知道驻村扶贫将会经历什么。

驻村第一天，他们看到村里小学的教学设施太破旧，几个孩子挤在一条长木板上。马上从单位筹措了 1 万多元，把小学的桌凳全换了一遍。

青山村有 250 家贫困户，公路分局有 14 位干部职工，每个人要包 10 多户。公路分局党支部书记陈云清包了 16 户。他们临时租了老百姓的房子住。每天走访挂包的农户，确定具体扶贫措施，保证一年内脱贫。

这些山路大家都没走过，徒步一天下来，疲惫不堪。陈云清书记50多岁了，又患高血压，但他坚持晚上汇总情况，研究安排扶贫工作。王如丽是单位的会计，40多岁。那天下雨，她回来摔了一身泥，脚上也打了血泡。

他们与村干部一起跋山涉水、走村串户，整整用了10天，才把青山村的家底摸透。然后，他们对贫困户的情况一一造册登记，建立了台账。

扶贫工作遇到难题。识别贫困户阶段，就出现了争当贫困户的现象。起初，村民不在意，认为伸手要扶持，没面子。后来看到对贫困户的扶持力度大，比如：2.1万元危房改造资金和4000元养猪修圈的扶持款等项目。有人看到有这么多好处和实惠，心理失衡了。甚至看到有社会保障兜底扶贫政策，就想把赡养老人的责任推给政府。

这天，书记陈云清、局长罗祥一块带着单位的几名同志来青山村搞回访。他们给沙地小组一位姓邹的贫困户送大米。老人80多岁了，双目几乎失明，还是一位老党员。看他睡在一间老房子里，铺着一块麻布毯子，盖了一件“8·03”地震时发的军大衣，冻得瑟瑟发抖。老人有5个儿子，却没人照顾他。

罗祥看不下去了，从他儿子床上拿了一床被子给老人。老人不敢盖，又给儿子抱回去了。老人悄声说：“你们一走……”

下午，罗祥只好从镇上民政部门要了两床被子送给这位老人。握着他的手说：“老人家，这是镇上给您的。您是老党员，党组织没有忘记您。”老人感激地泪流满面，哽咽着说不出话来。

罗祥又把他的几个儿子叫到一起，指着屋里的中堂说：“看看你们家里敬拜的神位，上写的是‘天地君亲师位’。‘亲’排在‘天、地、君’之后，还排在‘师’之前的。穷不失德孝，天地之间，忠孝最大。父亲把你们几个儿子拉扯大不容易。天下百善孝为先，你们赡养老人，尽儿女之孝，是天经地义的……老人要是冻死了，可要追究你们的责任。”

老人的几个儿子惭愧地低着头，不停说：“要得要得。”

农村这种现象并不少见。大家感叹道，还不是因为穷嘛！因为穷，有人在道德面前失去了应有的尊严和廉耻。春秋时期的管仲就说过“仓廪实而知礼节，衣食足而知荣辱”，脱贫攻坚也是对道德的救赎啊！

刘老汉有四个儿子，都不照顾他，又不符合去敬老院条件。村支书胡兴林和村干部上门做工作，他的孩子们说：“你们说我们管得不好，你们去管噶？！”

没办法，支部书记胡兴林与村干部商量，只好由村里把老人照顾起来。但是，效果反而不好。本来是儿女应尽的孝道，就有人故意把孝老的责任推给村干部，动不动就找政府“碰瓷”。

这样下去，反而助长了不良风气。不能搞得脱贫了，中华民族的传统美德却丢了。乌鸦反哺，羔羊跪乳，子养父母，天经地义啊！

彭天云和马娟与村干部商量，以后遇到这种情况，除了严肃教育，还要采取措施，必要时强制他们对老人尽赡养之责。

村里调整低保闹出了风波。老袁家有三口人，儿子外出打工。老袁虽因车祸受过伤，家里有十吨的大货车搞运输，收入不低，却要低保，到村里闹得很凶。

彭天云和村干部一块到他家去了解收入情况，发现他抽的烟，是 10 元一盒的“碧云”。彭天云说：“老袁哪，你瞧瞧你这烟的水平，就不是贫困户。”老袁脸唰地红了，咧着嘴，尴尬笑了笑，说不出理来。

村干部们说：“你家有大货车搞运输，还在乎这 200 元低保吗？说你贫困，哪个信？”终于说服老袁放弃了低保。

扶贫工作就是点点滴滴，家长里短，许多事情需要耐心细致地做好思想教育工作。群众工作非一朝一夕之功，需要慢慢引导，逐渐改变。

2016 年 7 月 8 日，马娟在工作日记中这样写道：

这次回访是市里部署的，按照新的标准重新审定贫困户，该剔除的剔除，该纳入的纳入。李启伟镇长带着镇扶贫工作队员来到青山村，和我们一起对 250 家贫困户走访一遍，重新摸底。两天时间就把所有工作完成了。接着就是更新资料，建立新台账，录入云南扶贫信息大数据平台。

最困难的是入户调查，填写建造大量的表册。每户大概 40 多张，许多表格又分为 A、B、C 段，非常烦琐，工作量可想而知。脱贫标准不仅达到“两不愁、三保障”，还要实现“八有四无一超一受益”“一降一高”。工作要求越来越细，越来越明确。要精细识别、精准核实，需要投入大量精力；再加上多种工作的叠加，经常忙得焦头烂额。

入户调查难就难在找不到人。有的举家外出务工，电话也联系不上。没有具体佐证材料，就无法确定他的人均年可支配收入是否达到当年的指标3200元以上，也就无法识别他们是不是贫困户。遇到这种情况，只能根据掌握的各种信息进行综合测算，力求做到精准。比如，与本人联系不上，就通过其亲属了解在哪里务工。如果在浙江、新疆、成都等地务工，一天最少也有120元至150元收入，刨除所有费用开支，大概还剩75块钱。一个人在外务工的话，平均一年也有1.5万~2万元的收入。要通过这些信息来测算，不能马虎。要千方百计把工作做细做准做好。

脱贫不是数字也不是文字，而是老百姓幸福快乐的日子。更多的时间，我们还是要走村串户，推进各项扶贫政策和措施落地，解决脱贫中的实际问题。

……

谈到扶贫工作的难处，彭天云说：“脱贫攻坚工作，本来就是攻难点、攻重点。不可能是轻松的。”他说，精准扶贫“回头看”时，确实遇到了不少难处。

那是2016年5月20日，按上级新的贫困标准和“回头看”要求，对贫困户的情况重新审核。审核结果有9户34人必须退出。

会后，通知那9户退出的人家，大家都犯了难。不管如何，大家都必须把这个电话打出去，通知对方，都要把工作做通、落实。

有的退出户比较明事理，一说就通；也有的想不通。有一对夫妻接到通知，就来到村委会大吵大闹。原来纳入贫困户是因为女的做手术，家庭困难。现在退出是因为他儿子大学毕业考上了公务员。“回头看”又有一条新规定，凡有国家公职人员的家庭，一律不能列为贫困户。

马娟回忆当时的情景说，我知道她需要一个接受的过程，给她倒杯水，让她坐下听我解释，她慢慢平静下来。我又拿出扶贫宣传册给她看。上面说得很清楚：

低保户，入围圈，九种条件不能沾。
有汽车有楼房，大型家电在一旁。
有工作，有存款，人户分离在外边。
凡是干部近亲属，一律不能来照顾。
有子女，能赡养，这个条件不用讲。
又吸毒又赌博，违法乱纪不用说。
能劳动，不去干，这个条件也不算。
……

这位大姐没再说话。在彭天云和马娟的劝说下，这对夫妻平静下来，态度慢慢转变了。

讲起青山村的故事，马娟滔滔不绝。她说：“在我的青山，那些自强不息的残疾人，至今想起来，还让我感动。”

那是5月的一天。马娟与村干部们走访二坪、梁子、梨树等社组，了解各家的生产状况。二坪、梁子、梨树这些地方海拔较高，上去后天空飘起了毛毛雨，山路湿滑，不好走。触景生情，马娟想起《幸福不是毛毛雨》这首歌，便改了几句词唱起来：

扶贫攻坚充满了豪迈
我们跋山涉水走村串寨
天上飘下毛毛细雨
滋润着青山的胸怀
……
噢　幸福不是毛毛雨

不会自己从天上掉下来
幸福的生活靠奋斗呵
奋斗的人生最精彩
……

大家都夸她唱得好，要她为扶贫队员写首歌。一路歌声笑语，大家很开心。

他们走访了几个村社，看到的情景令他们心境很低沉。不知为什么，这一带“痴呆傻、盲聋哑”及体残者这么多，有的患多重残疾。残疾严重影响他们的生存与发展，特别是智障人，成为家庭的沉重负担。

但是，这些残疾人没有哭穷、没有埋怨，不少人生活态度积极，自强不息。还有一些身残志坚的人，养鸡养猪养牛羊，生活自给自足，衣食无忧；其中一位手部残疾者养了二十多只羊，家里过得一点也不差。也有的以理发、开百货商店为生计；还有的残疾者想搞大棚蔬菜或退耕还林栽桑养蚕、种植核桃，向扶贫队员表达创业的强烈愿望，迫切希望得到实用技能培训。

马娟说：“他们令人敬佩。每次遇到这样的人，都会给他们鼓励，点赞！”

还有人在艰辛的生活中不忘关心他人。贫困户段正海肠胃病又犯了，正在家里熬中药。见到走访的扶贫队员，他没有谈自家的困难，而是说，“8·03”地震，二坪、梁子有4家属于“地震滑坡点”，去年已填表，到现在还没有动静，应该尽快解决；二坪有12户人家地震中自来水管损坏，断了水源。现饮用的山溪水落差太大，需要建3个蓄水池。他还说，整个社的人都希望退耕还林、栽桑养蚕发展经济……

马娟被他深深感动，并一一记下来。她说：

“一个普通人的高尚足以让我肃然起敬，而一个普通的贫困者，甚至是一个残疾的贫困者，能以自己的奋斗站在精神的制高点上，这样的伟大，我怎能不为之点赞？！”

2016年7月的一天，按一事一议程序，马娟和陈正喜到许家坪村社组织召开村民代表会议。对许家坪、麦地坪、白蜡林、岩脚、炉房等五个村社的户间道硬化项目征求群众意见。

一路上，陈正喜不停地接打电话，催促着这家或那家趁这两天天晴、公路还没有施工封闭，赶快把水泥、钢筋、砖拉进来盖房子。他想得很细，安排得井井有条，很到位；他还帮一些能力弱的人家联系协调建材并拉到村民家门口，对没有能力修房子的一些孤寡老人、残疾人，他会垫钱包工。

陈正喜四十多岁，自幼母亲病逝，很小开始独立生活，吃了不少苦，在生活的磨难中成长起来。陈正喜高高的个头，黑老包似的圆脸，讲起话来就笑。陈正喜乐善好施，村民们都很喜欢他。因为他排行老二，乡亲们都习惯叫他“二喜”。他说，他要做好贫困户的“勤务兵”。

陈正喜有自己的生意，也是个小老板。初中毕业后，他通过自学考上了镇里林业站的护林员，还兼村里的安全员。在困顿中行走的他，深知生活艰辛困苦的滋味。所以他侠肠义胆，经常助人于危困之时。这次镇里下派他到青山村和工作队一起驻村扶贫，他分管着好几个村民小组。但是，他的生意耽搁了。他把身心全部倾注于扶贫工作上，不得不停了自己的小砖厂。

岩脚社有几家村民因为路窄坡陡，建房材料拉不上去，影响了危房改造进度。陈正喜动员这几家村民各出 200 块，他自己又掏了 3000 多元，请来推土机将路面推缓，减小坡度，让车子上得去，使岩脚社危房改造进度加快。在他组织下，岩脚社区的危房改造提前完工。

上沙地、寨子两个村民小组的路一直不通畅，一时没有办法。陈正喜自己出钱请来挖机铲通道路。他负责的退耕还林、太阳能补贴涉及全村。退耕还林项目只要一到，他就马上组织村民实施；安装太阳能可补贴 1000 元，只要村民愿意安装，他就帮着运到家里安装好。

2017 年底，按照脱贫目标，经过上级验收考核，青山村如期实现脱贫出列。

离开青山村时，马娟说，有好多遗憾，有一些想办的事没来得及办。他们想给青山开个网店，做核桃等一些土特产网上销售，没做起来。青山村还没网络，村民们不懂电脑操作，需要花一定时间培训。他们试图建立青山村合作社，一时不知道如何开展。

回想起在青山村一年多的扶贫工作，扶贫工作队员们感慨万端。苦过甜过，也哭过笑过。但他们总喜欢说：“我的青山。”

青山的未了情却一直萦绕在他们的心头。

8. 唤醒“睡美人”

其实，扶贫队员的美好愿望也是青山人的梦想。

傍晚，王红祥拉着我来到新店镇不远处的一个高坡上。站在上面，王红祥一指：“你看那是什么？”

“大青山。”我犹疑着说。

“你再仔细看，往远处。”

“哦，看到了。”不由赞叹，“啧，好美呵！”

在深蓝色的天幕下，整个青山包的轮廓勾勒出一个美女仰卧图，一幕奇观。这就是新店人引以为豪的“睡美人”。

那凸起的发髻，圆润的额头，挺起的鼻梁，微翘的嘴唇，还有那高耸的胸脯，仿佛在翕动起伏，而那微微隆起的腹部与修长的美腿衔接得恰到好处，肢体的每一个部位都惟妙惟肖，仪态万方，妙不可言，美得令人窒息。

所谓大自然里的“睡美人”，大都牵强附会，若是若非。如此之像、如此之美的，并非多见。此“美人”非彼“美人”。

更为神奇的是，“睡美人”那甜善的面颊上还带着酒窝，流露出微笑，绽放着灿烂。没有完全融化的积雪，恰像一枚银色的胸花，发出耀眼的光亮。

这时，一片薄云飘绕着“美人”细长的脖颈，舞动至胸前，在夕阳的映照下，宛如镶了金边的一条丝带，美轮美奂。女人的风韵便扑面而来，激发你所有的想象，令你流连忘返，欲罢不能。

新店人很钟情，王红祥得意地说：“我们要把‘睡美人’唤醒，打造成新店镇的旅游热点，成为网红。”

新店镇从牛栏江谷底海拔由几百米一直绵延至 3000 多米，有着 157 平方千米广袤的山地。所不同的是，与地处金沙江沿岸干热河谷地带的乡镇和巧家县城相比，新店清凉了许多，年平均气温 14℃。这里的小气候让新店成了巧家境内最好的避暑胜地。

新店人坚信，以大青山“睡美人”为亮点发展旅游业定当成为一骑绝尘。

新店人做着一个唤醒“睡美人”的梦。

王红祥说“睡美人”山盛产核桃和花椒，已经成立了巧家县新店镇“睡美人山”专业合作社，注册了“睡美人”品牌系列农产品，打造一个产销平台，专门收购和销售当地的农特产，推动产业发展。

县长陆颖带着几个县直部门的负责人来到新店镇进行调研。他说，古人讲“病有标本”，“知标本者，万举万当；不知标本者，是谓妄行”。推进脱贫攻坚工作，首先要找准导致贫困的主要原因，采取有针对性的脱贫攻坚举措，处理好“五个关系”。

王红祥滔滔不绝说起他们如何处理“五个关系”，踏踏实实走出一条宽广的脱贫之路。

比如：短期脱贫与长远发展的关系。脱贫攻坚最大的难点是让贫困对象拥有“自富”能力。坚持“长短结合”的原则，短能脱贫，长能致富。要帮助群众搞一些短平快的项目，先把当前的生产生活问题解决好，改善基本生活条件，尽快实现脱贫目标。同时，注重打基础、做长远，推动产业持续发展，促进群众稳定增收。

老百姓脱贫首先要改变观念，从思想上脱贫。思想上不解决问题，养他一辈子也养不富。一定要记住：“输血”是为了“造血”，不是“养穷”。对贫困户政府要扶持一把，但不能大包大揽，不能包办代替。否则，那就害了他们。“自富”才能致富。有些措施也不能一厢情愿，还要调查摸底，尊重老百姓的意愿。

他说：“对上面派来的扶贫工作队，也不能依赖。不能把脱贫的艰巨任务都压在扶贫工作队员身上，要努力培养自身的发展能力。”

同时要着眼长远，抓好路、水、电、房、网等基础设施建设，攻克贫困“堡垒”。尤其道路建设，行政村之间包括到村组路都要打通，形成四通八达的交通网络。不仅让群众出行方便，也让产业产品活跃流通起来。

还有因地制宜与产业分工的关系、一村一策与连片发展的关系。新店镇的海拔在900米到3400米之间，立体气候非常明显。不同高度适宜不同的作物，产业发展不能一刀切，要围绕海拔高度来布局。

根据这一特点，新店镇划分了三个产业经济带：沿江经济带，以发展桑蚕为主；半山经济带，适合核桃、花椒生长；高山区域地阔人少，粮食广种薄收，适宜种草养殖牛羊，开发种植4000亩草场，发展畜牧业，为高原经济带。这是产业分工与布局。

再就是本地资源开发与外部优势对接的关系。王红祥说："火地村有个叫罗开全的大学生，在昆明读完大学回来创业。他通过老师联系与云南白药集团中药材优质种源繁育有限公司建立合作关系，共同开发种植白及、草乌和金铁锁等中草药，成为一村一策的典型。"

火地村山高坡陡，是贫困度深的高寒贫困山区，适合种植中药材。罗开全与火地村宣传员吕卓聪两人共同建立了中草药基地，吸纳村民成立了森森中药材种植合作社，与云南白药集团长期进行合作，实现产业链体系化，发展前景可观。镇里用20万元的贴息贷款，来帮助他们起步发展，并为他们提供办公场所，开展技术培训，开通互联网。这个项目不仅带动了村里贫困户迅速脱贫，也通过连片发展形成了规模。

"同时，还要处理好产品优化升级与拉长链条的关系。就拿半山种植核桃、花椒来说，规模发展很快，每年以近万亩速度扩充。但是，面临如何提质增效的问题。"王红祥说。

"按照处理好'五个关系'。我们要统筹布局。"王红祥又说，"下一步，镇里要成立农业专业合作社，并搭建营销平台，统一收购和包装，以优良品牌主打市场；还要送到城里进行深加入，开发多种核桃产品，形成产业链条，增加农产品的附加值，逐步形成新店独特的品牌。"

"到那时，新店镇不仅完全脱贫，而且老百姓会走在幸福美满的小康路上。"

中央提出的"乡村振兴"战略，作为地方来说，要结合自身的实际和特点具体谋划。

王红祥认为，新店镇要做大做强"睡美人"品牌，就是主打生态和绿色主题。“生态是我们的资源，绿色是我们的财富。”他还说，“绿色”就是“健康”，就是“生命力”，就是“金山银山”。

夜幕降临，最后一抹晚霞给“睡美人”拉上了帷幔。只见王红祥双手做成喇叭状，对着远山大声呼唤：

醒来吧！“睡美人”——

回音在山谷里一遍又一遍地环绕、重复，好像许多人在不同的方向跟着呼唤：

醒来吧！“睡美人”——

醒来吧！“睡美人”——

……

第七章

路幽幽，情悠悠

从逃离家园到热切地返回故乡，印证了攻克一个个贫困“堡垒”给红山乡带来的巨大变迁和对未来的期许。

红山人说，是国家的扶贫政策照亮了游子回家的路，也是红山情温暖了这条路。

1. 黑　铁

红山乡位于巧家县东北部，金沙江与牛栏江在这里交汇，距县城198千米，被巧家人称为“巧家的边塞”。

世人只知“蜀道难，难于上青天”，殊不知，“滇道”之难，难上加难。

早在北魏时期，郦道元在他的《水经注·若水》里就这样描写乌蒙之行：“楢溪赤水，盘蛇七曲，盘羊乌栊，气与天通。看都濩泚，住柱呼尹……其艰险如此也。”

到过红山乡的人都会说，红山乡的路是由两个字组成的：“远”和“险”。

到红山乡任职的干部，多少带有灰色的咏叹调。事实上，县委把年轻有为的干部放到红山乡历练成长，不少干部到红山乡努力作为，政绩突出，得到提拔重用。

脱贫攻坚战全面打响后，巧家县委进一步加大了干部队伍建设的力度，注重在扶贫攻坚一线培养锻炼、考察识别和选拔使用干部，出台了《巧家县脱贫攻坚一线培养选拔干部实施意见》。

所以，县委、县政府对红山乡新一届领导班子，寄予更大的期望。

2015年6月的一天，红山乡接到县里紧急通报：206省道黑铁段被当地群众堵了整整一天，几百台车辆无法通行，司机和村民对峙，情况紧急。责成红山乡迅速派人前往现场疏导，以防矛盾激化，事态扩大。彪哥第一时间向黑铁村急驰而去。

党委书记叫王银鹏，是苗族人，大家昵称他“苗哥”；乡长赵应彪，大家昵称“彪哥”。

不过，平息黑铁村发生的这种“路闹”，彪哥还是第一次。

黑铁村遗留的矛盾比较突出，老百姓到乡里找过多次，彪哥心里清楚。黑铁太穷了，百姓生活太苦了。不仅黑铁，整个红山乡的贫困根深蒂固，名副其实的“穷乡僻壤”！

车子在驶向黑铁村的山路上一蹿一蹦地奔跑，有时冲冲撞撞，像个不好好走路的娃娃。彪哥不由地回想起不久前到红山乡报到的情景。

那天是 2015 年 3 月 30 日，县里干部会议结束后，他和乡党委书记王银鹏、副书记肖雄、纪委书记袁荣林和组织委员赵才雷一起去红山乡。他们这届“班子”属于朝气蓬勃的“青春号”。

车子顺金沙江而下，行至白鹤滩水电站，很快进入崇山峻岭之中。

山川苍茫，天似穹庐，一条狭窄的山路在半山腰折折返返，穿行而过。道路的一侧是抬头望不到顶的峭壁，另一侧是落差几百米甚至是千米的悬崖，崖底是奔腾咆哮的金沙江。走一趟去红山的路，才知道什么叫远、险。

从早上出发，一路颠簸几个小时，临近中午路才走了一半，肚子开始叫唤了。经过一座小山村，没有餐馆，他们只好在路边一个洋芋烧烤摊前买了几个烤洋芋吃。烤洋芋一元钱一个，一切两半，中间抹上辣酱或甜面酱，外焦里脆，香甜可口。这也是巧家的“十八怪”之一：干巴洋芋论个卖！巧家人喜欢吃烤干巴洋芋。

路旁有个老阿婆，一边卖甘蔗，一边纳鞋垫。看着老阿婆一针一线密密麻麻纳出各种各样的吉祥图案，赵应彪心想：山里的老百姓不就是这样一针一线缝补自己每天的日子吗？虽说这种针线活在发达地区已成为记忆，但在这大山里，手工鞋垫仍然支撑着山民的脚步。于是，他们每人买了几双，在红山乡爬山走路多，用得着。

午后继续前行，山越来越高，路越来越陡，也越来越窄。一路上偶尔遇到车辆和放牧人，都是擦肩而过。

下午翻越哨口子，哨口子海拔 3300 多米，地形奇异，天象复杂。当地有段歌谣描述哨口子的险恶：

哨口子，哨口子，
山高路陡急转弯，
风吹石头会撒欢；
雨去雪来天无常，
说翻脸来脸就翻。

从哨口子沿着陡峭的山道顺坡而下，进入红山乡最险要的垭口子。这里海拔2000多米，低头就可看到两江交汇处的牛栏村。

路途遥远，最难忍受的就是一路上枯燥无味。乡里干部们都说，走红山这条路，不是走，是在“熬”。坐上车就睡觉，中途下来撒泡尿；饿了吃个烤洋芋，无聊讲个段子笑一笑。这就是去红山乡一路上的内容。

“彪哥，来个段子吧，提提神。”苗哥的提议得到大家的响应，都说：“来一个，来一个！”

彪哥说，先上一曲“药山小调”，再来个段子好不好？他清了清嗓子，拖着长音吼起来：

好久不到药山来哟——
药山凉水起青苔；
拨开青苔喝凉水呀——
一朵鲜花冒出来；
小路弯弯上药山哟——
杜鹃仙子路边站；
见蛇不打有过错呀——
见花不采是老憨；
阿妹路边等得急哟——
拉着阿哥树林里钻；

……

“好好好！再上个段子吧。”一阵起哄，一阵笑声。

“好，再上个段子。村里有一对小青年谈上恋爱了。年轻人没把持住，偷吃了‘禁果’。结果……”又是一阵哈哈大笑。

也许这些山野小调、开心的段子有些粗俗和低级趣味，让现代城市文明难以理解，但红山人就是用山里人的方式排解着生活的孤独与苦闷，坚守着这片贫瘠的江峡深谷，并为改变它而付出生命里的每一个日子。

一路奔波了 6 个小时，终于来到红山乡。眼前的情景，还是让彪哥心酸。虽说心理上有所准备，但实际上比他想象的更糟。

红山乡镇上没有一条平坦的路，街道尘土飞扬；由于不通公路，建房的成本很高，房屋破烂不堪，看不到一幢像样的砖房。集镇上有百十户人家，老百姓衣衫褴褛，目光呆滞，没有一家正规的商店。

巧家县是国家级贫困县，而红山乡又是巧家县最贫困的乡。全乡 8 个村（社区）委会，153 个村民小组，近 25000 人，居住着汉族、彝族、苗族、回族、傣族、布依族、拉祜族等 10 余个民族，分布在海拔 517 米至 3300 米的峡高谷深之间，25 度以上坡地占 90%。

当地老百姓有句话描绘红山乡地貌：“喊得应，听得见，要想见面实在难，跋山涉水一整天。”

由于受自然环境及区位偏僻等因素的局限，全乡 8 个村（社区）均为贫困村，而且贫困程度深；没有通村公路，也没有对外连接的硬化路；6300 余人安全饮水困难。红山人穷得叮当响，有点门路的都往外跑。

由于发展中的历史欠账和遗留的问题较多，老百姓找政府提出各种各样的诉求。政府一时难以解决，群众心里憋屈，导致各种社会矛盾也比较突出。

这次黑铁告急就是一次爆发。

2. 活人不能让尿憋死

老百姓为什么堵路呢？这要从建设黄桷树水电站说起。

黑铁村有3800多口人，分居在牛栏江边，江边贫瘠荒凉，可耕土地少。十几年前，建设黄桷树水电站时，库区淹没了老百姓的一部分土地和房屋。虽然进行了补偿，但标准比较低。人均耕地仅剩半亩多，再加上没有相应的产业做支撑，贫困人口占1/3。失去土地的农民生活越来越艰辛，老百姓没啥指望，向政府提出诉求，希望得到二次补偿，解决眼下的生活困难。

说到底，还不是日子过得寒酸嘛！

黑铁村的群众多次到乡里反映过困难，苗哥和彪哥都热情地接待过他们，做了不少解释说服工作，也向上级有关部门做了汇报，正在想办法。

村民见多次上访无果，又听说206省道要拓宽，还会占用土地，大伙着急了。于是，引发了一场“路闹”。

彪哥与县公安局治安大队人员中途会合，直奔黑铁村堵路现场。虽说从乡政府到黑铁村直线距离不远，但要翻山越岭花两三个多小时才能到达黑铁村。

这一矛盾纠纷，很快成为巧家县的热点。能否顺利处置考验着彪哥驾驭复杂问题的能力，不少人都在关注着事件的结果。

彪哥来到黑铁村头一看，心里扑通一下，发现自己跳进漩涡里了。

十几位中年妇女在那儿堵着路，几位中年汉子与交管人员争执，一部分年轻妇女在旁边帮腔，被堵了一天的司机们急得团团转。还有几个小媳妇儿在旁边用手机拍照、录像，一部分壮年在远处观望。

在网络发达、信息高速传播的今天，老百姓也在不断接受新知识、新科技，学会了“问题+互联网”的解决方案。

村民们听说乡长来了，呼啦一下子把彪哥围住了。同来的人员都为乡长担心，不知彪哥能否把这场“路闹”摆平。

面对手机镜头和各种责问声呵斥声，彪哥不慌不忙，只是点头微笑，不解释不反驳，也不生气。他知道这个时候冲动是魔鬼，会把他拽下地狱。老百姓也懂得，现代传媒就是最好的推手，你的一举一动都会“爆网”。

当然，也不排除有不负责任的或个别捣乱的人，捉风捕影，无中生有，故意在网上炒作。有一次，红山乡政府大门口围了一群人。有人不问青红皂白，就拍张照片发微信，说红山乡政府门口出事了。

红山乡干部都下村了，看到这条微信很愕然。几位县领导给乡长赵应彪打电话，责问红山乡怎么回事？彪哥赶紧叫办公室值班人员去了解情况。原来山上跑下来一只小猴子，蹿到镇上寻找食物，引来许多人围观，搞得红山乡紧张兮兮。

有人提出来查查到底是谁干的。制造紧张空气，扰乱社会治安，应该严加处罚。彪哥想了想，算啦！老百姓刚开始玩QQ、微信，认识不到新媒体的利害，以后慢慢会改变的。再说了，万一遇到个突发事件，如果有人及时在网上报出来，我们干部能在第一时间赶到现场处置，还是立功的表现呢。后来又发生过几次类似的“乌龙”事件，都被乡里的干部们非常理智地处理了。

这会儿，彪哥被村民们团团围住，有的朝他指指点点，有的对他骂骂咧咧。围观的人群拿着手机朝他拍。场面有点失控，他面临的处境恐怕不像他想象的那么妙了。彪哥还能沉得住气吗？如果他一失口或者一失手，有人发到网上去，可就闹大发了。同行的人员都为他捏一把汗。

谁都清楚，现在是一个网络通信极度发达的自媒体时代。基层干部面对群体性事件，往往在层层压力下，难免操之过急或过分，结果动了粗，分分钟爆红网络，受到网友口诛笔伐。面对基层如此棘手的问题，上级部门为平众怒，快速灭火，往往一律先停职，再查处！纵有天大的委屈，作为公职人员，毕竟对群众动粗是不对的。所以，事再急，困难再大，基层干部都需要隐忍、耐心，想办法冷处理，和群众协商解决。硬来肯定是行不通的，否则，吃不了兜着走！一些干部因作风简单粗暴、侵犯群众利益在网上曝光被查办处理的事例并不新鲜。

此刻，村民们围着彪哥吵闹不休，有两个中年人指着彪哥的鼻子愤怒地吼起来，有的话很难听。面对村民的指责怒骂，彪哥还是不反驳、不恼火，微笑着说：“乡亲们，对不起，我们工作没做好。”或不停地说着好好好，是是是，对不起。无论多么难听的话，他也不回怼。

“你是我的爱，我的爱……

彪哥的手机彩铃突然响起来，一看是分管副县长打来的。

“乡亲们！请大家静一静，我出去接个电话好不好？”

“不成！不给解决问题你啥子噶都别干！”村民们围着他，吵声越来越大。

彪哥只好捂住一只耳朵蹲下身接电话。

“我的赵乡长，那边怎么样了？上级领导很关注，赶快疏通！”

“我在现场……在沟通……

“什么什么？你说什么？疏不通？不管用什么办法，要尽快疏通。啊？！——”

“要得要得。”

“听到没有？再不搞定，我们都要负……“电话断了。彪哥知道后面的词是什么，一种压力感顿时涌得头蒙。他努力平静了片刻，挺起身来，大声喊道：

“乡亲们！听我说一句好不好？”

没人回应他，他的“诉求”被湮没在村民们的质问、斥责声里。还有人发出不满的大声叫嚷，甚至推推搡搡，就这样把彪哥围困了两个多小时。

这时，人们发现情况不妙。彪哥的脸色变了，一阵红，一阵白，是把彪哥气得吧？还是出了什么毛病？人的心理承受能力总是有限的。

正当同事们不知所措时，只见彪哥两手捂住小腹下面，大喊一声：“老乡们！活人不能让尿憋死啊！你们让我解决一下下面的问题好不好？”

在场的人们被他吼住了，大家先是一愣，后是哄然大笑。“要得要得，让他去撒尿。”也有人幸灾乐祸地叫着：“乡长，给吓尿啦！”几个青年人跟着起哄：“让他尿裤子。”还是几位女同胞善解人意，她们红着脸扭身让开了一条道。彪哥不顾一切地朝路边的树林里冲过去……

彪哥的这泡尿本来在乡里临来前就应该解决的，因匆匆上车没来得及，车上又一个电话接着一个电话。为了赶路，途中没停，他自认为膀胱容量大，前列腺好，干脆到了黑铁再解决吧。26 千米的路程奔波了 2 个多小时，谁知到了黑铁一下车就被老百姓给团团围住了。这泡尿硬生生地憋了四五个小时。

一阵酣畅淋漓，痛快极了，彪哥想多享受一下这一刻的快意。他回头一望，发现几个黑铁塔一般的壮汉在远处正朝他窥探。不能怪他们怕他溜掉，这泡尿足足尿了五分钟噶。

当彪哥从小树林里回到现场，村民的口气和态度变了。也许他们突然觉得乡长虽然个头不高，胖墩墩的，但是长着一副娃娃脸，眉清目秀，心平气和，煞是可爱。大家又把他围住了。一位中年妇女上前大胆地对他说：

“乡长，既然活人不能让尿憋死，你给我们想想办法。当时修建电站征了那么多地，给我们的补偿太少了噶。要吃肉也不能猫尾巴上宰。太亏了呀！”

“是啊是啊，剩下这点地怎么养家糊口？现在又要扩路，地没了，让我们喝西北风噶？！”村民们逐渐平静下来，开始理性表达，“你这乡长也是我们人民代表认可的嘛！村里反映过多次，你不能当甩手掌柜，得为我们老百姓撑着啊！”

村民们换了一副口气，彪哥觉得可以坐下来商量了。

彪哥懂得，老百姓不会无端地给政府惹麻烦。群众是通情达理的。彪哥从国家的政策讲到省市县的措施，从当前的形势、面临的困难，讲到拓宽公路给沿途乡村的发展带来的好处和美好的前景。常言道，话是开心的钥匙，沟通是平息矛盾最有效的办法。彪哥一番情真意切的道理解开了大家心头的疙瘩，把村民们激动的情绪渐渐平抚下来。

当然，彪哥还懂得，比沟通说服更重要的是解决群众面临的实际困难。得人之信，赢人之心。

彪哥最后表示说：“也请乡亲们理解，我们乡党委、乡政府向你们保证，会继续向上级报告、反应大家提出的问题和困难，尽快妥善解决。”他话锋一转，指着一望无尽的长龙车阵，“这路咱可不能堵噶！你们瞧瞧，堵了路，耽误了人家的事，也坏了咱黑铁的名声。”

“既然乡长把话说到这份上，就不要再闹了。以后再去乡里找乡长。先放行吧。”在几位年长者的指使下，村民们把摆在路上的石头和树木移开，道路终于疏通了。

后来，巧家坊间流传着一种调侃：黑铁村堵了几天路，让彪哥一泡尿给尿通了。

彪哥借用一位社会学家的话说：“贫穷和不公才是导致一切社会矛盾的祸根。每个贫困者都渴望改变。要从根上解决农村问题，必须彻底掐断‘穷根子’，让老百姓富起来。”

3. 云南发力

再也不能守着个穷摊子一代代苦熬下去了。

红山人不等不靠，为了能找到红山乡贫困落后的“穷根子”，精准施策，苗哥和彪哥带着乡里的干部职工跑遍了全乡的村村组组。不少村落道路不通，干旱缺水，土地贫瘠，产业落后，老百姓收入微薄，仿佛生活在刀耕火种的年代。

乡里的干部们第一次登上天星村，听说20年前有一批村民抛弃了家园，搬迁到西双版纳去了。望着暗淡的天星村，大家的心情极为复杂。

面对全乡的落后状况和老百姓艰辛的生活状态，乡党委一班人理出了修路、引水，发展优势特色产业的脱贫思路。

但是，钱从哪里来?

红山人念起了招商经，但收效甚微。手里没有米，唤鸡鸡不来。

幸运的是，就在红山人穷尽办法四处招商引资找钱时，2015年，云南省实施“贫困乡镇整体推进项目”，红山人敏锐地抓住了这个机遇。

这份幸运来自时代，也源于红山人的奋斗精神。

彪哥单枪匹马，肩背电脑，手里拎着红山乡改变落后面貌的整体规划材料前往昆明。几经辗转，找到了省扶贫办，申报脱贫项目和资金。

当这个黑黢黢、胖墩墩的年轻人走进省扶贫办时，工作人员投来异样的目光。许多单位都是有几个人组团前来申报项目，彪哥却一人风尘仆仆地独自来到会场参加专家会审。

“就你一个人？”专家向周围看了看，疑惑地问。

“是的。就我一个人。”彪哥回答。

“你这是‘单刀赴会’啊！”专家们发出了笑声。

“看来，你们那里的工作还有比扶贫项目更重要的。”

彪哥一听，坏了，八成是专家们认为单位不重视，连忙解释说：“专家同志别误会。我们那里太偏僻、太贫穷了。我们想节约点经费。”

“看了你们乡里这些材料，还不完整。你们还是等下一批吧。”

眼看就要没戏了。彪哥急了，恳求说：“专家同志。你们再听我汇报一下。再不帮我们一把，老百姓全都跑掉了。”他动情地讲述了天星村民逃离家园的故事。

专家们被他的故事打动了，纷纷提出指导意见。彪哥回来后，按照省扶贫办专家的建议，结合红山乡的实际，对红山乡“整乡推进”脱贫项目规划反复修改，精心完善。红山乡很快得到 2000 万元扶贫资金。

彪哥说，他去很多村里走访，老百姓们提出这边要修路，那里要架桥，这边要引水，那边要开渠，他根本不敢表态。“手里没银子，心里没底气啊！”

争取到第一笔项目资金后，在红山乡召开的乡村两级干部大会上，彪哥一挥拳头，大声说：

“同志们！可以干啦！”

2016 年，随着脱贫攻坚战向纵深发展，云南省昭通市启动了 206 省道改造升级工程，从会泽县沿牛栏江到红山乡两江交汇的沙石公路，加宽后提升为三级柏油路，公路从黑铁村穿过。

这对黑铁村来说，是天上掉馅饼的好事。

与此同时，县乡共同投资 280 万元，为黑铁村建成了 12 千米的乡村水泥路面及 4 千米的村组道路，并在危险路段加设了防护墙，让群众出行安全方便。扶贫工作队还为全村修建了饮水池和输水管道，人畜用水有了保障。

为抓住机遇迅速改变黑铁村的落后面貌，红山乡抽调人员与巧家县税务局下派扶贫人员组成挂钩扶贫工作队进驻黑铁村重点帮扶。

在贫困中挣扎的黑铁村终于振作起来，一天天变着模样。

2017 年，在红山乡党委、乡政府的指导下，发生过“路闹”的黑铁村，由村党支部主导成立了“红山乡黑铁村集体经济管理有限公司”，组织村民开展退耕还林、劳动力转移等项目。经过一年多的运作，实现集体经济收入 3.2 万元。

彪哥一次次来到黑铁村，和扶贫工作队的同志一起，组织村民因地制宜发展产业。先后种植了200亩脐橙，1000亩魔芋；采取科学管理，1500多亩核桃、花椒提质增效，群众的收入不断增加。

“2018年，全村光种植产业一项，产值就能达到200万多元。”村主任赵志隆扳着手指算起账来，“全村生猪养殖达到4000多头，出栏2800多头。按照正常年头的价格，几项加起来，全年产值不下700万元。”

黑铁村群众高兴地看到，两年多的时间，“安居工程”让村貌焕然一新：村里有了标准卫生室，并配有相应的设备和专门的医务人员，看病不再难了；新建的3个村民活动场所设施齐全，山沟里也有了城里人的文体生活；村民还用上了光伏并网发电，村里用集体收入建起了挂链光伏电站。

看到这几年黑铁村的变化，群众情不自禁地说：“我们黑铁不仅亮了，也美起来了！”

村支部书记代虞坤说：“我们村就要脱贫了，集体经济也发展起来。我们自强不息，以后不用再向国家伸手了。”

2018年春节前夕，彪哥再一次来到黑铁村慰问军烈属、老党员，回访重点贫困户。开阔的206省道公路从村里串过，车辆来来往往。村头公路一侧是一个小市场，村民们正摆着摊儿卖山货，不少路过的行人停下车，选购特产；另一侧盖起了几家农家乐。靠近彪哥曾经释放过“痛苦”的小树林，盖了一座崭新的公厕，过往的车辆和行人方便了许多。

是啊，“活人还能让尿憋死”？黑铁村的变化印证了这句俗话包含的哲理。地方还是这个地方，人还是这些人，只要打开各种禁锢，让社会的各个“器官”全都活络起来，生活就有了生机和活力。

看到眼前这些，彪哥感慨颇多。

乡亲们又把他围住了，不是“诉苦”而是“道情”，争着拉乡长到家里吃“杀猪饭”。彪哥乐呵呵地说：“饭就不吃了。你们多发发微信、抖音，晒晒咱黑铁的变化，给外地人一个惊喜就行了。”

“乡长，听说我们这儿还要修高速呐！什么时候动工噶？”一位背着小娃娃的妇女热情地问彪哥。“要得要得，很快就要修到我们这儿。”彪哥又笑问，“你们不怕占地了嘞？”

一阵阵悦耳的笑声飞出山乡。

4. 天　星

2017年3月上旬，每年一次的全国“两会”在北京人民大会堂如期举行。

一份急电由北京发出，经云南省、昭通市、巧家县层层传到红山乡：立即派人到北京劝回19名上访人员，认真调查处理，并将结果及时上报。

红山人进京闹“两会”，一竿子捅上了天，那还了得？！这是个严肃的政治问题。各级领导均有批示，一时成为社会关注的热点。政治责任形成的巨大压力层层叠加，传导到红山乡，几乎全部压在了乡党委书记王银鹏和乡长赵应彪两人肩上。

苗哥对彪哥说：“这事由来已久。我去北京。”彪哥对苗哥说：“这是丢面子挨批的事，苦差。你是书记，在家坐镇。还是我冲锋陷阵吧。”彪哥匆匆赶往北京。

红山乡究竟发生了什么，竟然有这么多村民进京“闹会”？

这与天星村的变迁有关，说来话长，而且背景深远。

天星村坐落在海拔2600多米的山脊上，五六十户人家的村庄没有一幢像样的房屋，只有到了晚上才能借着几盏微弱的灯光看到那里有个村庄，像天上的星星一般，所以，人们称为天星村。由于天星村秃岭薄地，出行困难，只有一条羊肠小道从悬崖上垂下来。群众生活极度贫困，一方水土养活不了一方人。

20世纪90年代中期，云南推行易地搬迁的扶贫政策。对那些海拔高、环境恶劣，不宜人居住生存地域的群众，动员他们搬迁到西双版纳等一些条件好的地区永久定居。

在易地搬迁优惠政策的支持下，天星村的刘姓和秦姓共有7户人家40多口人，与政府签订了搬迁协议，并自行联系、选择，高高兴兴地迁到西双版纳定居下来。

从此，不少人家离开故土，另寻门路。逃离家园到外地谋生的越来越多，天星村的人越来越少，就连夜晚的那点灯火也越来越暗淡了……

2015年，红山乡在省实施的“贫困乡镇整体推进项目”助力下，实施精准扶贫，精心制订了脱贫行动实施方案，先以打通道路为突破口，敲定了“村级施工图”及“乡级线路图”。

全乡干部群众历经两年的艰苦奋斗，新修了100多千米的水泥路，8个建制村实现了村组互通，不仅结束了红山乡没有水泥路的历史，每户之间的户间道也全部修通。老百姓突然觉得出行办事方便了，下雨天也不怕了，随时可以把农产品运出去，花椒、核桃和其他经济作物的交易价格一下子上去了。家家喝上了自来水，户户用上了照明电，村村都有了宽带网络，广播电视信号覆盖率达100%。群众的住房也在不断“刷新”。老百姓的日子一天天好起来了。

暗淡的天星渐渐亮起来。

正是红山乡这种变化，触动了天星村那些外迁村民的乡愁。故土难舍，他们坐不住了，渴望返回故土的愿望越来越迫切，一次次把自己的诉求写成材料送递交到县、市、省，直至国务院的信访部门，强烈要求“回家”，甚至进京到“两会”递上“诉求状”。

但是，这些搬迁到西双版纳的村民，经过20多年的生产生活、繁衍生息，人口已经增加到23户90多人。他们原来的房屋早已垮塌，土地全部撂荒。要安置他们，无论是从政策层面还是现实条件，红山乡甚至巧家县都是很难做到的。这给巧家县和红山乡出了个大难题。

有的部门认为，按照属地管理的原则，这些20年前外迁的人员面临的困难和诉求，应由当地政府负责。红山人则认为，红山是他们的故乡，红山人是他们的亲人。无论你走哪里，无论你走多远走多久，只要你回到红山，红山都会张开胸怀拥抱你。天下哪有不认亲的理?

从逃离贫穷到渴望回归家园，印证了红山乡的变迁。巧家县和红山乡两级党委、政府没有推脱责任，而是积极热情地接待他们，并为满足他们的诉求以家乡亲人的温度与情感努力争取着……想方设法接纳这批欲归的游子。县里原打算给他们一定的补助，让他们在原来的住宅上建房，并给他们通水通电通路。但是，这个方案并没有得到上级的批复，因为，他们原来居住的村庄已被划入了国家级自然保护区，严禁任何施工建设。

大药山的生态保护是谁也不能触动的红线。巧家县委、县政府责成红山乡尽快拿出一个切实可行的解决方案。方案在进行中，可游子归乡心切，没想到，他们竟把“诉求状”递到了全国“两会”上。此事惊动了高层，也给巧家县和红山乡两级党委、政府陡添了不小的压力。

群众进京上访“两会”，已经把红山乡的领导干部推到风口浪尖上。彪哥进京领人，不知道会是什么结局。

5. 情暖回家路

红山乡人说，县城到红山乡的路不是巧家最远的路，真正“最远的路”是天星村外迁村民返回故乡的“路”——这条“路”走了多年，至今还在“路”上。这确实是一条艰难曲折而又漫长的“路”。

在全国“两会”期间，天星村搬迁到西双版纳的老百姓竟然到北京上访。

此刻，彪哥进京“劝返”，又是一次艰难的挑战。

彪哥属“80后”，巧家白鹤滩镇黎明村那片江边甘蔗滋养了他甜蜜的童年。2000年，彪哥毕业于昭通师范学院。在他任巧家团县委书记的几年里，积极组织青年开展志愿者服务和慈善工作，发起“爱心牵手”共抗旱灾及震灾等的主题捐助活动和扶贫行动，赢得了全国各地的慈善机构、个人和企业的积极响应。巧家团县委连续分别荣获市、省“优秀团县委”称号，受到上级表彰。2014年，彪哥还受到了共青团中央表彰，获得了“全国第十届优秀志愿者”称号。彪哥总喜欢说，青春无悔！

在彪哥的耐心说服下，到北京上访的村民终于回来了。但是，村民返乡心切，又一次次到昆明上访。

2017 年 9 月，巧家县副县长杨永玲带着乡长赵应彪等部门干部组成的工作组专程来到西双版纳，会同当地的党委、政府领导同志一起走访看望这批搬迁来的群众，逐户走访了解他们的生产生活状况。

他们看到家乡来人非常激动。秦老汉说："宁恋本乡一捻土，莫爱他乡万两金。当初迁到西双版纳，也是生活所迫，没得吃、没得穿。一辈辈的穷日子熬不到头。"刘老汉也说："现在家乡的扶贫政策这么好，条件也改善了，我们还是要回老家生活。老家有我们的祖坟。"他们边说边抹着眼泪。

杨永玲和工作组的同志们跟他们促膝交流，安慰和鼓励他们，并向他们解释了国家关于生态保护的政策。特别是十八大提出了"五位一体"的发展布局，加大了生态保护力度，他们原来居住的村庄已被划入了国家级自然保护区，无法建安置房，请他们理解，政府正在想办法。

如何解决天星村外迁群众安置的矛盾，成为县乡两级政府一时无法破解的难题。

2017 年秋天，天星村外迁群众 19 名代表再次回到红山，希望回家的打算能取得结果。望着高高的大药山，他们感慨万千。这里是生他们养他们的地方；这里的一切，他们依然是那么熟悉那么亲切。

大药山，实在高，
白云飘在半山腰；
大药山，有神农，
满山草药治百病；
大药山，长奇树，
植物丰富基因库；
大药山，动物多，
飞禽走兽满山坡；
大药山，要珍惜，

保护升为国家级。

……

这首从远处飘来的儿歌描绘了大药山的奇美与丰盈和生态保护的重要价值，也让这些迁移到外地的游子们一个个愁肠百结，愈加怀念故土，回归之心更加迫切。

他们在天星村老家的祖坟上完成了对先人的祭祀，又赶到乡政府，希望得到他们渴望已久的答案。但乡里的干部们全都下村去脱贫攻坚第一线了。

这些长途奔波了一天的游子们口干舌燥、饥肠辘辘，失望而又焦躁。他们跑进乡政府食堂，强行推开门，吵嚷着找吃的。食堂工作人员不知是哪里来的人，上前制止，双方发生了冲突。

乡党政办公室主任杨娟急忙赶过来劝阻。他们哭诉着对她说：“我们一天没吃饭了，老家什么都没了。”说着说着，有不少人掉下了眼泪。听到他们的情况，杨娟和食堂的职工们非常同情。虽然他们把一名职工的脸抓伤了，也都原谅了。苗哥和彪哥得知这一情况，一再交代杨娟安排食堂的人员赶快给他们做饭，照顾好这些远道而来的乡亲们。

这些归心切切的游子们，多么渴望回到温暖的故乡？当他们端起热腾腾的饭菜时，一个个泪流满面，泣不成声。

2017 年 11 月，终于传来了好消息。根据国家的扶贫政策和要求，昭通谋篇布局，决定对全市不适合在当地居住的 40 多万人实施大规模的易地搬迁的行动。按照“进城、入镇、进厂、上楼”的思路，昭通市打破市、县、乡、村行政区划，着力探索“中心城区安置、县城安置、保障房安置、中心集镇安置”四种模式，让贫困地区和贫困群众一步实现由农村到城市、由农民到市民的历史性转变。

红山乡选定了天星旱谷地、红山社区的水淹凼、董家硐、田湾、黑铁村柿花等 6 个条件较好的区域，建设 6 个易地搬迁安置点，把高寒荒凉山区不宜居住的贫困群众，特别是药山国家级自然保护区域内的群众，全部搬迁下来。

令人欣喜的是，红山乡外迁到西双版纳的 23 户 90 多人也全部纳入易地搬迁安置范围内。

红山人说，这是国家的脱贫政策和故乡情照亮了游子归来的路。

如今，搬迁到西双版纳的老刘和老秦都已年过半百。他们听到这个消息，喜极而泣地说："我以为这辈子回不去老家了。现在有了着落，心里踏实了。"

昔日的红山交通闭塞、贫穷落后。不少红山人被迫逃离家园，浪迹四方，对故乡难以启齿。

今天的红山却不一样了，此红山非彼红山。也许你外出打工一年或者几年没回家，也许你离开红山在外漂泊了十年二十年。当你回来看到家乡的变化，一定会给你一个惊喜。你会自豪地说：我是红山人。作为一种情结，一种绵延不断的乡愁，自信的红山人无论走到哪里，心里都会默默地呼唤：我想念我的红山。

这天，天星村外迁的村民们再次返回到故乡。老秦和老刘带着大家找到乡党委书记王银鹏和乡长赵应彪兴奋而又恳切地说，他们在西双版纳学习掌握了几种中药材的种植技术，回来教给村里人，把西双版纳的中药材引进来，带领乡亲们一块脱贫过好日子。他们还表示，他们也会外出打工，解决自己的经济收入和生活来源，不给政府添麻烦。

农民兄弟还没有回来落脚，就开始谋求通过发展产业、靠自己的双手创造美好的生活了。

苗哥和彪哥都被感动了。他俩紧紧地握着老刘和老秦的手，连声说道："好好好！谢谢乡亲们！只要大家心往一处想，劲往一处使，咱红山乡人不愁过不上好日子。"

红山乡这条"最长的路"终于迎来了希望，看到了尽头。

红山乡的干部们感同身受地说："几年来，我们遇到了不少困难和波折，这是发展过程当中的阵痛。那些特别纠结、特别难的事，一件一件都扛过来了。全乡不管是干部职工还是老百姓，更多的是同心协力凝聚到发展上来，大家已经形成了这种共识。思想观念的转变、精神面貌的改变，才是红山乡人最大的进步。"

在一个春意盎然的日子里，县委书记张华昆和县委常委、县委宣传部部长孙莉萍，县委常委、县委组织部部长李廷鑫，县委常委、县委办主任罗国平带着县直相关部门的负责人来到红山乡调研。

“张书记，说实话，要不是国家帮助，我做梦也没想到我能住上这样好的房子。以前买点盐巴都要靠人背马驮，现在门前还修通了水泥路，运什么都方便。”在红山乡董家碉易地扶贫搬迁安置点，张华昆一行走进陈现高的新家，与老陈一家亲切交谈。陈现高还称赞说：“乡里干部帮我们修好了房子，修通了路。又帮我们想办法增加收入，在田间地头教我们种植经济林木。这日子不愁过不好。”说着，他拿起自家种的鲜果往大家手里塞，让大家尝一尝。

离开红山乡时，张华昆充分肯定了红山乡的工作：“红山是我们县最偏远的贫困地区。你们坚守在红山乡，并带领群众主动作为，卓有成效地开展扶贫工作，大大改变了红山贫穷落后的面貌。这种‘红山精神’可点可圈，可嘉可赞。”

6. 青春五味

对于深度贫困的红山乡来说，脱贫攻坚是一场输不起的硬仗。在红山的脱贫硬仗中，身处一线的基层干部用行动诠释着什么是“最美扶贫人”。

2018年春节的年味儿还未散去，新一年的扶贫工作拉开序幕。农历正月十六，天刚蒙蒙亮，王银鹏和赵正彪带着红山乡的干部职工们又分头出发了。他们每天都跋涉在扶贫路上。像扶贫歌中唱的那样：

扶贫干部最辛苦，建档立卡信息录。
经常到村又到户，午饭晚上才下肚。
两公示，一公告，家家户户都知道。
县政府，扶贫办，审核确定上网站。
用心帮，加班做，帮扶信息不会错。

资料齐，差错少，群众满意才叫好。

……

红山乡的干部职工们按照“一户一本台账、一个脱贫计划、一套帮扶措施”的工作思路，因村施策、因户举措，精准扶贫，重点突破。他们走村入户，摸底调查，开展新一轮精准扶贫“回头看”，逐项落实新一年的扶贫计划和措施。整整一天，工作队员们都在山间小道、农户间穿梭。傍晚回到村委会，核对表册、汇总信息……工作结束时已是凌晨。这样的工作节奏一干就是 20 天。

红山人的苦和乐是相生相伴的。在红山乡，村落不是在山上就是在江边。最远的牛栏村，要先开两个小时车，然后坐船去对岸绕道，再步行 4 个小时才能到达。去一趟牛栏村，来回需要两天的时间。

乡里许多干部职工还都是二三十岁的年轻人，他们坚守着红山这片遥远而贫瘠的土地。他们的青春，是与群山相伴的日日夜夜，是走不完的山路，串不完的村户，做不完的工作……他们无怨无悔，日复一日、年复一年。

红山乡领导班子的干部们大都是“80 后”，不少人两地分居。他们感慨道：“我们大家真的很拼，没有节假日，也不讲白天黑夜，总有使不完的劲儿，干不完的活。”班子里几名主要干部很少有时间回家，有时只能在手机视频里和妻子、孩子见面。

但是，在这种虚拟世界里无法解决现实问题，长期两地分居的日子消磨了当年的情感，甚至给家庭生活罩上了阴影。这让年轻人感到心塞和苦闷。

彪哥的妻子是昭通市一所学校的教师。5 年前，他们相识相恋，结为幸福伉俪。孩子出生后，妻子又带孩子又上班，饱尝了两地分居的孤独、艰辛和凄苦。她多么需要彪哥！离家远，交通又不便，彪哥很少能回家，只能通过视频和妻子孩子“团圆”。

最后一次见彪哥是在一个晚上。他的手机里突然传来妻子微信：

你什么时候能回家？

太忙。暂时回不去。

你还要不要这个家？！我不能让孩子抱着手机当爸爸。

……

后面是一个狂抓的表情。

彪哥叹口气：“妻子又给我下最后‘通牒’了，我该怎么办呢？”

“别往心里去。老婆撒下娇、使点性子，不能当真。女人要哄。”话是这么说。彪哥还是苦笑了一下，悲叹，“在脱贫攻坚战中，我们一个个像狼狗一样兴奋，再难的事也不在话下。但对待家庭却无能为力，有时像夹尾巴狗一样闭气”。

看得出，他既不想因工作而伤害了家庭，又不愿意因家事而影响了工作，这成为他人生中的痛苦挣扎。

人，都是凡人；人，都有七情六欲。工作中能够游刃有余地处理、应对许多复杂的情况和事件，却摆不平“家务事”。

月有阴晴圆缺，情有冷暖凉热。临别时，握着他的手无言以对。看到他盈亮的目光，还是说了句：“兄弟，智者不惑。你应该能处理好家庭和工作的关系。老婆是会理解的。人生苦短，就这么几十年，还是要珍惜啊！”

不知道这话能起什么作用。只见彪哥点点头，转身离去。望着他消失在夜幕里的背影，心中不禁感慨：男人，“难人”，也需要女人的理解，生活不易。只能在心里为他默默祝福。

青春，是激情绽放的灿烂之花，也是酸甜苦辣咸的“五味籽”。

“虽然，在这个地方日子清贫，我们也要把穷日子过出富有来。吃洋芋下酒跟城里吃肉下酒当然是两码子事，但是我们觉得很开心。这种‘穷开心’的日子很快乐、很享受，有一种幸福感。幸福指数也不低哩！”彪哥发了个微信朋友圈。

红山乡的干部们就是这样：他们用乐观的心态享受艰苦的生活，用人间烟火支撑着这片红土地，用接地气的乡土文化滋养着生命，也营养着江峡山川里一个个希望和梦想。

乡里的扶贫干部们每次下乡，听到那些家境贫困的乡亲们声声说着“你们辛苦了”。这些真诚暖心的话，所有的疲惫、苦恼和委屈顿时都烟消云散；所有的一切都变成了一种责任、一种自豪。

“干部辛苦两三年，群众幸福一辈子。其实，人生最大的价值，不是高官厚禄，不是金钱富有。而是能给你脚下的这片土地留下什么，才是人生的真正价值和意义所在。”回忆人生过往，彪哥感慨地说，“我们更多的是感动之后的平静。虽说现在压力比较大，但没有哪一件事让我们喜形于色；也没有哪一件事让我们愁眉苦脸，百般纠结。每一件事，我们都会认真地去做。”

这是红山人的“边塞”生活场景，这是红山人的苦中之乐。在远离城市喧嚣的高峡深谷里，生活在这里的一代代红山人，以独特的方式营造着这里的人间烟火和乡土文化，并与这里的山山水水永续爱的协议。

7. 秘境红山

红山人爱红山是不需要理由的，但红山人让外地人爱红山的理由则是满满的。红山的魅力是它的神秘奇妙。

每年，红山的醉美四月天是一个“虫子”的世界。这个不一样的“虫子”，叫蜡虫。

红山原名固红山，因蜡虫旺盛而得名红山。每到蜡虫成熟季节，漫山如火，红遍山峦，故而称为“红山”。蜡虫又叫“虫白蜡”。它不仅是重要的中药材，而且有防潮隔湿、防锈防腐、着光等特点，是军工、轻工、化工、纺织及制作模型等工业的重要原料，其用途极其广泛，也是我国传统的出口创汇产品。加工而成的白蜡可储存十年之久，当地百姓就有“存蜡如存银”的说法。这是红山人引为自豪的传统特色产业，也是红山乡群众致富的项目之一。

民国《巧家县志稿》载：“四山虫树成林，每至三四月间，滇川虫商会集于此，多至数千余人，曰：‘赶虫会’。其虫子运往四川、湖北，年计千余担。”蜡虫被辗转贩卖到各地，红山也随蜡虫的走俏而声名远播，红山被誉为

“秘境红山”。

如今，来到红山，沿着蜿蜒的乡间水泥路，你会看到满坡满梁郁郁葱葱挂满了蜡虫的女贞树。房前屋后不少村民正忙着采摘出售，时而传出讨价还价的声音。

近年来，“蜡虫”价格越来越走俏，每斤售价达120元，许多村民靠它发家致富，腰包自然鼓起来了。

沧海桑田，山河巨变。红山乡不断调整、优化产业结构，在蜡虫基地建设中“改良引种”，实施了6个村100余个村民小组，近万亩的蜡虫品种优化项目。连同花椒、核桃、灰豆腐等产业，逐渐形成地域特色品牌。

2019年底，经过县里对标查验，红山乡贫困发生率降由2014年的32.76%下降至1.82%，8个贫困村全部达到了脱贫摘帽的标准。

红山人把“穷乡”的帽子甩掉了，要在“僻壤”上做文章，把“僻壤”当作“双刃剑”。

红山乡境内的206省道、县道红东公路、红小公路已全部贯通，国道都香高速正在施工中，已经形成两横四纵的通道布局。

红山人看好自身的区位优势和独特的自然风光，决心借助便捷的交通网把红山打造成旅游胜地。

红山乡有55700多亩的面积属于国家级药山自然保护区。多年来，红山乡通过实施“天保”工程，退耕还林，生态得到修复，森林覆盖率达到41%，红山乡是巧家县最美的乡镇之一。2016年，红山乡被评为“云南省生态文明乡镇”。

站在海拔2000多米的垭口子，抬眼望去，可以看到从这里陡然隆起的药山山脉，直至海拔4041.6米的顶峰，低头就可看到两江交汇处的牛栏村。

牛栏江原来不叫牛栏江，叫堂琅江。由于两江交汇处的江心横卧着一块巨石，其形酷似一头卧牛，仿佛要拦住江水，当地人就把堂琅江叫成牛栏江。牛栏石旁边有个小村庄叫牛栏村。别看村子小，因为牛栏江便有了名气，也因为所在地海拔517米，成为巧家海拔最低点的地理标志。

红山之美，美在造化的神奇，美在云蒸霞蔚、苍烟落照晕染的江山画卷。地处两江大峡谷之间的红山犹如一个巨大的观景台，四季轮回，昼夜交替，在变幻的时光里，绝美的风景渐次呈现。

牛栏江对岸的大山包是“国际翼装飞行比赛”的举办地，这边恰是极佳的观赏处。可谓“精彩一跳在大山包，最美翱翔在固红山”。

红山，春有百花烂漫，夏有绿荫葱茏，秋有红叶似火，冬有冰雪如玉。清晨，旭日把万道金光洒向云涛雾海，睡梦中醒来的红山胜似蓬莱仙阁；傍晚，在温情回眸的夕阳辉映下，红山安详慈蔼，犹如尊者大德。

红山之美，美在生态。红山的生态美，源于红山人对自然的尊重和对生活的真诚解读。红山雨量充沛，森林茂密，物种富饶。这里有红豆杉、珙桐、水青树、连香树等珍稀树种，有天麻、三七等珍贵药材，有野牛、岩羊、麂子、狼、猕猴、金丝猴、野猪等保护动物，有白腹雕、娃娃鸡、野鸡、白腹锦鸡等珍禽。在一个个寒来暑往的岁月里，红山人精心呵护着这一方神奇的水土，呵护着这些奇花异草和珍禽异兽。红山人与这里的一切生命共生共兴。

红山之美，美在大自然的精心安排，美在天人合一的和谐变奏。在红山广袤的山野里，随处是苍崖野树，悬泉飞瀑，溪流板桥，竹篱茅舍。纯美的自然与古朴的村落、新建的现代社区完美融合。这是红山最为诗意的华彩。

秘境红山，明天更美!

告别红山时，彪哥深情地写下了一句话，告白这片江峡山川，并表达红山人的情怀与信念：

“您是走进红山的客人，您一定会记住红山；您是远在山外的游子，您一定会想念红山。因为我们会用红山的故事和自信告诉你红山的现在和未来。”

第八章

洗羊塘走向远方

洗羊塘出名，是因为穷。

恶劣的自然环境已无法承载她的儿女们，如何让这片神奇的荒原涅槃重生？

向幸福出发的脚步经历了沉重，渴望新生活又遇到波折。

一曲“小康路上一起走”让所有的过往都化作美好的日子。

巧家终于啃下“硬骨头”——

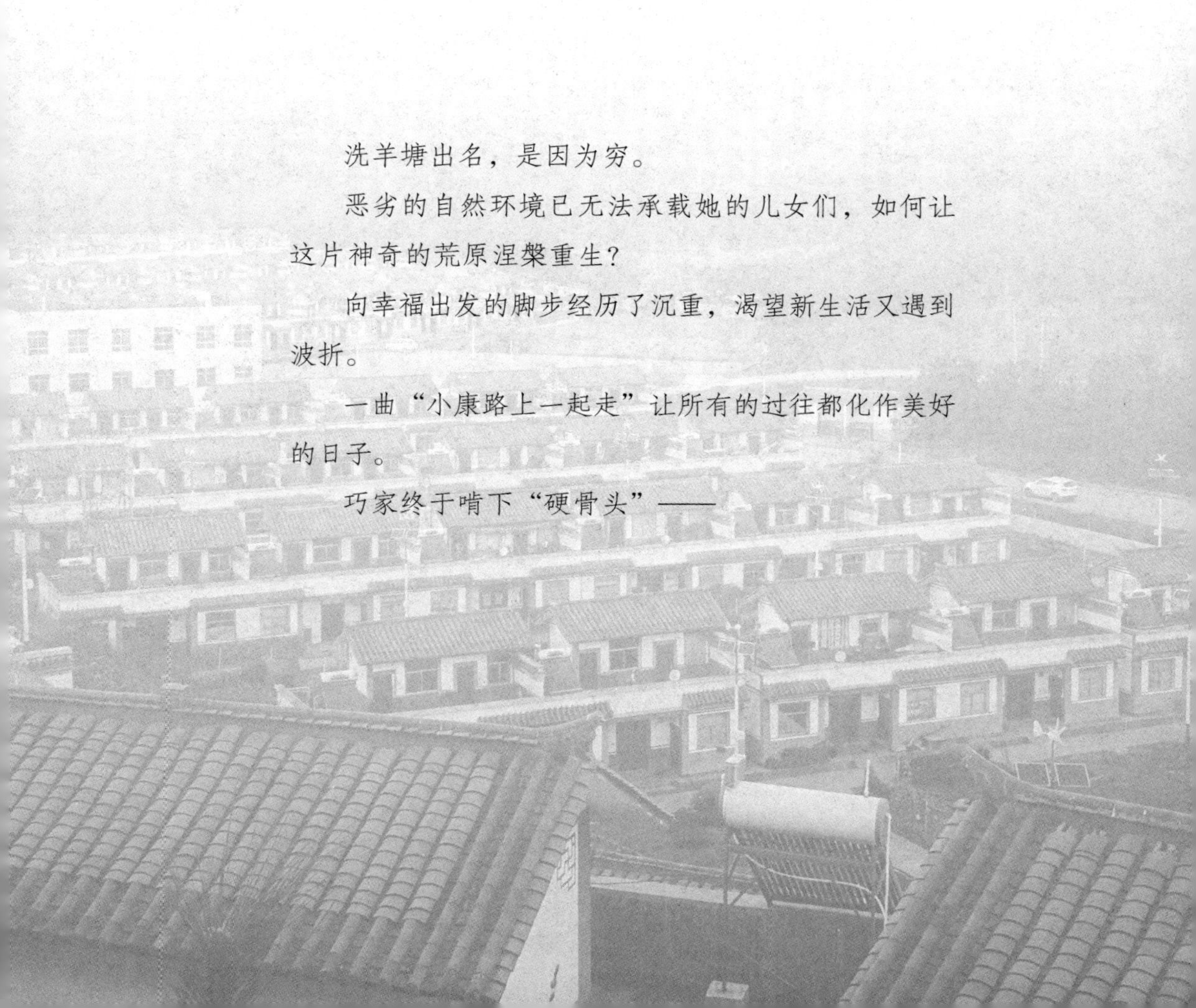

1. 走进大药山

洗羊塘出名不是因为洗羊塘海拔高，而是因为穷。

2011 年 2 月，杨友崇到药山镇当镇长的时候，是和镇党委书记同一天报到的。书记先去了洗羊塘。书记回来后，她问怎么样。书记阴沉着脸，一把能捏出水来，闷声说：“不告诉你。自己去感受吧！”

在中寨乡当过一年乡长助理，在蒙姑镇任过三年的副镇长，杨友崇对农村并不陌生。之前她也听说过洗羊塘这个地方。

洗羊塘坐落在大药山上，海拔 2910 米至 3400 米，不仅是巧家县也是整个昭通市海拔最高的行政村。

几天后，杨友崇去了洗羊塘，回来后总觉得有块石头在心里压着，透不上气来。

杨友崇在县城长大，小时候看到过外婆家的茅草房。30 多年了，在洗羊塘还能看到成片的茅草房，她很震惊，而且还不如小时候外婆家的茅草房好。10 年前，她在蒙姑镇工作时，见到过最穷的人家，也要比这儿的洗羊塘好得多。她觉得不可思议。

洗羊塘怎么啦？洗羊塘成为一种心境，一份沉甸甸的责任。

药山镇位于巧家县东北部大药山的深处，距县城 62 千米，全镇 5.42 万人，其中贫困人口 1.68 万人，占总人口的 31%。而洗羊塘村是最穷的贫困村，1600 多口人，贫困几乎全覆盖。

大药山的百姓虽然贫困，大药山是美丽善良的。当地一直流传着“大药山百草治百病”的说法。

但是，大药山的风寒却从不怜悯女人们稚嫩的面颊。8 年的寒风暑雨在杨友崇脸上留下了岁月的痕迹，也在她心中留下了色彩斑斓的记忆。

杨友崇，1974 年生人，毕业于云南农业大学，在药山镇整整工作了 8 年。她是巧家县 16 个乡镇中唯一的女书记。

谈起工作来，她那略带疲惫的双眼立马放射出炯炯有神的光亮，满脸洋溢着兴奋的神情。说到洗羊塘时，她的语气还是显得低沉而凝重。

洗羊塘怎么啦？洗羊塘像一个风烛残年的老人，需要在涅槃中救赎。

“第一次到洗羊塘，心里面那种感觉太压抑了，觉得自己身上的担子太重了。但又力不从心，没有改变的能力。”她叹口气又说，“只能力所能及地关心、帮助他们。”

药山镇的低保是按每一个村的人口比例确定的，每 100 个人才有 1 个低保。镇里研究决定，对洗羊塘实行低保全覆盖，救济粮也做到家家户户全覆盖。

不久，杨友崇又去了一次洗羊塘。她看到学校的孩子们跑到村里的那条小溪边上用手掬水喝，心里很不安。虽然水质没有问题，但毕竟是露天的，家禽牲畜都在那儿喝。“那是我最难过的地方。我回到镇里立刻安排给学校安装饮水管网。一定要让孩子们饮用管网里面过来的水。”

快过六一儿童节了，孩子们是她的牵挂。杨友崇特意拨了一笔经费给学校，让孩子们过一个快乐的六一儿童节。后来镇里组织全镇的干部职工和村干部到洗羊塘开了一个现场会，让大家感受一下这里的恶劣环境和艰辛的生活状态，增强群众观念和责任意识，拉近干群感情，促使大家思考工作该怎么做。

洗羊塘离这个世界太遥远。

有一次，杨友崇又来到洗羊塘，专门走访看望老弱病残的家庭。她带了一袋米，还有 200 块钱，走进一个七八十岁的老人家里。老人紧紧拉着她的手，颤抖着嘴唇，感激地不知说什么好。半天憋出来一句话：“毛主席的干部好啊！”

“毛主席领导的时代多少年了？他还停留在毛主席领导的那个年代。”杨友崇动情地说，“他从来就没有走出过这个地方，连到我们集镇都没有来过，这里有多落后！你跟他是不可能解释的，你就让他认为我们是毛主席的干部吧！我们也应该做毛主席的干部。这也说明那时的干部在老百姓的心里留下了好形象。没有电视、没有网络，现代信息跟他没有任何关系，他不知道外面世界发生了什么。他这么说，我们一方面觉得很温暖，另一方面也觉得很心酸。”

洗羊塘人生活得朴实而纯粹。

杨友崇又一次来到洗羊塘。她带着一些衣被来到一位非常贫困的老人家里。老人姓蒲，70 多岁了。家里七八口人，都没有文化，还有残疾人。离开时杨友崇又送给他 200 块钱。

这天，杨友崇下乡回来。一进镇院大门，看到一位老人站在院里，有些眼熟。他是蒲老汉啊！她认出了他身上穿的衣服就是那天她送给他的。蒲老汉看见杨友崇很高兴，说是来看她的，一直在等她。蒲老汉把手里拎着的一只鸡和一篼煮熟的土豆塞给杨友崇。

那一刻杨友崇差点泪奔了。从洗羊塘到镇上 30 多千米。路没修好，年轻人爬坡过梁也要走两三个小时，何况一位年迈的老人。他来回要走一天啊！鸡和土豆，她不能不接，这是蒲老汉的一片心意。她接过东西，让他吃了午饭再走。蒲老汉不肯。他拍拍兜里说，他还有土豆呢。杨友崇立刻掏出 100 块钱塞给他，他说什么也不要。在大家的劝说下，蒲老汉才收下。望着他慢慢远去的背影，杨友崇心里久久不能平静。

“那只鸡和土豆，我放在食堂里让师傅做了一盆菜，中午大家都吃。说心里话，我夹了一块放到嘴里，实在咽不下，心里很难过。老百姓虽然穷，但他们朴实、厚道、真诚。我们党委、政府，我们干部没有理由不去改变这种落后状况。不让他们过上好日子，我们寝食不安。在老百姓眼里，我们是毛主席的干部啊！他们心里对我们是有期待的……”

讲到这里，杨友崇沉默良久没说话，两眼湿润了。

洗羊塘怎么啦？洗羊塘剩下了清贫和淳朴。它所有的财富是令人动容的一只鸡和一篼煮熟的土豆。

2. 见到洗羊塘

从药山镇政府出发，车子沿着起伏曲折的山路，大约奔跑了一个半小时，洗羊塘进入视野。

一眼望去，一座座原始结构的土坯房像散落在地上的积木，随意地簇拥在长满荒草的山坳里。所有房屋都掀掉了茅顶，一片残垣断壁；黄色的土墙，赤裸裸地坦露出不幸。

洗羊塘村三面环山，山并不高，光秃秃地看不到一棵树，只有稀疏的落叶灌木，另一面是平缓的山坡草地。山风呼啸，枯萎的野草在寒风中抖擞着，看不到一点生命的迹象。

洗羊塘怎么啦？洗羊塘是一个静悄悄的荒凉世界，是金沙江畔、大药山上的一座“楼兰古城”。

据说，在大炼钢铁的年代，一棵大树要砍几个星期才会倒下，留下的树桩，能铺七八张草席，可供十多个人睡觉。此地的生态曾经如此壮观，令人咋舌。而今天能见到的树木残存无几，仅有几簇不起眼的小树林显得孤冷。

远处的枯草丛中有两个晃动的黑点。抵近发现是两头猪在低头拱食草根。这是当地一种特有的藏香猪，抗寒能力非常强，野生野长，但长不大，最多长到五六十斤。远处的山坡上有两匹灰色的马在那儿低头吃草。看样子，村里还住着人家。

车子在村口一座小院前停下。这是村里唯一一座没有拆除、保存完整的院落，孤零零地坐落在村头。木门上挂着一把铁锁，并没有锁上。门头已经坍塌，朝外的房角也已经缺损。难道这里的主人还没有搬迁吗？或者搬走的主人还有着某种念想，而没有把房子拆除？

推开门走进去，院内空无一人。这是一个茅草土坯房组成的四合院，中间是三间正房，左右两边各两间配房；一边配房是用来饲养家畜的，另一边的配房是储藏杂物的。屋内漆黑，四壁徒空，墙上的电线盒已经脱落。

这是谁家的房子呢，如此完好无损地保留着？在右面的墙壁上发现钉着一块小小的奖牌，是巧家县委、县政府颁发的“家风创建先进家庭”。

门旁的墙壁上用粉笔写着一个人的名字，字迹虽已模糊，仍可辨认出来：浦运章。

这是洗羊塘村委会副主任浦运章的住宅，年过半百的浦运章搬走时，没有把老房子拆除，是不忍心割断与这片山野的脐带，在心里永远保留一个完整的家园？还是不愿扯断生命中的乡愁呢？

这座完整的院落仿佛是一个沧桑的老人，讲述着一段古老的传说。

浦运章家的对面是村委会，村委会墙上的村务公开栏里贴着往年公示的各种账目、信息。

在另一处废弃的小院里，墙倒顶坍，堆满了残墙废草。唯有一面开裂而没有倒下的土坯墙上，张贴着当地老百姓敬拜的神位：“天地君亲师”，而另一侧是“荣华富贵到我家”的字联。不倒的土墙依然挺立着大山里人的信仰与追求。

蓝天白云，千载悠悠，好像就在头顶，触手可及。山野空旷，长天辽阔，除了冬日的寒风在耳边呼啸，一切都是寂静的，令人顿生一种窒息感。

洗羊塘怎么啦？洗羊塘耗尽了精髓，瘫软在地上，沉默无语。

向村里走去，仿佛穿越时光隧道走向远古。一片片灰黄的土坯残墙绵延伸向山坳的深处，没有绿色，没有生命。置身其中，犹如掉进盘古开天的混沌世界。

从远方不同方向的山坳里硬生生挤出来的两条小溪，在村中拥在一起，蜿蜒而过。溪流清澈见底，潺潺流淌，宛如一首吟唱了千年的童谣。此刻，已经筋疲力尽，无声无息。

小溪边突然间出现生命了，两只洁白的大鹅昂起高高的头颅，“嘎嘎”地叫起来，对陌生人的惊扰表示抗议。它们伸着长长的脖子张开翅膀扑过来，仿佛要誓死捍卫它们的领地。

清冽的溪水冰凉彻骨，水底的枯草和杂物清晰可见，这就是杨友崇当年看到的孩子们用手掬起来就喝的溪水吧！

关于“洗羊塘”村名的由来，顾名思义，据说，以前养的羊不干净，老百姓卖羊或剪羊毛做毡褂、纺织用，都要先到这沟塘里洗一洗，便叫成了“洗羊塘”。

人类有依水而居的天性。也许在很久以前，这条小溪在此汇成了一片丰泽的池塘。人们在此安家而居，繁衍生息，便有了洗羊塘。

洗羊塘肯定有过一段富饶的历史，或曾是一方绮丽的天堂。

小溪有三米多宽。对岸不远就是洗羊塘小学。校园不大，房子已经全部拆除。从残留的墙基可以看得出，学校的教室是用了砖的。

小学校外面不远处有一垛土坯山墙，上面喷涂了一条“4G 下乡”的蓝色广告，十分抢眼，像一个怪物，与这里的一切极不协调。也许这条广告告诉人们的唯一理由——这里曾经现代过一次。

再往前走，看到一缕炊烟轻悠升起，又淡淡地消散。这里还住着人家。

走近木门掩映的大门口，外面码着高高的草皮子。杨友崇说，这就是老百姓烧的“草筏子”，取暖做饭。

突然，“草筏子”后面拴着的两条黄狗狂吠起来，一位老阿婆闻声出来，呵斥住狗叫，用一副慈祥的笑容开门示意进去。院子里有几头猪看到陌生人，哼哼唧唧地到处乱窜。

老阿婆背上背着个“包袱”？那是老阿婆的娃娃包，里面裹着她的小孙子。

屋子低矮昏暗，中间靠墙的地方摆着一个长条柜，已经看不出颜色。一端铺着两个床铺，另一端堆满了腊肉，腊肉下面堆放着一堆土豆。老阿婆一家住着五间土坯房，还有两间马厩和猪圈。茅草房顶满是高高的枯草。

老阿婆忙着向炉膛里添“草筏子”，“草筏子”燃烧起来像木炭一样红红的，散发出灼热的气息，让人在这荒凉风寒的村落里感到生命的张力与温暖。

老阿婆 70 多岁了，她说，村里人都搬走了，就剩下她一家了。儿子去山上放牧了，等把马和猪都卖了就会搬走的。

天色渐晚，风越来越大。沿着小溪的流向向前走去，不多远就是洗羊塘水库的大坝。大坝已经建好，附属工程尚未收官。施工人员已经放假，工房空无一人。

明年雨季来临，这里开始蓄水，洗羊塘就是一片水库了。洗羊塘水库是用来补充长海水库的。长海水库通过“引桥工程”把水输送到巧家。这里是离巧家县城最远也是最高的水源点。

夕阳西下，山风越刮越大，吹得人睁不开眼睛。

冷风呼呼吹，
卷走茅草房；
刮起一层土，
吹得耳朵响；
脸上像刀刮，
双手冻得疼。

这是洗羊塘村流传的一首“打油诗”，直观形象地描述了当地山风的凶猛。

登上大坝，朝洗羊塘望去，不久，这座“楼兰古城”般的山乡遗存将永远沉没于水中。想到这儿，心中不免生出一种凄惶。

洗羊塘怎么啦？洗羊塘是金沙江的一首歌谣，是大药山的一朵季花，是生命扩张的一个桥段。

再见了！洗羊塘。

此刻的告别，有一种难以言状的复杂心绪纠缠于胸间。但人们还是有理由坚定地相信，向它的告别，是中国对贫穷的一次历史性的终结。

洗羊塘怎么了？洗羊塘不见了。

洗羊塘走向远方……

3. 大山的女人

在这片贫瘠的江峡热土上，巧家人并没有放弃对文化领地的开发，并积极营造自己的精神家园。县里活跃的一个艺术团和一个开心乐队演艺班底；文联办有文学期刊；一批颇有建树的书画艺术爱好者经常举办国画、油画、书法展或到省市参展；就连发生在 20 世纪 80 年代末滇北高原一个女人的故事，也被巧家农民改编成数字电影，表达巧家儿女对美好生活的追求与向往。

一对年轻的夫妻带着一对幼小的儿女生活在滇北偏远荒蛮的大山坳里。为改变命运，男人到外面打工苦钱，成为村里第一个走出大山的人。女人熬着穷困的日子，苦苦守望，等待着男人归来。男人却一去不回，杳无音讯。

贫穷像狼一样追赶着这里的百姓，想摆脱却又无能为力，更像一根解不开、割不断的绳索，紧紧缠绕着他们的身心。

山村里的女人越来越少，光棍男人越来越多。单身女人成为光棍男人追逐的目标，甚至成为觊觎、骚扰的尤物。

女人带着两个年幼的孩子在凄苦无助中挣扎，承受着物质生活和精神生活极度匮乏的双重折磨。5 岁的儿子患病死去，让女人悲伤欲绝，遭受着亲情与爱情被活生生割裂的心痛。

经历了人世间太多的苦楚和磨难，为了尊严和生存，女人嫁给了一个经常给她送食物、照顾她，并在暗中保护她的光棍汉。

结婚的这天晚上，突然有人敲门："娃他娘！娃他娘！开门啊，我回来了……"她原来的男人回来了。

在突然惊恐的刺激下，女人挣脱男人冲向黑暗的原野，口中叫喊着："你不是我男人，不是我男人……"

女人疯了。

两个男人在一阵相互埋怨之后，决定共同照看这个女人。

一个风清月圆的夜晚，她原来的丈夫在她耳边轻声地呼唤着："娃儿娘，还记得吗？几年前也是这样一个夜晚，我就要离开你了，不停地问你，我走了你会想我吗？你说，会的，永远等着我，等我回来……男人一遍遍地念叨着。

突然间女人一阵抽搐，奇迹般地清醒过来："记得记得。娃儿爹。"

女人慢慢地恢复了记忆。回想多年的所有过往，女人嘤嘤地哭起来，她无法想象过去的那一幕幕。女人不停地啜泣，流着伤心、屈辱的泪水。男人把自己在外挣来的一沓钞票和给女人买的一身花衣服从房顶的隔板上取出来交给女人，深陷委屈与痛苦的女人却看也不看，把他推开。

另一个"丈夫"要把她领走。两个男人发生了争执，都说女人属于自己。苍天作证。

面对人口不断萎缩的村庄，女人成为家族繁衍的唯一指望。两个男人为一个女人发生了冲突，以致引发两个家族为争夺一个女人开始酝酿一场械斗。

无奈的女人在一个风高月黑的夜晚，走向村后的山崖……

贫穷与愚昧让一个善良的女人结束了凄婉与悲惨的命运，是国家的扶贫行动给这个贫穷落后、失去生存条件的山村带来生机与希望……

这个故事被巧家人搬上了数字屏幕。

2010 年 10 月，巧家县蒙姑乡新塘村的马应富、杨林、普永华等几位爱好艺术表演的农民，为实现自己的"电影梦"发起成立了一个电影拍摄组，自主策划，自筹资金，自编、自导、自演、自拍了云南首部农民数字电影《大山的女人》。

这部影片围绕一个大山里女人的故事，讲述了一个贫困家庭和村庄的命运变迁，是贫困山区扶贫攻坚的艺术再现，也是洗羊塘的真实写照。

在影片中扮演县长的演员普永华，在洗羊塘拍电影住了 20 多天，看到老百姓的生存状态很愕然，也很不理解老百姓为什么在这样恶劣的生活环境中依然坚守自己的生活。后来，他理解了，老百姓守望的是祖祖辈辈的血脉和生命的根基。

普永华在戏中扮演了 28 天的"县长"，他的表演很用心、很动情。当时的县长看了影片后，赞扬拍得好！对普永华感慨道："你这个'县长'比我这个县长还'县长'。"当场给剧组批了 8 万元的奖励。

就是那个时候，《大山的女人》出了名，洗羊塘也出了名。从此，"农民能把电影拍！”也成了“巧家十八怪”之一。

这里要讲的是洗羊塘村的另一个女人——洗羊塘村党支书记范科莲的故事。

由于洗羊塘村经济落后，也造成了洗羊塘文化贫穷。在村里找个有文化的人担任支部书记都困难。镇党委、镇政府考虑到洗羊塘的现状，党支部组织必须得建立起来，带动洗羊塘的发展。就把发拉村支书记范科莲调到洗羊塘跨村任职。

虽然发拉村和洗羊塘相距也不远，范科莲从来没去过。她老公在洗羊塘小学教书，那个地方的困难她是很清楚的。回想起那时的情景，范科莲说：“还有三个公办教师都是自愿上去任教的。后来，我老公调到下面镇里的学校。他下来了，我又上去了。我心里也是犯嘀咕。说心里话，乡领导找我谈话，我是有畏难情绪的。发拉和洗羊塘隔着海拔 3400 米的大山，发拉在南面，海拔低一些，条件要比洗羊塘好得多。”

范科莲说：“2009 年 5 月 2 日，我第一次踏进洗羊塘的时候，觉得天冷，风大，实在受不了。”

范科莲，55 岁，1979 年高中毕业，1996 年 4 月入党，1996 年任发拉村村委会主任，后任发拉村党支部书记。她刚到洗羊塘的时候，临时住在村委会里，后来花了 1600 元买了两间茅草房，在洗羊塘安了家。

“坡脚喊了坡上听，走路走得腿抽筋；吃的都是洋芋饭，穿的全是布巾巾。”这是洗羊塘人生活的场景。

刚到村里，范科莲发现老百姓的衣服、被子脏得看不下去。她就先从老百姓的卫生做起，培养他们文明的生活方式。每隔一两个周，她都要到群众家里走一走，看他们早上起来叠不叠被子、给不给小孩洗衣服。老百姓不想洗的原因就是天冷水凉。她就动员他们去买洗衣机；有些村民头发比较脏，就教他们经常洗头，如何讲卫生。后来他们村委会开展了讲卫生、讲文明评比活动。通过几年的慢慢引导和努力，老百姓的生活习惯改变了许多，村容村貌也有了明显的改观。

洗羊塘号称“两冷两大”。“两冷”是水冷天冷。平均气温不到 7℃。“两大”是山大风大。因为森林覆盖面积小，大风时节，洗羊塘村常常黄沙漫天、飞沙走石，因此农作物产量很低；赖石山、大岩脚山、大红山，又高又荒。洗羊塘村人生活得不容易，要彻底脱贫更不易。

范科莲说："但我觉得洗羊塘的老百姓相当纯朴、善良，对我特别热情，生活上也特别照顾。刚到那里时，每天都有老百姓叫我去家里吃饭。看着他们那样生活得如此艰辛，心里很不安。虽说要改为贫穷落后的状况肯定有许多难处，但我还是有信心为老百姓做点实事，带领老百姓找点门路，有所指望。"

洗羊塘只有两条羊肠小道通向山外，只能跑摩托车。范科莲多方协调，向上级争取了一个乡村"通达工程"项目。在县乡党委、政府的支持下，她到村里任职不到半年，就带领大伙把村镇之间的一条土路打通了。

洗羊塘是全县最后一个通电的村，但还有部分群众没用上电。接着，范科莲又积极申请协调通电工程。2009 年底村里全部通了电，她说："这是我最满足的一件事情。"

同时，她和村"三委"成员动员村里老百姓发展养殖业，鼓励老百姓养牛养羊。经过四五年的发展，多的人家达到两百只，十多头牛的人家也有。另外，他们村干部动员村民外出打工，增加收入，村民的生活状况开始有了起色。更重要的是鼓励他们走出去，开阔眼界，增长见识，改变观念。农民在走出去的过程中，也提高了自身的素质。

范科莲说："我觉得，要彻底改变贫穷落后地区的面貌，剪断贫穷代际传递的根源．还是要从人身上着手。最根本的要从孩子的教育上入手。我去洗羊塘的时候，一到六年级有 135 个学生，7 个老师， 3 个正式的， 4 个代课的。在村里初中生都难找，离着乡镇中学远，义务教育也保证不了。特别是冬天太冷，让小孩坐在教室里面上课无法取暖，影响教学质量和学生的学习，学生就考不出来。我们向党委和政府、妇联、共青团争取扶贫资助，改善小学的设施和条件。在东莞市对口扶贫中，一家企业给予赞助，学校的孩子们都背上了书包，用上了新文具，也穿上了统一的学生服，学校的卫生和环境有了很大改变。"

2015 年，洗羊塘村破天荒地出了一个大学生，叫叶永鹏。他是从村小学考到镇初中，又考到县城上高中，最后考取了昭通学院。叶永鹏是位优秀大学生，他毕业时自愿报考药山镇的特岗教师。特岗教师是专门照顾边远贫困地区特设的教师岗位。他被录取后，直接要求到洗羊塘小学任教。他就是一心想回到家乡，报效那片养育了他的山野。由于他工作非常负责，后来又调到天生小学担任负责人。

近几年，整家外出务工的农民多起来，城市接纳农民兄弟的政策越来越完善。孩子随着务工的父母进城就读并考上大学的也越来越多。洗羊塘出了 7 个大学生，都是跟着父母进城读书考上大学的。否则，他们在落后的教育环境中迈进大学校门是很难的。

范科莲清楚贫困的根源在哪里。所以，她对改善洗羊塘的教育状况倾注了心血和热情。

让范科莲最难过也是最头痛的另一件事，就是洗羊塘的光棍太多了。她说："尽管洗羊塘人不断往外走，光棍儿却在不断增加。村里的女孩子长大就被外村的小伙子带走了，村里的男孩子长大成人娶不到媳妇。原来都是本村异姓结婚，后来异姓的也难找了。过了 30 岁讨不到老婆的就有 60 多人，真是大火烧竹林——一片光棍呐！"

她感慨道："说到底，还是洗羊塘生存环境恶劣，洗羊塘贫穷嘛！"

没有女人的家不像家，一个大男人守着空荡荡的生活，他就觉得没有希望，没有乐趣；一副穷困潦倒的样子，干什么都打不起精神。

洗羊塘村委会成员里面就有两个光棍汉，一个是村委委员老刘，一直是个光棍儿。直到去年才在木瓦村找了一个老婆，还带着四个孩子。女方不愿来洗羊塘，他只好去木瓦当上门女婿。他的户口还在洗羊塘，还是村干部。村干部轮流值班，两个人一周。轮到他时他就过来，不值班就回木瓦村和妻子团聚。

另一个光棍是村委原来的副主任老吕。前年，他二哥病故了，他就娶他的二嫂为妻，在当地农村是可以这样的。他们已经搬到老店尹武新村去了。

向尹武新村搬迁，不少人是愿意搬的。其中一个重要原因，就是觉得那边的条件好，能讨得到老婆。搬过去的有四十多个光棍，现在已经有四个在那边娶妻生子了。

范科莲说："2009 年 5 月，我刚到洗羊塘的时候，村民人均收入是 320 元，到去年他们搬家走的时候，村民的人均纯收入达到 1980 元。在洗羊塘村当了 9 年党支部书记，我觉得很欣慰。"

洗羊塘怎么样？一个大山里的女人用坚强和慈爱为她谱写了一段华章。

范科莲说：“真正让洗羊塘人坐不住的，一是孩子的教育问题，二是生存繁衍的危机感。洗羊塘人都感到，这样下去没有什么希望，唯一的出路就是易地搬迁。”

2015 年，洗羊塘人迎来了彻底改变命运的希望——洗羊塘村整体搬迁。

安置点：老店镇尹武村，海坝区域，距洗羊塘 100 余千米。

4. 海坝起风波

其实，谋划洗羊塘的搬迁由来已久，早在 20 年前就启动了。却历经波折，遇到重重困难。

老店镇位于巧家县东部，牛栏江南侧，历史悠久，地域辽阔，居住着汉族、彝族、布依族、苗族等民族，土地面积 400 多平方千米，居全县第一位。

尹武村地形为山间盆地，四面环山，地势南高北低，距离镇 25 千米。从当地的社会结构、资源分布和承载能力来看，把尹武村确定为易地扶贫搬迁安置点具备良好的条件。

1999 年，巧家县经过多方调研，决定将属于国有的老店镇尹武村海坝一片近两千亩的水域、滩涂地块开发出耕地和建设用地，作为洗羊塘村易地扶贫搬迁安置点。经过仔细勘察，为这片国有土地打下界桩、划定边界，称为“99”界桩区。

但是，要把这片水域荒滩里的水排出去，必须从山下打通一条 3450 米的隧洞将水排出。为了开发海坝的土地，2000 年，巧家县成立了易地扶贫开发指挥部，不惜人力物力的投入，启动隧洞工程。直到 2010 年 10 月，3450 米的排洪隧洞终于贯通，并将海坝内的积水全部排出，历时 8 年多。

2011 年，巧家县争取到红云红河集团的支持，并整合其他相关项目资金，总投资 4101 万元，启动老店镇尹武海坝搬迁安置点建设项目，用于药山镇洗羊塘搬迁安置。2013 年底，300 套移民安居房全部竣工，定名为“老店镇新村社区”。

2014 年 8 月 3 日发生的鲁甸 6.5 级地震，致使导流洞局部坍塌，海坝内大量积水。又用了近 1 年的时间，再次修复。接着县里对海坝的土地进行了整治，包括沟渠、机耕路、抗旱塘等，核定“99”界桩区面积为 1700 多亩。

这时产生了一个令当地政府很头痛的问题，也为后来的搬迁工作埋下了隐患。

根据有关法律和政策规定，尹武海坝开发出来的土地属于国有。“99”界桩区划定后，因排水工程延误，未能及时对安置土地进行开发。由于疏于管理，周边村民看到土地闲置，擅自耕种。当地干部出面阻止，尹武村里的老百姓不高兴。他们说：“我们祖祖辈辈在这里刨土为生，为什么这里的土地我们不能耕种？”

干部们解释：“这是政府管理的国有土地，有特殊用途，个人不能擅自耕种。”

但是，对于老百姓来说，土地就是命根子。尹武海坝周边少数群众认为开发出来的土地属于尹武村和阿泥卡村，部分村民擅自毁坏 1999 年开发时政府打下的界桩，强行耕种界桩内整治开发的土地。经过县、镇、村多次劝阻，仍有个别村民强行耕种。这种现象没有得到完全制止。

2016 年，久久期盼的洗羊塘搬迁工程又一次提上县委、县政府的议事日程。巧家如何啃下这块“硬骨头”？

在 4 月召开的一次县委常委会上，县委书记张华昆说：“鉴于历史、自然、社会等多方面的原因和现实状况，洗羊塘生态极度恶化，水土严重流失，农作物产量极低，加之房屋状况较差，基础设施严重落后，教育卫生发展严重滞后等因素致使群众生产生活十分困难，已基本丧失生存条件，更没有发展的可能。唯一的出路就是易地搬迁。洗羊塘的搬迁是当地群众多年的期盼，也是我们在脱贫攻坚中完成的一项政治任务。当前，在党中央和省市的支持下，我们有信心有能力完成这一任务，也必须完成好这项任务。”

县长陆颖表示："洗羊塘的搬迁工程，尽管困难重重，但经过多年的努力，已经具备了相应的条件，时机已经成熟，我们不能再拖了。不管有多大的困难，我们也要把这件事办好。"

洗羊塘的易地搬迁成为巧家决策者们无可争议的共识，并列为巧家脱贫攻坚战的坚中之坚、硬中之硬的"一号工程"。

洗洋塘村的整体易地搬迁工作是一项复杂的系统工程，不仅涉及药山和老店两个乡镇，而且需要扶贫、发改、国土、住建、农业、林业、水务等多个部门的协同配合。如何将众多的部门协调起来、凝结起来、形成合力？

这天的县委常委会一直持续到深夜。会议研究决定，由县人大常委会主任袁崇彦任组长、7 名县处级干部、10 多个部门组成的洗羊塘村易地扶贫搬迁安置工作领导组，负责洗洋塘村整体易地搬迁的工作任务。袁崇彦虽然到任不久，但他十分清楚，这是一副重担子，是一块必须啃下的"硬骨头"。

袁崇彦随即带队，深入巧家县药山镇洗洋塘村和老店镇尹武村、阿泥卡村开展调研工作，并很快形成"洗羊塘村易地扶贫搬迁工作方案"。

5 月 21 日，巧家县委、县政府联合下发了"洗羊塘村易地扶贫搬迁工作方案"，并着手实施。

"方案"确定了两个方向的工作线：一是在老店镇做好移民安置接收工作，对海坝"99"界桩区进行清理，完善搬迁群众生活生产条件；二是在药山镇展开洗羊塘村整村搬迁的各项准备工作。

袁崇彦带着工作班子首先进驻老店镇，他深感这毕竟是一锅时间煮得太久的"夹生饭"，稍有不慎，就可能"煳底"。

他和工作组的成员一头扎进老店镇尹武村和阿泥卡村的群众中开展调查研究。通过与群众深入地交心谈心，掌握了部分村民耕占"99"界桩区安置土地、不肯让出的症结所在，更多的是看到崭新的安置房和配套的土地，当地村民心理失去平衡。还有一部分群众坚持认为海坝边缘一些地块早就是他们的承包地，但又拿不出证据。由于"99"界桩部分损害，边界不清，政府也一时拿不出证据证实是国有土地，群众工作一时陷入困境。

工作组研究认为，除了通过深入细致的思想说服工作，消除群众心理上的

“断崖效应”之外，还必须从法治上寻找突破口，让法律说话，帮助群众建立法制观念，增强守法意识。

号准脉还必须点准穴。为此，副县长杨永玲组织国土、农业、林业、水务、政府法制办等相关部门查阅法律法规、精心制订工作方案。为了拿出确凿的证据，厘清边界，说服群众，巧家县积极向上级汇报，得到了省保密局的支持，从省测绘档案馆提取了尹武海坝开发前的地形图，为“99”界桩区属于国有土地的确权工作提供了法律依据和最有力的支撑。

历经半年多的努力，终将1707.5亩土地进行了精准界定和司法确权。经过艰苦细致的工作，终于说服了当地村民，赢得了绝大多数群众的认同，为洗羊塘顺利搬迁迈出了关键一步。

5. 向幸福出发

与此同时，药山镇全面启动洗羊塘搬迁工作。干部入户对洗羊塘村展开人口信息确认和搬迁意愿调查、搬迁动员等前期工作，也在紧锣密鼓地推进。洗羊塘人向幸福出发的脚步开始迈动。

但是，易地扶贫搬迁是连根拔走，搬迁到一百多千米外的老店镇。这是没有回头的迁移，是伴随着情感割裂的深深隐痛和对未来不确定的忧虑而进行的迁移。当搬迁工作正式启动时，洗羊塘又有不少人犹豫了。

药山镇扶贫工作站站长罗百发刚到任，洗羊塘的易地搬迁工作开始了。他说：“故土难离啊！真要把洗羊塘整村搬迁到一百多千米外的老店镇尹武去，有许多村民心里产生了种种顾虑和阻力，不少人对将来的生活也充满了忧虑。老百姓认为，那里的土地少，没有草场，不能养猪养马，甚至死了都没得地方埋。”

罗百发印象最深的是杨友崇带着大家到村里挨家挨户去走访，动员村民搬迁。有一次他们到绿荫塘社走访动员。这家男的姓吕，外出打工了，女的没文化，却很有见识。她带了三个娃娃在家里，杨友崇动员她搬迁。她说，在这里几十年了，一直都想搬，她所担心的是孩子的教育问题。她说："我就是个瞎眼汉，一个字不识，就希望要搬。搬过去以后，娃娃要有好的学上才有出路。娃娃要上一年级了，要让娃娃有文化。继续留在洗羊塘，我家这三个娃娃学不出来，还要穷下去。"

她希望政府尽快给他们早点搬，一再表达她搬家的迫切心情。"别人说不搬，我为了娃娃要搬。他们想不通，我是想得通。"她出去打过几年工。她还说："外面的生活多好，人家识字的多好。我坐公交车，都认不得坐几路车，要让孩子识字。"她迫切地要离开这个地方。

她的想法启发了干部，村干部们就用她做典型例子，动员大家搬迁。那些有顾虑、有阻力的村民就慢慢开始有了转变。

老党员蒲景英，他之前干过几年村干部，在村里德高望重，大家都希望他能带头。但他说："住惯的山坡不嫌陡，住惯的老屋不嫌矮。哪里也不去了，都这把年纪了，不再折腾了。"一直不愿意搬迁。

杨友崇和扶贫办的同志来到他家和他"交心"，蒲老汉还是不提搬迁的事。杨友崇耐心地对他说："你看，村里的光棍这么多，孩子上学也是问题。我们不为自己想，也要为下一代想想吧？以前我们想搬迁，没这个能力，现在国家有好政策，这不正是我们多年盼望的吗？……"

哪有捂不热的石头？杨友崇的一番话终于打动了蒲老汉。他第一个站出来签订了搬迁协议。在老党员蒲景英的带动下，群众搬迁的顾虑消除了，情绪高涨了。大家都觉得，党和政府的这个政策这么好，应该搬出去。

后来，蒲景英搬到新村社区后，他对看望他的药山镇的干部说了这么一段话："实际上，我的党龄都有你的年纪大了。当年入党时，我就知道，共产党就是为老百姓办好事，让老百姓过上好日子。我们也想让洗羊塘的群众不再受穷，这么多年做不到，自己觉得没什么希望了。想不到，今天，几代人的愿望实现了。感谢党和政府让老百姓过上了好日子。我这个老党员的心愿也实现了。"

蒲景英还高兴地说："现在新村社区的住房好，环境卫生很好，看到这一村人最大的变化就是穿得干净了，头发不是毛长过脚尖了。"搬过来，还有一些群众情绪不稳定，蒲景英就主动做思想工作，稳定他们的情绪。他说：“我要当好国家移民政策的解说员。”

但在搬迁最初，洗羊塘群众向幸福出发的脚步却迈得艰难而沉重。

洗羊塘的搬迁安置一直是昭通市委、市政府的牵挂。2017 年 6 月 4 日，就在洗羊塘动迁前夕，昭通市委书记杨亚林和市委常委、常务副市长余伟，市委常委、市委秘书长尹朝禹专程来到老店镇，察看洗羊塘易地扶贫搬迁安置点。

杨亚林一再嘱咐大家，要弘扬党的优良工作传统，坚持走“群众路线”，坚持以人为中心、以人为本的理念，沉下身子，静下心来，增强耐心，深入细致地做好群众的思想工作，扎实有序推进搬迁安置。坚持做到精准、统筹、务实，实现思想认同、工作认同、情感认同，让搬迁的群众安家又安心。

6. 新村迎来新主人

洗羊塘人盼望了十多年的搬家脱贫梦终于照进了现实。

2017 年 7 月 13 日，洗羊塘村首批 32 户群众彻底告别居住了几十年的“穷窝子”，搬迁至百余千米外的新家园——尹武新村。贫困户喜搬新家，茅草房变小洋楼，搬迁的群众期盼已久的幸福新生活，在脱贫攻坚征程中迈出了坚实的一步。

告别洗羊塘这天，许多人恋恋不舍。药山镇里干部来到村里组织群众搬迁，有几位老人握着扶贫站长罗百发的手，含着泪跟他说：“幺儿，我走了，很想你。你要来看我啊！”

罗百发说：“老百姓对我们的工作还是很认可的，他们虽然搬过去了，依然留恋这片土地，想念我们这些干部。现在，还有群众经常打电话问我什么时候去看他们。他们很留恋故乡的人情。”

副县长黎平在参加了药山镇为洗羊塘村举行的搬迁欢送会后，又随着搬迁的车队匆匆赶到老店新村社区，出席老店镇为新村社区的新主人举行的入住仪式，再一次发表了热情洋溢的讲话。他说他代表县委、县政府又为洗羊塘的乡亲们接风来了，他在致辞中对乡亲们的新生活寄予美好祝福。他还鼓励搬迁来的群众要尽快融入老店尹武这个大家庭，与当地的群众和睦相处、互相帮助、共同发展，一起创建“生产发展、生活宽裕、乡风文明、村容整洁、管理民主”的美好生活。

村干部们感激地说：“黎副县，今天辛苦你了。”看到乡亲们兴高采烈的样子，黎平开心地说：“今天，好话都让我说了，好人都让我做喽！只要乡亲们好就好。”

在入住仪式后，搬迁户高兴地排队登记、领取钥匙，随着一阵喜庆的鞭炮声响，他们迫不及待地搬进各自通过摇号选定的小洋楼。

蒲周华是党员，现年 56 岁，是在荒寒的茅草房里居住了几十年的贫困户。老蒲搬进新村社区的新家——两层的小洋楼时，里里外外看了一遍又一遍，喜不自禁地坐在自己的小洋楼前，享受着春天温馨的阳光。他开心地说：“有客厅、卧室、晒台、厨房、卫生间，生活起来舒心又方便，好像一下子进了城。”

老蒲家分到 5 亩土地，他幸福地盘算着未来的日子。他说他将跟当地人学着种植烤烟、黄花菜等优势产业，农闲时到附近打点零工，两个儿子继续在外打工。一家人齐心合力，靠勤劳争取早日脱贫致富。这样才对得起国家的好政策，对得起帮他们脱贫的那些好心人。

老蒲说完，脸上笑成了花。

与此同时，药山镇在低海拔、条件较好坡地新建安置点，对洗羊塘村的小羊槽、老羊窝 2 个村民小组的 100 多户 300 多口人搬迁安置。药山镇根据村民的意愿，保留了洗羊塘的行政村名，叫“洗羊塘新村”。

无论是走向远方的洗羊塘人，还是在当地搬迁的洗羊塘人，都怀着热望期待幸福的新生活。

7.“小康路上一起走”

洗羊塘村搬迁至老店新村社区的群众，按人均1亩分配土地，这是他们最基本的生存依托。农民农民，有地安心，大家都在期盼着耕种的日子。

但是，尽管前期做了土地界定确权工作，不少当地村民退出了耕占的土地，仍有部分村民种了庄稼，迟迟不愿退出来，又激起洗羊塘搬迁来的群众不满。

分地这天，整个会场由县里工作组主持。两边村民情绪未消，地头上又发生了争执，分地只好暂停。

海坝风波又起。

如何妥善处置这一矛盾，防止激化，实现洗羊塘搬迁安全落地和平稳过渡？巧家县又一次面临严峻考验。

县委决定由副书记宋廷柱召集药山镇、老店镇双方的主要负责同志，组成工作组，共同做好两边群众的思想稳定工作和土地分配工作。

县工作组又一次进驻尹武村和新村社区。为把工作做深做细，工作组从县直部门和药山、老店两个镇抽调一百多名干部职工，做好稳定工作，防止矛盾激化。

2018年4月10日，在老店镇，宋廷柱和县纪委书记周弢立即召集县公安局、司法局等县直部门领导、药山镇以及老店镇主要干部，研究制订了详细的工作方案以及紧急情况下的应对措施。宋廷柱一再要求大家深入村寨逐家逐户征求意见，耐心细致地说服群众，疏导情绪，化解矛盾。

第二天，县工作组召集老店尹武村和新村社区双方群众代表参加的民情恳谈会。会上，宋廷柱语重心长对大家说：

“有首歌唱得好，叫《大中国》：‘我们都有一个家， 名字叫中国；兄弟姐妹都很多，景色也不错……”乡亲们，不管天南海北，我们都是兄弟姐妹。何况我们都是巧家人，都是一家人。搬迁来的都是贫困户，在困难的时候都要互相帮助，这是我们中华民族的传统美德。以后，我们还会亲戚结亲戚，朋友交朋友，都是一个大家庭啊！党中央号召全国打响脱贫攻坚战，让贫困地区的群众拔掉穷根子，甩掉穷帽子。仔细想想，无论是搬迁来的，还是当地的，我们都是受益者。所以，我们要珍惜党和政府的关怀，要听党的话、感党的恩。这土地是国家分给脱贫搬迁户的，也是依法分配的。请大家一定理解，要支持县委、县政府的工作，让搬来的兄弟姐妹安居乐业……”

宋廷柱一番语重心长的话语，深深地打动了大家。

次日，工作组的几十名同志又分头深入村户走访“交心”，耐心地摆法规、讲道理，苦口婆心地进行劝导。

当晚，从各工作组反馈的情况，人们欣喜地看到，双方群众的气消了、心顺了，情绪慢慢稳定下来，思想开始转化了。

通过各工作组同志们的努力，群众工作取得较大的进展与突破。尹武村占用土地的村民自觉清理农作物、附着物，主动将土地退了出来。

工作组经过几天的紧张工作，在4月18日这天，政府终于将土地顺利分配到所有搬迁户，家家都有了能排能灌的“放心田”。

清明前后一场雨，胜似秀才中了举。新村社区的洗羊塘人喜洋洋地下地耕作，开始了新的生产生活。

2018年8月28日，对从洗羊塘搬迁到老店镇新村社区的296户村民来说，是一个永远值得纪念的日子。这一天，随着一阵鞭炮鸣响和一阵阵欢声笑语，“老店镇新村社区”正式挂牌成立。

为促进老店尹武村和新村社区的群众彼此相互融合，开创社区工作新局面，县里顺势而为，各项工作持续跟进。

县委宣传部、县文广旅局、县妇女联合会、县红十字会、县残疾人联合会、共青团巧家县委与老店镇党委和镇政府，在尹武村和新村社区联合开展了“感恩奋进新时代　决战脱贫新征程”的系列活动。

县直各部门派出50多人走进新村社区的家家户户，送上家庭育儿、妇女卫生和儿童安全的科普知识，开展了疾病预防、农民工技能培训等，并在新村社区建起了爱心超市和爱心书屋。医务人员为当地村民免费开展了病症筛查等医疗服务，宣传健康知识。同时，许多志愿者还与新村社区的群众一起把街道、篮球场等公共活动场所清扫得干干净净，新村社区亮丽一新。

县委宣传部、县文广旅局专门赶排了一场以“感恩奋进新时代 决战脱贫新征程”为主题的文艺晚会，在老店新村社区演出。

“这几年，我们围绕脱贫攻坚开展了许多文化下乡活动。这台晚会是我们根据新村社区和尹武村的情况，量身打造的，很接地气。”县文广旅局的负责同志说，“时间虽然紧张，我们策划的节目很讲究，演员演出也很投入，打动了观众，效果非常好。”

晚会在歌伴舞《我和我的祖国》中拉开序幕。快板《领导关怀》、花灯表演唱《扶贫赞》等一个个精彩的节目，在观众心中激起了一阵阵情感的涟漪，赢得一阵阵掌声。

乡亲们呀，手挽手，
小康路上一起走；
你帮我，我帮他，
脱贫攻坚力量大；
有咱党的好领导，
困难再大都不怕。

乡亲们呀，手挽手，
小康路上一起走；
祖国是个大家庭，
落下一人都不行。
撸起袖子加油干，
日子越过越火红。

乡亲们呀，手挽手，
小康路上一起走；
惠农政策暖人心，
脱贫莫忘感党恩。

……

巧家县艺术团和开心乐队精心编演的情景剧《小康路上一起走》让许多观众热泪盈眶。

晚会在大合唱《走向复兴》《歌唱祖国》中慢慢落下帷幕。许多观众被节目深深感染，掌声久久回响在山乡的夜空中。

一连几天的系列活动，帮助搬迁来的新居民增强了适应新环境、创造新生活的信心，让新居民和当地村民共同感受到党和政府的关怀，感受到祖国大家庭的融融温暖，也感受到干群之间、群众之间的亲情温暖。

县委常委、宣传部部长孙莉萍评价说，这次系列活动营造出“人人心存感恩、家家和睦相处、村村倡导文明、处处体现和谐”的浓厚氛围；对于提振群众的精神状态，消除“等靠要”的思想，激发创业的内生动力，树牢用双手勤劳致富的观念，起到了积极作用。

谈起新村社区的情况，县委副书记宋廷柱说：“群众已经安居乐业，比较稳定。但有三个方面还要继续抓好。一是帮助群众建立生活体系，尽快融入当地社区人文环境；二是建设生产体系，完善相应的配套项目和生产技能培训，推进村里的产业发展；三是加强群众的思想教育，更新观念，提高他们的文化素质，促进新村的文明建设。切实做到：搬得出，稳得住，可持续，能致富。”

2018 年底，巧家县全面完成了易地扶贫搬迁三年行动计划任务，啃下了脱贫攻坚的这块“硬骨头”。与此同时，全县聚焦“四类重点对象”实施了危房改造工程。共实施农村危房改造 4.7 万户，建档立卡贫困户的住房安全，也有了保障。

如今，欢声笑语荡漾在青山绿水间，新房新业新面貌铺开了一幅幅美丽乡村的新画卷。

在迎来 2019 新年之际，县委书记张华昆颇有感慨地用“脱贫成效明显，问题仍然存在”这句话评价几年来的脱贫攻坚工作。他认为，对照脱贫 5 条标准基本达标，要在 2019 年实现全部实现脱贫，时间紧、任务重、压力大，影响脱贫摘帽的问题仍然存在，有些短板弱项还需要补齐。

展望新一年，张华昆充满信心地说："2019 年是巧家脱贫攻坚决战决胜之年。县委、县政府，紧扣'两不愁、三保障'标准，着手于早研究、早部署、早启动、早落实，确保如期摘帽。"

巧家县刚刚制定下发了《巧家县整县脱贫摘帽实施方案》，对脱贫攻坚各项工作做了全面的安排部署，进一步明确了贫困退出时间表、路线图和任务书。针对一些短板问题，县里进一步加强组织领导，持续转变工作作风。80% 的工作力量已经下沉到脱贫攻坚一线，为脱贫摘帽做最后的冲刺。

2019 年新年伊始，老店镇新村社区一片喜气洋洋。一幢幢连排别墅式的两层楼房分布在一个马蹄形山坳里；山坡上覆盖着郁郁葱葱的松林，对面便是开阔平整的一大片农田。虽是冬季，远处山峦叠翠，视野所及，一片葱茏，山上的泉水从新村社区的小溪中潺潺流过。

新村社区的文化广场上，分布着健身器村、运动场，点缀着景观树、景观石，以及木柱青瓦结构的长廊、小凉亭。一群穿着时尚鲜艳的孩子们在广场上玩耍，时而传出欢乐的笑声；老年人坐在门前享受着午后的阳光，每个人的脸上都是幸福的模样。这与高山上的洗羊塘完全是两个世界。

袁崇彦作为全县脱贫攻坚"总督查"，和镇里的干部们又一次来到新村社区逐户走访了解村民的生产生活情况。年过半百的代秀富站在小楼前，热情地招呼他们到家里坐坐。

"日子过得舒心吧？"袁崇彦亲切地问。代秀富咧着嘴笑个不停，连声说："好得很，好得很！一步登天噶！"他家门上那副鲜红的超大对联格外引人注目：

挪穷窝搬新家安居又乐业
吉星照福临门永远感党恩
横批是：越过越好

第九章

金沙江畔金山川

巧家人说，要想富，种好“摇钱树”。

桑蚕、核桃、花椒被巧家人称为产业发展中的“白富美”和小康路上的“助力器”。

1.“摇钱树”摇鼓钱袋子

在巧家人眼里核桃树就是“摇钱树”，还有不少关于它的种种传说。

从前有一位修行者，在路上拾得一串钱，由于找不到失主，就把钱挂在一棵大树上。后来路过的人，以为是神树，就把自己的钱也挂在树上，以祈求来日发财。从此，人人效仿。

一位农夫常给这棵“神树”浇水施肥。这天，一位白发老翁送给他一颗种子让他种在门前的山坡上。农夫精心培育，竟然长出一棵树，一摇便掉下铜钱来。农夫真的种出了“摇钱树”。

有个懒汉听说后，到处找“摇钱树”，却找不到。那位白发老翁告诉他：

摇钱树，两枝杈，
两枝杈上十个芽；
摇一摇，开金花，
创造幸福全靠它。

原来，白发老翁是位神仙，他说的“摇钱树”就是人的双手。财富来自辛勤劳动，是靠双手创造的。

巧家人认为，核桃叶子形状很像钱币，秋天叶子变黄以后更像铜钱，而核桃又像古代传说中的“元宝”。所以，巧家人认定核桃树就是“摇钱树”。更重要的是巧家人用勤劳的双手和汗水精心培育了它。它不负所望，确实摇鼓了巧家人的“钱袋子”。

云南省是核桃的起源地之一，有着3500多年的栽培历史。世人皆知云南是旅游大省，其实，云南还是核桃大省，无论是核桃种植面积还是产量都居国内首位。

巧家也是核桃的盛产区，如今发展迅速。这与当地老百姓的种植传统有关，也与种植核桃的收益有关。

县林业局局长陈留山算了一笔账：“核桃栽植嫁接苗5年挂果，10年后进入丰产期。平均亩产核桃200公斤，按照每公斤15元计算，亩产收入在3000元左右，效益远高于种植一般农作物。不少群众尝到了种植核桃树的甜头，所以积极性越来越高。”

巧家县委、县政府提出了“绿色产业富县”的发展战略，紧紧围绕“生态建设产业化、产业发展生态化”的目标，着力培育以核桃、花椒为主的特色经济林产业。核桃已成为农民主要经济收入的支撑点。

在发展核桃种植中，巧家大力推广核桃嫁接技术，组织专业技术人员挂钩到乡、村、社，以巩固退耕还林成果、技能培训为载体，对全县16个乡镇核桃主产区进行核桃嫁接改良和技术培训。每年的核桃产值近5.5亿元。核桃已成为巧家效益好、收益期长的特色产业。

巧家人守住绿水青山，冲出了心理上的“大山”，突破思维的“峡谷”。依托得天独厚的区位优势和自然资源优势，发挥“摇钱树、景观树和生态树”三大效益，在“绿水青山”之间，鼓起了老百姓的“钱袋子”，造就了一批“核桃大王”。

2. 谁是“核桃大王”？

谁是巧家的“核桃大王”？有人说，白鹤滩镇的“兰化农村合作社”种植大户詹世富算一个。

詹世富今年 67 岁了，是白鹤滩一带种植核桃的老把式。说起他这个“核桃大王”，还有一段从“保密”到“解密”的故事。

过去，巧家人种植核桃树多是为了填肚子，很少有人拿去换钱。核桃的品种不好，产量低。但是，白鹤滩的詹世富靠核桃发了家。周围的村民纳闷，詹世富有什么奇招？

詹世富没什么奇招，他的核桃树品种好，核桃果大、皮薄肉多，收果上市也比别人早两个月。仅凭这一先机，詹世富每年都有不菲的收入。家里盖起了小洋楼，吃的穿的也比别人高一个档次，日子过得像核桃一样油滋滋的，周围的村民羡慕不已。

果农们一直苦于核桃品种杂乱，良莠不齐，品相不好，卖不出好价钱，更打不出好品牌。巧家县决定实施“核桃品种优化”工程，培育推广优良品种。

从几百个品种里筛选出优良品种是一项繁杂细致的工作。林业局组织技术人员深入乡村农户，对全县核桃品种进行反复调查筛选，优选出一批优质品种。经云南省品种审评委员会专家认定，这些品种的蛋白含量高达到 20%，含油率高达 60%，果实硕大，味道香美。詹世富的核桃品种被编为“巧家 4 号”。

巧家县决定对这些优良品种进行嫁接培育，大力推广。这天，县林业局种苗站站长刘云会带着技术人员来到詹世富家，向他说明情况，准备从母树上剪一些幼芽，进行大面积嫁接培植。

詹世富拦住技术人员不让剪，连连摆手说：“要不得，要不得。别把我家的核桃树搞死掉了。”

刘云会看出了詹世富的心事。他不是担心剪坏了树，而是担心嫁接推广后失去市场优势。别小看这几十棵核桃树，蝎子拉屎——独（毒）一份嘛！

詹世富一年收入五六万元，去年盖了三层别墅楼，花了 30 多万元。现在县里要嫁接推广他的优质品种，老詹心有余悸，怕别人抢了他的生意。

种苗站的技术人员与老詹打交道也有年头了，刘云会在科学种植和防病治病上给詹世富提供过帮助。

“詹大哥呵，咱巧家有句老话，独树不成林，要想山坡旺，就得多栽树噶；小溪不成江，要成江河，就要汇到一起噶。”刘云会和技术员们与老詹家拉起家常，“再说了，一个篱笆三个桩，一个好汉三个帮。你发展到今天这一步，大伙也没少帮忙噶。你富了，就忍心看着乡亲们过穷日子？”

经过大家的耐心说服，老詹想通了。他高兴地带着技术员去剪核桃树芽。后来，为了支持县里推广优质品种，他把自己的核桃园建成了育苗基地。

在县里的大力扶持下，詹世富成立了“巧家县白鹤滩生态农业专业合作社”，在白鹤滩镇法土村、大坪村等村社建成了1000余亩核桃优良品种种植示范园。他担任技术专家，每年培育的核桃苗就收入20多万元，而且带动村民们一块富起来，成为名副其实的“核桃大王”。

提起当初剪树芽的事，詹世富眼睛眯成一条缝，脸上笑成了核桃皮，有点不好意思，但他还是很坦诚地说：“当时担心优势没了，没想到市场大得很噶。还是大伙都小康的好。”

詹世富是一位公认的“核桃大王”。但也有人说，老店镇平地营村的饶启斌也是一位“核桃大王”。

巧家有知识的新一代农民，涌现出不少核桃种植方面的“乡土专家”。他们有文化、懂技术、会管理，善于研究市场，很有经济头脑。

饶启斌的核桃园已种植600多株，进入盛产期的已达200多株，2016年核桃收入10多万元。饶启斌还为周边的核桃种植户提供种苗的技术服务，帮助大伙进行品种选择、改良，成活率达95%以上。

陈留山说，以詹世富、饶启斌为代表的“乡土专家”成为核桃产业发展的带头人。他们“现身说法”，对转变农民传统种植观念，建立科学种植模式，促进巧家核桃产业高效发展发挥了带动作用。

大寨镇小田村核桃种植大户黄仁忠，也被当地群众誉为“核桃大王”。

十几年前，44岁的黄仁忠不顾家人的反对，毅然承包了村里的110多亩荒山。

面对这片荒凉的山坡地，没人相信他能种出核桃来。但他怀着对发展核桃和花椒产业的一片挚情与梦想，在荒坡上安了家。

为了保证苗木成活和尽快挂果，他人背马驮，天天从1千米外山沟里背水抗旱保苗，从来没有让核桃、花椒因干旱而死亡，苗木成活率达90%以上。

后来，为了解决干旱问题，他硬是开挖了几十个抗旱小水窖，铺设了几千米的引水管网，确保灌溉用水；他通过嫁接对核桃品种进行改良，以更加适应当地干热的环境；为了防止病虫害，他专门学习了核桃、花椒病虫害防治知识。

从2008年起，他又探索林下养殖，综合利用，提高核桃、花椒产量，达到合理利用资源的目的。一分耕耘，一分收获。经过多年的艰苦创业，黄仁忠已培育出几十亩核桃，十多亩花椒。

黄仁忠带领乡亲一起奔小康。贫困户陈靖富在黄仁忠的帮助下，很快掌握了核桃、花椒的种植技能，通过全家人的努力，现已种植核桃、花椒20亩，年收入达4万元以上。2016年已经脱贫摘帽，还在小田街上买了地基，盖了新房。

2017年，在扶贫攻坚政策的支持下，黄仁忠发起成立了巧家"富群农民种植专业合作社"，吸纳了7户村民参与，其中就有3户贫困户。黄仁忠说，吸纳贫困户参与，是想让贫困户在专业合作社的统一管理经营和帮助下，尽快实现脱贫致富。

如今，小田村的核桃、花椒已经成了当地农民主要的经济收入。去年仅花椒一项，收益就达400多万元。随着核桃进入丰产期后，小田村民的收益还将成倍增长。

黄仁忠已过花甲，依然踌躇满志。"一人富，不算富，全村富了才算好。"谈起下一步的打算，他说，主要是通过技术的引进和推广，让小田的核桃和花椒更优质、更稳产、更高产，把小田村发展成美丽乡村。

在发展核桃种植中，巧家大力推广应用核桃高枝换头嫁接技术，组织群众积极探索在林下套种、养殖等，发展林下经济，实现产业效益最大化。核桃经济林已成为农民的"摇钱树""致富林"。

3. 小花椒大产业

发展产业是脱贫致富奔小康的必经之路。2015 年 1 月，习近平总书记到昭通鲁甸考察时，看到当地的花椒喜获丰收，嘱咐大家：“要让小小花椒树，长成致富大产业。”

巧家有不少种植花椒脱贫致富的“成功人士”。崇溪镇马洪村的袁志贵就是其中一位。

见到袁志贵是 2017 年 5 月 5 日下午，在他的花椒园。袁志贵身材高大，腿脚粗壮，一双大手布满了老茧，握着他的手像花椒树一样有点扎人。他面孔黝黑，淳朴憨厚中透露着山里人的坚强与刚毅，一个地地道道的乌蒙大汉。一望无尽的花椒树已经开出了小小的花蕾，随风飘散出清新的幽香。

2015 年遭遇大旱，袁志贵的花椒只收了 1000 多斤，卖了 5 万元。他说：“这年栽了。”2016 年收了 5800 斤，每斤卖到 43 元多，毛收入 25 万元。袁志贵说：“赚了一把。”他估算，“今年是个丰收年，市场看好，花椒每斤能卖到 50 元一斤，毛收入能达到 30 万元。赚定了。”

袁志贵种花椒树是从 1996 年开始的。他是村里的会计，每个月 40 多元的工资。随着两个娃娃慢慢长大上学，靠那点微薄的工资，养不起一家老小，日子捉襟见肘，过不下去了。

他向乡里农科站的一位亲戚诉苦：“我过不下去了，想种花椒苦钱行不行嘛？”亲戚告诉他：“可以干。种花椒能挣钱。”他决定辞掉村会计种花椒。家里人都不同意，但他横下一条心，谁也拦不住，非要绝地求生，捕捉梦想。

袁志贵承包了马洪沟杠上林荒山上的一片坡地，借了 5300 元购置了树苗和工具，和妻子天天到荒山坡上刨坑，栽种花椒。村里人都说他疯掉了。他连续四五年只有投入，没有收获，他的生活越来越困难，只好到深圳去打工。2008 年，他把在深圳打工挣的 1.8 万元又投到了花椒林。

那年春节，为了不改初心，他写了一副励志春联贴在门上：

出门求财财到手，在家创业业兴旺。

横批是：天道酬勤。

经过几年的努力，他把荒山开出来，全部种上了花椒树。

起初的结果并没有像他想象的那么美好。投工投料多年，却一直不见收获，他仍是村里最困难的一家。为了生存下去，他被迫又到攀枝花去打工。端午节回到家里，他又把一万多元投到了山上的花椒林里。

遇到管理上的技术问题，他经常向在崇溪镇林业站当站长的陈留山求助。陈留山给他许多指导和帮助，鼓励他坚持下去。

那几年，袁志贵在马洪沟杠上林荒山上种了 80 多亩花椒树，而陈留山则在崇溪的那片荒山上撒下了 8 万多斤恢复植被的树种子，跑遍了漫山遍野。

等到陈留山用汗水播撒的那片荒山渐渐绿了，袁志贵用辛勤培育的那片花椒林也慢慢长起来了。

袁志贵说，陈留山离开崇溪林业站时，光穿坏的胶鞋就有十几双，床下堆了一大堆。加上他穿坏的胶鞋，他背到镇上卖了十几块钱的破烂。

功夫不负恒心人，到 2010 年，袁志贵收了几百斤花椒，卖了 3000 元，终于收获第一桶金；2011 年又收入了 7700 元；2012 年收入了 10 多万元。村里的人看他种花椒种富了，都羡慕疯了，纷纷向他讨教，也开始种植花椒。

袁志贵帮助大家嫁接育苗，带动周围的村民开始种花椒。2016 年，有 10 多家困难户收入达到五六万元，实现了脱贫。袁志贵也成为当地闻名的“花椒大王”。

在老袁家里，说起将来的打算，想不到，老袁眉头一皱，并不开心。他叹口气苦笑着说：“唉，能有什么打算，我们两口子年纪大了么，我想让两个在外面打工的娃娃回来，把花椒林交给他们打理，他们也到了成家立业的年龄。可他们回来看了看又跑走了，说是回来过不习惯了。没得网上，电视节目少，也看不得大片。”老袁无奈地摇摇头，叹息道，“现在的年轻人，实在看不懂噶。在家一年收入几十万元，都直接‘中产’了，总比在外面漂着好吧？可他们宁肯在外面漂着，跟人家打工，也不愿回家来。”

“确是这样。有人说，70 年代的人不想种地，80 年代的人不会种地，90 年代的人不谈种地。年轻人不想在家，农村空心化了。农村不搞产业化还有什么出路？搞产业化还是要靠年轻人啊！”陈留山感慨道，“我也是在农村长大的，父亲还是村里的老支书。像五六十年代的老一代人都饿怕了，非常珍惜土地，喜欢种地。老父亲常说的一句话，就是庄稼人‘磨骨头养肠子’，要学会种地，还要好好养地。现在，农村脱贫了，生活条件改善了，老百姓又希望走出去的孩子们能回来创业。可是，孩子们都不想种地了。这种现状令人担忧啊。”

他又拍拍老袁，安慰说：“老兄，你也别着急。农村脱贫了，生活条件和环境会越来越好。光缆村村通工程已经到了乡镇，很快就到村里了。下一步，村村都有网络通，家家都能 Wi-Fi，也会像城里一样能看大片。也许到那时，孩子们会回来的。”

陈留山说得没错，那些外出打拼的孩子们会重返故乡，在希望的田野上播种自己的梦想。王华艺就是其中的一个。不过，王华艺是因为不幸改变了他的生活轨迹。他念的是另一套“致富经”。

王华艺是崇溪镇和玉村村民，和袁志贵一样，他在创业路上经历了许多坎坷。

因家里穷，王华艺小学没毕业就辍学了，跟着父母放牛、割草一道劳作。王华艺不甘重复父辈的人生，12 岁的他毅然踏上了外出打工之路，决定要过上“好日子”。

在 10 余年外出务工的生涯里，王华艺跑了 10 多个省份，吃了不少苦，但他开阔了眼界，学到了不少技能。

2013 年，在外务工的王华艺，不幸腰部受伤，一时陷入困境。妻子忍受不了家中的贫穷，离他而去。他没有被生活的不幸击垮。他暗自发誓：一定要站起来。

王华艺身体逐渐恢复了，但他心里始终装着创业的坚定信念：要自食其力，成为一个有用的人。他从一个朋友那得到一本养牛的书，从小放牛的他一下子钻了进去，下决心养牛。

2015 年 10 月，全国脱贫攻坚战的号角吹响，也在王华艺心中激起了奋斗的壮志豪情。他利用政府扶持资金从山东菏泽购买了 24 头基础母牛和 1 头良种公牛，当起了牛倌。两年后，他养的牛就卖了 10 余万元，不仅摆脱了贫困，而且走上了小康路。

爱情再次向他走来，他又有了一个幸福的小家庭。这几年，他看到人们外出打工，土地闲置越来越多。为了把土地充分用起来，他租来土地种植花椒树，花椒林下用来养牛，牛粪又用作肥料培育花椒。

经过几年的摸索，王华艺打造了一条独特的致富“产业链”，2018 年预计销售可达 20 余万元。已过而立之年的王华艺，带领村里群众一起致富，成为村里脱贫攻坚的带头人。

8 月，正是巧家县大寨镇花椒交易旺季。每逢赶街天，位于大寨镇白鹤大街的花椒交易市场，总是热闹非凡。

走进巧家大寨镇，会看到绿油油的花椒树满山遍野。花椒在大寨栽培历史悠久，素有“金河花椒”之美誉。

一位前来大寨镇收购花椒的四川赵老板称赞说：“这里的商业环境好，当地政府对商贸户很支持，除了提供交通方便和免费场地外，为了保证市场的公平公正，还设立了公平秤，供大家免费使用。更重要的，还是这里的花椒品质好，受欢迎。”

大寨镇人均占有耕地不到一亩，花椒种植却是大寨的支柱产业。当年花椒总产值在 8000 万元左右，花椒产业成为群众名副其实的“钱袋子”。

行走在巧家的江峡山川，处处感受到“绿水青山就是金山银山”的理念指导产业发展带来的巨大变化。

巧家县委、县政府就把花椒产业作为“绿色经济强县”的支柱产业来抓，并把花椒产业确定为“八大产业”中优先发展的产业。

进入“十三五”，巧家县的花椒产业发展更加迅速。2017 年，产值达到 6.8 亿多元，已成为助推巧家脱贫攻坚的主导特色产业。

林业局局长陈留山说，按照这个发展规划，到 2019 年，确保花椒稳产面积达到 25 万亩，力争花椒单产增产 30% 以上，产值达到 10 亿元以上，助推巧家如期实现脱贫“摘帽”。

小小花椒树，致富大产业。

4. 蚕宝宝变成金娃娃

在巧家脱贫攻坚战场上，小小的“蚕宝宝”默默发力，成为不可小觑的一支生力军。

“蚕宝宝”虽小，全世界都不敢小看它，它是古代丝绸之路的“缔造者”；它缠绵千年，维系着东西方的商贸与文化交流，延续至今。

一根蚕丝有多长？这道题会难住不少人。蚕的价值主要在于蚕丝。蚕丝是丝绸产品的主要原料，在人类经济生活及文化历史上有重要地位。

经过专家们的测算，一根茧丝的长度为 300～900 米。我们不能不佩服一只小蚕宝宝的了不起。它给巧家带来不少财富和惊喜。

崇溪镇河玉村党支部书记刘庆发是一位“蚕王”，他带领村民大力发展蚕桑种植产业，全村走上了致富路。

2003 年，20 岁的刘庆发毕业于昭通市农校农业技术推广专业，曾在广东打工多年。2011 年 3 月，正值村“两委”换届，刘庆发当选为河玉村副主任。在县热区产业开发办公室（简称热开办）的扶持下，刘庆发试种了 5 亩多地桑树苗，成为河玉村第一个“吃螃蟹”的人。

第二年春，他就开始养蚕。当年蚕茧收入 4000 多元。在刘庆发的示范带动下，村民纷纷种下了桑苗，全村一下子发展了 200 多亩。刘庆发赢得了村民的信任，并光荣地入了党。

这年，村“两委”班子换届选举，刘庆发又被村民们选为村支部书记。他组织群众种桑养蚕，2016 年，全村蚕茧收入就达 60 多万元，不少贫困户当年就脱贫奔小康了。

2017 年，河玉村的村桑苗种植已达 400 余亩，蚕茧收入达 100 多万元。在外务工的农民纷纷回乡种植蚕桑，在家门口脱贫致富。

桑蚕产业的发展让巧家人尝到了甜头。巧家县热区产业开发办公室主任蒋洪福说：“巧家县地处金沙江边，立体气候十分明显，县域内光热资源充足，具有发展蚕桑产业得天独厚的资源优势。现有桑园面积接近 10 万余亩，专门用来喂蚕的桑园有5.5万亩。毫不夸张地说，巧家县的桑蚕在云南独树一帜，是云南省茧桑核心基地县。”

苞谷垴乡青山村吊岩村民小组的余兴华也是养蚕发了家。他站在自己三间砖房前自豪地说：“是政府的扶贫好政策，让我们老百姓的日子像芝麻开了花。”他还说，他们这里种桑养蚕经历了一番风风雨雨、起起伏伏。

当初，政府发动种桑养蚕，许多群众都不支持。他们认为，种桑养蚕万一卖不出去又不能当饭吃。有人还把栽好的桑苗拔了扔掉。

余兴华初中毕业，在村里是个文化人，对新鲜事容易接受。他也是抱着试试看的心态，种了1.8亩桑树，成了村里种桑养蚕示范户。政府采取鼓励政策，每亩补助500斤苞谷，还无偿提供桑苗和肥料，乡村干部甚至还帮忙栽桑和施肥。余兴华当年蚕茧收入了800多元。

2015年，他又扩大了种植规模，在乡蚕茧站技术人员指导下，把之前的蚕桑全部进行了嫁接，这一年收入猛增到6000多元。看到余兴华养蚕得了实惠，原来不看好栽桑养蚕的群众也纷纷效仿他，种桑养蚕。

余兴华种桑养蚕的“车”已经刹不住了，他索性将仅有的近5亩土地全部种成桑树。2018年，余兴华养蚕收入超过5万元。他家里盖起了砖瓦房，还买了车。在他的带动下，村民的日子也越过越殷实。眼看青山村就要脱贫了，余兴华说：“小小桑蚕别小看，小康路上做贡献。”

昭通市长江丝绸有限公司是巧家县重点扶持培育的一家龙头企业，以栽桑、养蚕、制被、缫丝为主，形成“贸、工、农”一体化，“产、供、销”一条龙的综合性公司，也是我国西南地区最大的缫丝企业。公司与蚕农签订农业订单，推动了桑蚕发展。2018年，巧家县蚕农收入4000多万元。蚕茧价格不断攀升，预计2019年蚕农收入将达6500万元以上。

小蚕宝宝变成了金娃娃，为巧家脱贫做出了大贡献。

5. 七彩“转转乌”

云南人把云南誉为“七彩云南”，殊不知云南的土豆也是七彩的。不过，这“七彩土豆”唯独在巧家的大寨镇生长得出来。

大寨镇由于土壤地理特点盛产这种独特的土豆，叫“七彩土豆”。巧家人把土豆叫作洋芋。这里的七彩土豆叫作七彩洋芋，当地老百姓还有另一种叫法：“转转乌”。

这种土豆切开里面可以看到赤橙黄绿青蓝紫七种颜色，不仅奇特漂亮，口感极好，而且营养丰富，具有极大的开发前景。他们通过对土壤结构调查，已经发现有2000多亩土地适合种“七彩土豆”。

大寨人自豪地说：“我们大寨的‘转转乌’在云南是一绝，外地还没听说过。目前，大寨镇已发展了1500多亩。一亩地产量2500斤左右，每斤2.5~3元。一亩地收入起码是五六千元。如果能全面普及推开，将成为老百姓新的收益增长点。”

大寨还有一个宝贝，叫“芭蕉芋”，也是当地特产。用芭蕉芋粉做原料，加工成“芭蕉芋粉丝”，食用起来，不但口感比豌豆粉、洋芋粉更好，而且有极为丰富的营养，所以逐渐被市场认可，并开始走俏。

芭蕉芋产量极高，亩产可以达到6000~8000斤。如果管理到位，可以达到万斤以上也不是神话。芭蕉芋每斤1元，收益也比较划算。3~4斤芭蕉芋可加工成1斤粉丝，粉丝单价约10元，包装后卖到14元，增值翻几倍，收益更加可观。

大寨的干部们在田间地头给老百姓这么一算账，把群众的积极性调动起来了。2017年，大寨镇的种植面积一下子扩大了800亩。镇政府因势利导，及时跟上服务，为“七彩土豆”和“芭蕉芋”注册了商标。

2018年，大寨镇的这些稀罕物还没从地里刨出来，就被外地的客商盯上了。

巧家人认为，要想富，优质产业是财富。巧家大寨镇不满足于传统产业的坚守与巩固，还把目光投向了农业结构调整，在特色农业上做文章。

“金果银果，不如我的枇杷果。”大寨镇小寨村的赵方彪又是特色种植的另一位“达人”。他靠种植枇杷果脱贫致富，年收入超过 5 万元。

说起赵方彪种枇杷树也经历了不少曲折。他种枇杷主要来自家庭的承传。他爷爷辈就开始种植枇杷，那时是满足自家人吃。到父亲辈时，为了换点钱增加收入，他家种植的枇杷树达到近百棵。

但由于家里人没有管理经验，种在地里自生自长从不问津，有的枇杷树不结果，也有的结的果子很难吃。再加上当时不通公路，卖不出去，只能眼巴巴看着枇杷果烂掉，坐在家里干着急。看到种植枇杷卖不到钱，又影响种植农作物，父亲只好把大量枇杷树砍掉。

因家庭贫困，1995 年赵方彪辍学回家。家里收了几十斤枇杷果，不舍得吃，父亲让他背到四川省宁南县去卖，用来补贴家用。到市场上他发现，自家的枇杷小，肉少籽大，味道也一般，根本没有人买。当地另一家的枇杷个头大，很快被抢光。显然，品种差别大。赵方彪也买了一斤，只有 3 个枇杷。拿回家后尝了尝确实比自家的好吃多了。赵方彪就把 3 颗枇杷籽种在地里，每隔几天，他都要去浇水。半个月后，长出了 2 棵小树苗，他精心照料。三年过去，小树苗慢慢地长大挂果了，与他的老品种相比，新品种个头大，且圆润饱满，香甜可口。

常言道，好种出好苗，好树结好桃。赵方彪把新品种嫁接到老枇杷树上，开始改良品种。为了扩大种植面积，赵方彪在荒山上种上 150 多棵新品种枇杷树。到了枇杷收获期，他的枇杷竟然卖到 2 元钱一斤，比原来的品种高出一倍多。

2011 年，赵方彪的枇杷收入达到 8000 元。2013 年建起了小洋房，买了摩托车。

左邻右舍看到赵方彪家的枇杷赚了钱，都纷纷到他家来取经。赵方彪毫不吝啬，不仅教大家剪树嫁接，还帮助村民们搞好果树管理。

在他的带动下，小寨村的枇杷产业越做越大，枇杷市场价格已经卖到 10 元一斤。赵方彪带动乡亲们通过互联网、微信打开了市场，一时成为“网红”。有人从昆明打电话来订购，也有外地人直接跑到他的枇杷树下收购。

赵方彪满脸笑容：“现在是不怕没销路，只怕没枇杷卖。我可以不用再出去打零工了，和大伙一块在家门口就能富起来。”

6. 创业悲喜录

大寨镇小寨村还有一位远近闻名的能人，他叫杨洪贵，被村民们誉为“金丝枣”大王，还受到县委书记张华昆的点赞。

1995 年，杨洪贵从大寨中学毕业后，到昆明打工，一个月能挣七八百元。虽然辛苦，他很知足。

“宁当一分钱的老板，也不打 10 元的工。”工友们无奈的一句话让杨洪贵从中悟出了什么。他突然有了创业的冲动。

思路一变天地宽。他和妻子在昆明街头做起了卖米线、炸洋芋的生意。虽说早起晚睡也很辛苦，但挣钱多了，日子不再拮据。一晃 14 年过去了。

2009 年，杨洪贵和妻子回到家乡。凭着手头的一点小积蓄，他在大寨中学门口租了门面，继续做炸洋芋的生意。有人见杨洪贵炸洋芋可以赚到钱，也跟着学。炸洋芋的越来越多，生意越来越不好做了。

第二年，杨洪贵又换“思路”做起了卤鸭生意。卤鸭不像炸洋芋那么简单，必须有专业的烹饪技术。杨洪贵专门跑到重庆拜师学艺。一个星期后，杨洪贵回到家里开始卤鸭，可折腾了半天，就是做不出顾客想要的“那个味儿”。

没办法，他直接把重庆的师傅请到家里，手把手地跟着学。功夫不负苦心人，他终于掌握了卤鸭的“巧门”。

几天后，师傅要回重庆了。为表达感激之情，杨洪贵把准备好的 1000 元钱塞给师傅。可师傅不忍心收，对他说：“你们这里太穷了。这钱，你就留着做生意垫本吧！”

一招鲜，吃遍天。杨洪贵不断总结提高，烹饪技术越练越精，卤鸭生意也一天比一天好，一个月下来常常会有五六千元的收入。

然而，当看到村里不少人外出务工，家里的土地撂荒的情景时，杨洪贵心中不安。而且，村里的乡亲们还是传统种植，忙活一年收入不多，种地的积极性也没了。这成了他的心事。

有一天，他在电视里看到一个叫《致富经》的节目，里面讲某个村的农民成立了合作社，把流转的土地集中开发种植，高产高效益，全村富起来。于是，他又改变思路，打起了土地的主意。

这天晚上躺在被窝里，杨洪贵给妻子吹起了枕头风。当他把成立合作社的想法告诉妻子时，妻子先是不表态，后是嗔怪他："好日子烧得嘴？不知足！吃着碗里看着锅里。"

杨洪贵一下子急了。他说："现在的生意是不错，一天赚个两三百元不成问题。可你想过没有？做卤鸭的多起来，咱们怎么办？这种小生意路子窄。若是带着村里乡亲们一块开发种植，肯定比卤鸭挣钱！"

"你这是枕着扁担睡觉——想得太宽了吧。"妻子扭过身子给他个背。

"头发长见识短了吧，你瞧！村里人大多外出务工，这地撂荒了。山里的土地少，本来就珍贵，若是集中起来经营，成立个公司什么的，一定能成。外地有这么做的。"不管杨洪贵怎么说，妻子就是不理他。

杨洪贵突然想起妇女们常说的那句话来：男人要宠，女人要哄。他挠了一下妻子背上的痒痒肉，逗她说："嘿！搞个公司合作社什么，你就是大老板娘嘴哩！"

妻子忍不住，咯咯地笑着转过身来，娇娇地说："亏你想得出嘴！"

他把妻子说动了。夫妻俩兴奋得一夜没睡着，一直畅想着未来，盘算着怎么干。

俗语说得好，桃三杏四梨五年，枣树当年能换钱。一番考察，杨洪贵和妻子决定把做卤鸭赚到的"第一桶金"投向种植金丝枣项目上。

他和妻子骑着摩托车到昆明市东川区购买了枣树苗拉回村里，并动员亲朋好友一起栽种，发展金丝枣产业。

经过多方支持和积极运作，杨洪贵创办的"巧家县洪硕种植农民专业合作社"在一阵鞭炮声中挂牌成立了。

畅想很性感，现实却骨感。没想到的是，因为种植不得法，第二年开春枣苗就死了一半，几万元钱一下子打了水漂。杨洪贵心里一阵洼凉。

合作社里有人埋怨他"竹背篓打水一场空"；有几户没了信心，要求退出来。还有人劝他："山猪都吃不来细米糠哩！你还是去做你的卤鸭吧。"

妻子却豪爽地对他说："开弓没有回头箭嘛！别灰心，算是交学费了。"鼓励他，"从头再来。"

他从东川请来技术人员指导，才慢慢提高了枣苗的成活率。不久，倒霉又一次袭来。枣树发生了病虫害，眼看就要收获的枣子大颗大颗地从树枝上掉下来，损失惨重。

望着七零八落的枣林，杨洪贵的心像被刀子扎了一样难受，想不到这片希望之地竟然成为他的伤心地。

杨洪贵觉得对不起合作社的成员，也对不起这个家。为了金丝枣，他忍痛把自家种植了多年的核桃树砍掉，母亲气得半个月没和他说一句话；为了金丝枣，他请不起工人，就和妻子一篓篓地把农家肥背到枣林地，整整半个月，肩膀上都磨破出了血；为了金丝枣，他带着合作社的成员每天早出晚归，很多时候，都是妻子把饭送到地头上……

晚上，杨洪贵躺在床上翻来覆去"烙馅饼"。妻子看他睡不着，安慰说："别烦心，天无绝人之路。"

"还是去做卤鸭吧。"他懊丧地说。

"你都把摊子转让了，咋子噶再做？好马不吃回头草。"妻子又鼓励他，"别泄气，哪有烧不开的锅？咱差的是技术噶。拿出你当初学做卤鸭的劲头来，去拜师学艺吧。"

妻子暖心的话像一杯热酒直达心底，杨洪贵点点头，挫败感顿时消失得无影无踪。

夫妻同心，其利断金。听了妻子的话，杨洪贵积极报名参加了县里举办的农业种植技术培训班，虚心向专家请教，终于掌握了种植金丝枣的奥秘。

苍天不负有心人，经过一次次摸爬滚打，杨洪贵的合作社种植的 15 亩金丝枣终于在 2017 年有了回报，纯收入 8 万多元，每户收益 2 万多元。

村民都羡慕杨洪贵，说他是碗盆里摸鱼——攥（赚）了一把。又有 8 户农民主动要求加入了他的专业合作社。

合作社发展起来，妻子里里外外忙着帮他打理，成了他的贤内助，也收获了"老板娘"称呼。

发展产业，离不开灌溉用水。为支持小寨村金丝枣产业的发展，一个由政府投资 300 多万元的大水池正在修建中。

杨洪贵说："水池建好后，可以满足全村的农业用水，到时就可以放心大胆地带领乡亲们种植金丝枣和花椒了。"

几易春秋，几许寒暑，在巧家县大寨镇小寨村的一片山坡上，一棵棵金丝枣树长势正旺，一串串结实而饱满的枣子在阳光的照射下亮得刺眼。杨洪贵开心地说："我已经想好了，等这些枣子成熟了，就给它们打一句最浪漫的广告语——'枣'就想和你在一起！"

后来，杨洪贵利用"洪硕种植农民专业合作社"吸纳了 136 户村民入股，其中就有 48 户建档立卡贫困户。他还优化花椒品种，组织大家扩大花椒种植面积，拓宽产业发展渠道，提高农户抗风险能力。

随着合作社的实力壮大，他又采取"村集体 + 合作社 + 基地 + 农户"运行模式，为村民提供优质种苗、栽培技术、信息、产品销售等服务，实现"统一良种供给、统一技术标准、统一生产管理、统一产品营销"，带动全村一起发展，家家受益。

如今，一进小寨村，就能看到郁郁葱葱的青花椒在阳光的照射下油光发亮，阵阵椒香扑鼻而来。而那火红的金丝枣挂满了枝头，村民的脸上也都挂满了收获的喜悦。

县委书记张华昆来到小寨村，在枣林里见到了杨洪贵。他赞扬说："你不断改变思路坚持创业，尤其是遇到挫折不放弃。成功了，还带领大伙一块发展产业，一块脱贫致富，这种精神正是我们巧家脱贫攻坚要大力提倡的。你为大家树立了好榜样，都应该向你学习。希望你继续努力，带领乡亲们把合作社办得更好。"

为了大力发展山乡的特色种植经济，在大寨镇党委、镇人民政府引导下，各村相继成立了专业合作社和集体经济组织，为下一步打造电商平台奠定了基础。

大寨镇与四川省宁南县隔江相望，这里高山低谷，群山高耸，峭壁林立，金沙江水流湍急，白鹤滩水电站大坝就建在这里。这是金沙江上最大的水电工程项目，也是国家的超级工程。

大寨镇作为巧家县的一个贫困镇，迎来千载难逢的历史性机遇。大寨将借势而为，于 2019 年实现整体脱贫，彻底甩掉“穷帽子”。

2017 年 8 月，蕴含着丰富彝族文化遗产的传统村落大寨镇车坪村被列入国家“民族文化村落”保护名录。彝族“火把节”在这里红红火火地连续举办了几届，已将车坪村打造成文旅融合的旅游热点。

在巧家县旅游开发的棋盘上对大寨已有布局，依托白鹤滩水电站的旅游优势，打造“大山大水、大美大寨”水电特色小镇。文化旅游将成为大寨镇的一大支柱产业。

行走在巧家的江峡山川，处处感受到“绿水青山就是金山银山”的理念指导产业发展带来的巨大变化。

7. 兴隆村里说兴隆

“人口上，金塘镇在全县属于小镇，但我们是产业大镇，烤烟、蚕桑两大产业名列全县前茅。仅蚕桑一项，农民的实际收入就有 1000 多万元。”在金塘镇一见面，镇党委书记谭宗富就说起桑蚕。最让金塘人自豪的是，种桑养蚕给老百姓带来更多的实惠，成为金塘镇脱贫攻坚战的一招“利器”。

“这几年，我们对全镇 4000 亩中低产桑园进行改造，并在政策扶持的基础上，鼓励农户建蚕房。新建蚕房达到 410 多间，桑蚕养殖规模不断扩大。”谭宗富说，“镇里建立了蚕业服务中心，每个村有一名技术员，为蚕农提供技术支撑。科技养蚕的质量和水平大幅度提高。”

2015 年 10 月，巧家县热区产业开发办公室的段顺奎来到兴隆村驻村扶贫，并担任第一书记。他了解到当地的自然环境，土地条件，发现兴隆村十分适应蚕桑产业的发展。提出发展桑蚕产业，得到村干部的大力扶持。

走进金塘镇兴隆村，处处看到的是：新村美如画，村民笑满面。

在兴隆村村委会门前的广场上，村主任王自琴说：“我们村 3200 多口人，在金塘镇算是一个大村，但在 2000 年前，也是金塘镇最贫穷的村。”

2015 年，王自琴被评为云南省“先进妇女”受到省妇联的表彰。她说：“当时，改变村落后面貌是我最大的心愿。这几年，在县热开办的帮助下，段书记坐镇指导，带着我们栽桑养蚕，发展种植养殖产业，老百姓的日子逐渐好起来。”

在养蚕大户杨海仟家，看到他刚刚修建的大蚕房。杨海仟长得人高马大，看上去做事风风火火。他说：“以前，我在外打工做过很多行业，像钢筋工、泥水匠等，但家里的事一点也顾不上。后来政府组织我们出去学习，借鉴经验，我才慢慢学会了养蚕。”

如今，杨海仟成为村里的养蚕大户。“去年我养了 33 张，预计今年可以达到 35 张至 40 张，今年的收入，如果气候条件允许的话，能够突破 7 万元。”他还说，“我开了荒山种桑树，能保证我养 17 张蚕。养蚕是一个产业链，首先要种好桑树，再把桑蚕养起来，投入还是比较大的。如果不是扶贫政策的支持，靠个人发展起来还是比较困难的。”

杨海仟是兴隆村的蚕桑大户，也是蚕桑辅导员。他得到县里组织实施的大蚕房项目的支持。利用这个项目，他盖大蚕房带动了十五六户。村主任王自琴说：“这样的项目我们村实施了五户，在他们的带动下，村民每年收入提高到一万元至一万五千元。”

2017 年，兴隆村已发展蚕桑产业 2650 亩，核桃产业 260 亩，花椒产业 450 亩，全村人均有一亩以上蚕桑或者花椒、核桃产业。以产业为依托，群众逐步走上了富裕之路。

“金塘镇的蚕桑产业几乎实现了全覆盖。养蚕不仅让老百姓富起来，也让老百姓文明了。”镇人大主席陈娇说，“养蚕特别讲究，它对环境卫生要求很高。这要求我们的农户必须讲究卫生。”人出汗进入蚕房都会有影响，所以要求在养蚕的整个过程中都需要经过消毒处理，门外还有石灰处理，房子还要通风，天窗、地脚窗等保持通风。她开心地说：“种桑养蚕不仅增收致富，还改变了农村的陈规旧习和村民不良生活习惯，促进了乡村精神文明建设，一举多得。”

在兴隆村走访，来到村民小组长刘开明家。他家原来住的是土房。去年，按照条件，他家享受到易地搬迁的扶贫政策，现在住的是两层砖房。

刘明开在新房前自豪地说："我家有三四亩地，基本上种的是蚕桑。一年下来养蚕收入 2 万元以上。我这个组其中有 10 户贫困户，2016 年，通过养蚕已经脱贫了。"

兴隆村田坝是建成不久的易地扶贫安置点，一幢幢漂亮的楼房依山而建。房在林中，林在院中，人与自然的完美融洽，犹如一幅彩画；整洁干净的硬化道路，在田间相互穿插交错，再延伸到村中每户人家。

"以前条件不好，土墙瓦房。现在我家修了两层房，一楼一底。"村民程启亮高兴地说。

谈起现在的生活，村民程启亮满脸的笑容就一直没断过，赞叹精准扶贫政策好，让自己的生活有了巨大的改变。他用一首打油诗表达自己的感受：

看山一片青，看村一片新。
两边水泥路，中间新农村。
牛羊满山跑，收成连年增。
脱贫奔小康，日子好舒心。

走进新村，除了美丽的村貌环境，两边像是树雕盆景一样的树桩引人注目。这些都是桑树，正是兴隆村蓬勃发展的支柱产业。

谭宗富信心十足地说："金塘镇也是白鹤滩电站的移民搬迁大镇。结合易地搬迁进一步做好基础设施，大力发展农业特色产业，促进群众连年增收，确保 2019 年脱贫摘帽不成问题。"

8.“巧家蚕桑”公众号

如何按照“大产业 + 新主体 + 新平台”的思路，用工业化的理念发展农业产业，走规模化、标准化、品牌化路子，积极培育新型农业主体，充分利用互联网等新平台，推进产业发展，一直是巧家人最关心的。

2017 年 9 月 22 日，巧家县热开办打造的蚕桑信息化平台正式开通了。

巧家县蚕桑信息化平台由微信公众号“巧家蚕桑”和短信群发平台构成，标志着政府服务蚕桑产业发展打通了“最后一公里”。

半年前，县热开办通过逐村逐户进行蚕农信息收集，掌握了全县 1.84 万养蚕户的信息。其中，拥有手机的养蚕户近 1.3 万人。县里决定建立蚕桑信息平台，对农民栽桑养蚕及时进行科技指导，开通“直通车”。

金塘镇产业办负责人杨仕俊说：“蚕桑信息化平台的建立，可以减轻基层科技人员的工作压力，有利于直接对蚕农进行指导和市场信息发布，这是政府服务于桑蚕产业技术手段的一次大提升。”

金塘镇兴隆村养蚕大户杨海仟最有感触：“以前，每到定发蚕种季节，给家家打电话，每次都要 3~4 个小时。有了蚕桑信息化平台，发一条短信出去就可以了。蚕农还能够通过这个平台和专家直接进行交流。这是我们期盼已久的科技手段。”

作为巧家蚕桑加工的龙头企业，长江丝绸有限公司分管蚕桑的经理李万梅说：“我们及时收集相关蚕农信息进行更新，充分利用这个平台发送栽桑养蚕信息，指导农户养蚕，提高蚕农收入，促进公司发展。”

几年来，巧家县委、县政府提出把培育蚕桑特色产业纳入“绿色经济强县”和“产业富县”的发展战略，蚕桑产业已成为巧家的亿元产业之一。

2018 年 10 月，巧家县爆出好消息，全县秋茧收购全部结束，蚕农收入、鲜茧产量、养蚕张数均有新突破，蚕农售茧收入再创新高。据统计，全县 1.8 万余户蚕农养蚕同比增长 6.1%，蚕农收入同比增加收入 791 万多元，增长 43%。

“蚕宝宝”名副其实地成为巧家人的“金娃娃”。

9. 进城淘金去

周兴聪的妻子吴青焕在手机视频里边笑边说，她像做梦一样，从一个大山沟里跑到城市里一下子变成了“上班族”“城里人”。

蒙姑镇干冲村村民周兴聪一家七口人，父母八十多岁了，三个孩子都上学。前几年，因为给老人看病和家里盖房子，欠下了十多万元。虽说这几年的扶贫政策给他家带来不少实惠，解决了不少困难，但要还上欠下的债务没什么指望。他和妻子吴青焕常因还债一筹莫展。周兴聪想和妻子出去打工，苦于没有门路，也不懂什么技术。

2019 年春节刚过，周兴聪听说县里举办东莞企业劳务招聘会，他抱着碰碰运气的心态来到县城，想不到他被录用了。不光他被录用了，他说他妻子也能干，招聘人员把他们夫妻一块录用了。

几天之后，他和妻子来到东莞市樟木头镇一家光学科技有限公司做操作工。实习三个月后便成这家企业的正式工人，月薪 4500 元，而且包吃包住，购买五险。两口子在一起上班，还能天天团聚，日子过得很舒心。

2020 年元旦前，给周兴聪打手机视频。问他：“上班怎么样？还好吧？”

“好好好。好得很！”

他还说：“准备在东莞市过春节，不回家了。多挣些钱，早点把欠下的债还了。”

“上班辛苦不辛苦？”

“苦是不觉得苦，就是紧张噶。”他又把手机镜头转给妻子吴青焕。吴青焕对镜头招招手说：“你好！没得苦，我觉得好有幸福感噶！”说完，咯咯地笑起来。

和周兴聪夫妻一样，成千上万的巧家人通过劳务输出走出大山、走向城市，成为“工薪”阶层。

原农村人力资源开发办公室主任倖代发说：“2016 年开始，全县转移富余劳动力 15.0169 万人，创劳务收入达到 29.5 亿元。下一步，劳务技能培训和输出重点放在建档立卡的贫困户上，专业技能培训力度也越来越大。”

与周兴聪夫妻一起来到东莞的还有巧家东坪镇东坪社区的刘荣新。他今年21岁，年轻力壮，在家忙完地里的活就闲着没事干。谈女友，一听他没房子就和他拜拜了。他想自己有套新房子，家里没这个能力。现在，他说不用担心了，两三年就能把房屋盖起来。问他有女朋友了没有。小伙子有点腼腆，不好意思地说："家里有几个亲戚给介绍呢，要等到春节回家才能见面。"

巧家县立足县情，遵循市场规律，在大力发展农业产业的同时，实施劳动力转移，多方并举，把劳务产业作为增加农民收入的重要来源，如今已成为带动县域经济发展的支柱产业。

巧家扶贫信息化服务平台"大数据"显示：到2019年上半年，巧家县转移就业劳动力达到17万人，占总劳动力41.6%。其中出省务工就有3.4万人，县外务工11.3万人。

巧家县坚持以市场需求为导向，以信息服务为支撑，以职业技能培训为手段，县、乡、村三级联动。在农闲季节，对群众进行"定向"和"订单"式职业技能培训，提高劳务技能和劳动者素质。

2019年，先后培训电工、焊工、钢筋工、砌筑工、手工编制和家政服务等工种3500人，其中培训建档立卡户劳动力2400人。开展农村实用技术培训20000多人。

为保障农民工有序输出，稳定就业，安心挣钱，由县委常委、分管副县长带领有关部门人员，先后到广东东莞市、福建莆田市等地专门考察用工市场，并与当地15家用工单位建立了劳务合作伙伴关系，一次输出农民工800多人。

县政府已进一步采取措施，确保每年转移输出农村劳动力稳定在15万人以上，劳务工总收入在30亿元以上。劳务输出为巧家的脱贫攻坚撑起"半边天"。

每年春节过后，巧家县都要开展"春风行动"——举办春季招聘会。邀请东莞市、中山市、厦门市、昆明市等46家企业到巧家招聘农民工。三年来，通过这种形式，已为巧家农民兄弟提供了8000个岗位。

金塘镇煤炭村的谭朝富就是2018年2月24日经劳务派遣公司组织来到浙江省湖州市胜僖电子科技有限公司上班的。经过培训后，他成为一名制作汽车触摸屏的技术工，月工资5000元以上。他说，和他一块来这里上班的巧家籍农民工有 22 人。他们不仅是进城的“淘金者”，有的还在当地谈了对象，准备把家安在城市里。

随着外出打工人员增多，山乡的改变在悄悄发生。外出打工的农民腰包日渐鼓了，房子盖漂亮了，生活更宽裕了。打工的人越来越多，形成了打工潮。一些农民工还由“候鸟式”输出转为常年输出，举家迁入城市，融入城市。

巧家县把外出务工人员的培训、管理和权益保障作为“暖心工程”。县人力资源和社会保障局在广东、浙江、昆明等地建立了劳务管理工作站，成立了农民工党支部和工作微信群，由专人负责劳务的管理工作，被农民工称为排忧解难的“娘家人”。

巧家县还与劳务输出地机构共建农村劳动力外出务工信息交互平台，与劳务输入地劳动保障部门保持联系沟通，及时为农民工提供岗位信息、技能培训和法律援助，创造了良好的务工环境，让远离家乡的农民工永远有一个跟着的“家”。

过去，这支被称为“流等大军”的亿万农民兄弟，如今有了和城市里人一样的待遇、社会保障和各种权益，也同样有了“城市尊严”。

城市，不仅是农民兄弟增收脱贫的“财源”地，也成为他们接受学习培训、提升素质的大课堂和“第二家园”。

第十章

从阿泥卡到清华园

巧家第一个清华生感慨地说："新中国成立近70年了，60多万人的大县，才考出来我一个。想想，心里难过。教育落后，家乡能不贫穷吗？"

扶贫，就是扶人。乡村教育或是最后的贫困"堡垒"。

1. 情满学子路

沈仁菊 1995 年 6 月出生时，母亲只能用家里仅有的洋芋泥和苞谷糊糊喂养他。尽管沈仁菊在饥饿中慢慢长大，但爷爷坚持认为，他身上有富贵人家的血统。

爷爷常说，他们沈家是沈万三的后裔，明朝时祖上跟随开国名将傅友德将军打到云南，负伤后便和一部分将士留守当地。几经战乱，世事沧桑，其家族一部分流落至老店一带安家营生。阿泥卡的沈氏家族，到他已是第 6 代。

常言道，身穷穷一时、心穷穷三代。爷爷年轻时爱读书。家穷得饭都吃不饱，哪有条件读书？他到山上给人家放羊，手里总会拿着一块木板，用黄土或者木炭在上面学写字，不懂就到学校问先生。他通过这种方式认识了一些字，有了文化，后来被招到镇里供销社上班，直到退休。

爷爷一生中养育了五个子女。虽说，他心不穷，但因为山沟里教育落后，孩子们都没有走出大山。

沈仁菊小时候喜欢摆弄爷爷的书。也许爷爷觉得这个小孙子爱读书，又聪慧，出门总喜欢带上他，给他讲故事，教他认字。沈仁菊从小就认识了山上的好多草木动物。爷爷带着他走过不少地方，就是为了让他了解外面的世界，希望他将来走得更远。

爷爷是他人生的第一个启蒙老师。

沈仁菊上学了。一天放学回来，他伏在那张斑驳凸凹的小饭桌上做作业，爷爷坐在一旁，抱起铮亮的水烟袋，一条腿盘着另一条腿，呼噜呼噜地吸了几口，眯着眼睛，得意地端详着孙子。然后，跟孙子讲："孙子哦！以后你要好好读书噶。"

"是是。好好读书噶。"沈仁菊点头答应着。

"长大之后要考大学噶。"爷爷又说。

"是是，考大学噶。"

"考大学就报两个志愿：一个清华，一个北大噶。"

"好好。清华，北大噶。"

沈仁菊满口答应着爷爷，但他根本不知道清华、北大是什么。爷爷看着小孙子，乐得胡子翘好高。

沈仁菊是家中老幺，上面还有哥哥和姐姐。从小就爱学习的他，也因此得到了家里人更多关注和疼爱。因为家里穷，哥哥姐姐先后辍学，家里一直供他上学。

沈仁菊的父母身体都不好，长年生病。一家五口就靠几亩贫瘠的山地维持生计，生活十分艰难。在沈仁菊的记忆中，家里经常向亲戚借钱。洋芋、苞谷一直是家里的主食。养头猪是要卖钱的，只有在过年时才能吃上一顿肉。家里的衣服也是新三年、旧三年，缝缝补补又三年，大的穿过小的穿。沈仁菊十几岁了，还穿着姐姐的粉红色衣服去上学。

阿泥卡村没有小学，沈仁菊天不亮就起床，要走一小时的路程去邻村上学。早上吃点烤洋芋或苞谷饭，学校里没午饭，下午放学回到家里才能吃到东西。也就是从那时起，他心里有个念头——一定要好好读书。有了文化，才可以走出大山，不再饿肚子。

沈仁菊要上初中了，老师向他父母建议让他上一所好的中学，将来可以考一所好的大学。可是家里条件太差，父母做点淀粉苦钱，勉强支撑家用，没有能力送他到外地上学。父亲望着他，深深地吸了一口老烟袋，叹口气说："家里情况也就这样了。没办法，只有靠你自己努力了。"

沈仁菊只能接受现实的安排，在家乡的老店镇中学读书。幸运的是，沈仁菊遇到了一位好老师——班主任洪开亮。

洪开亮是一位比较有情怀的老师，他对学生的关怀是全方位的。无论是学习还是生活，只要他教的学生，他都会特别尽心尽力地去关心和照顾。他看到沈仁菊吃不饱，经常带他到家里吃饭。其实，乡村教师的工资也不高，生活也很清贫。洪老师对待学生就像对待自己的孩子一样。

2010年，沈仁菊以优异的成绩考入昭通市第一中学，入学的学费是父亲四处借来的。在国家的扶贫政策扶持下，昭通市第一中学为品学兼优的贫困生，开设了一个宏志班，不仅免除了学杂费，还给予一定的生活补助。洪开亮老师经过多方联系，帮助沈仁菊进入了宏志班，为他减轻了家庭负担和后顾之忧。

沈仁菊虽在昭通市上学，洪老师一直跟他保持联系，经常询问他的学习情况，遇到困难总是鼓励他、安慰他，怕他因为家庭困难而辍学。沈仁菊说："他在我心中就是一个引路人。"

沈仁菊刚进入昭通一中时，成绩并不是特别理想。有一段时间，沈仁菊感到很迷茫，不知道向哪个方向努力。洪老师鼓励他："要树立远大的目标，敢于去梦想。无论路有多远、困难有多大，有了梦想，就有了奋斗的动力。只要全力拼搏就能改变命运。"正是洪老师的鼓励，沈仁菊才有了信心，成绩不断提高。

沈仁菊一路走来的人生是幸运的。他在昭通一中又幸运地遇到了班主任张书益。张书益老师也是老店中学毕业的，而且成为老店中学第一个考进昭通一中的学生。

张书益大学毕业后到昭通一中任教。沈仁菊上初中时，就知道张书益的故事。"老店中学的老师经常拿张书益给大家做榜样，用他刻苦学习的精神鼓励大家。"

张书益成为沈仁菊的班主任，这让沈仁菊倍感幸运。他把张书益作为自己努力的榜样，不断激励自己。

"张书益老师的身体一直不太好，每个周末都会去医院看病，长年需要吃药。但他非常敬业，是对学生既有爱心又有耐心还要求严格的那种老师。无论是酷暑还是寒冬，他每天早上7点前准时出现在教室门口，看着学生一个个进来自习。"沈仁菊说，"去晚了就会觉得特别不好意思，特别内疚。这对同学们来说是一种无声的督促。虽然只教了我一年，但张书益老师留给我的印象特别深刻。其实，张老师本身就是一个模范，一个榜样，一种力量。”在张书益老师的激励下，沈仁菊通过自己的不断努力，由刚入校时成绩在 400 名左右，跃升到班级前列。

高考冲刺时，沈仁菊一时拿不定主意。张书益老师送给他三句话：“求乎其上，得乎其中；求乎其中，得乎其下；求乎其下，两手空空。”让他脑洞大开。

“物质上的帮扶解决了上学时的困难，精神上的鼓励温暖我一生。”沈仁菊至今心怀感激。

2012 年的中秋前夕，当沈仁菊正为高考努力拼搏的时候，爷爷去世了。沈仁菊得知这个消息，想回家奔丧。父亲告诉他，爷爷生前有交代，不让他回去，要他安心学习。考上清华、北大才是对爷爷最好的报答和祭奠。爷爷的离去再次激起他一定要考取清华或北大的强烈愿望。这一年，他从年级组的前 100 名左右，一跃进入前 30 名。

回想起那段痛苦的日子，沈仁菊说：“爷爷去世了，虽然他没看到我考上大学的那一天了，但我总不能辜负他的希望，我要争取上清华或北大。虽然我的成绩并不一定能保证有这个结果，但只要我努力就有这个希望。人生难得一搏，拼一把也是很值得的。”

就这样，沈仁菊在学习上犹如钟表的发条越拧越紧，直到高考前的最后一刻，始终有一个坚定的信念支撑着他。

2013 年的 6 月 19 日，是沈仁菊无法忘记的日子。一家人正围坐在一起吃午饭，他的手机响了。电话是清华大学招生办的老师打来的。通知沈仁菊，他以 683 分的成绩被清华大学土木工程专业录取，通知书会用挂号寄到县教育局。

母亲放下碗筷，抹起了眼泪。父亲说：“娃，争气了。”

沈仁菊冲出家门，跑到爷爷的坟前，双膝跪下，泪流满脸地说道：“爷爷，您老人家可以安息了。”

一个不经意的期许使他梦想成真。

成功的喜悦没有让沈仁菊忘记感恩。他立刻给洪开亮、张书益等几位老师打电话，分享了这一喜讯。

在这个偏僻闭塞的小山村里，走出了一位清华大学生，也是巧家县的第一位清华大学生。消息不胫而走，人们喜出望外。左邻右舍、乡县部门纷纷向沈仁菊祝贺、慰问。他家本族的一位叔叔对他的一番嘱咐，让他终生铭记：

“娃，你考上了清华大学，这是全国一流的名校。但是，不要骄傲。你要记住三句话：第一句，你要懂得感恩。无论是家庭、亲戚邻居，还是国家、学校那些老师，都给你那么多帮助。你上了昭通市最好的学校，你要感谢这个社会，回报社会。

“第二句，你从阿泥卡走出去已经不再是你个人了，你代表的是阿泥卡。周围的亲朋好友都过来祝贺你，对你充满着希望的，你是他们的希望；后面的孩子也会拿你做榜样，向你学习。所以，任何时候，你不能让他们失望。

“第三句，你的路还长着呢。无论走哪里，都要老实做人，踏实做事，行高致远，报效国家。”

2013 年的 8 月 20 日，沈仁菊告别家乡，前往清华大学报到。这一年，云南一家企业为考取清华、北大的学子包了一架飞机送他们入学。

沈仁菊第一次坐上了飞机，他的梦也在天空中飞翔。他向往的祖国首都、雄伟壮丽的天安门、现代化的建筑、美丽的清华园……所有的想象都扑面而来。

2. 乡村教育囧相

引起对乡村教育的关注，是在新店镇深入生活时深切感受到贫困地区的教育脱贫面临的诸多艰难。

2016 年底，在新店中学召开的一次教育座谈会上，新店中学校长张家银和老师们对“教育扶贫”面临的困惑表达了深深的忧虑。

大家都说乡村教育的基础设施欠账太多。2003 年，张家银调到新店中学任教时，除了有几间教室外，学校里没有食堂，没有厕所。这几年通过教育扶贫，逐渐有所改善。学校的场地、设施仍有很大差距。学校 19 个班级，校园不足半个足球场大，保证不了体育课。自 1991 年，新店学校就开始征地扩建，与校园相邻的一块地规划了多年一直没征过来。因为遇到了一家“困难户”要价太高，五届镇党委、镇政府班子都没有做通工作，严重制约了学校的建设发展，成为新店镇党委、镇政府多年来的一块心病。

2014年“8·03”地震后，新店镇党委、镇政府决心利用恢复重建的机会，按照标准对新店中学进行扩建，下决心把这块地征过来，不能让孩子们再受委屈了，不能因为一家“困难户”影响了百年大计。

镇党委书记王红祥带着村干部，不厌其烦地一次次上门做工作，苦口婆心地劝说，磨破了嘴皮子，想了许多办法。最后在镇干部的感召下，在扶贫政策的温暖下，终于融化了一颗被贫穷凝固的心。“困难户”同意搬迁，新店中学开始扩建。

张家银校长说：“现在我们贫困山区的教育发展什么都缺，属于整体的落后。不光缺场地，缺教学设备，更缺老师。按国家标准师生比例来算，需要108个老师，现在还差40多个老师。大班额上课是不得已，有的班90多个学生，甚至还有过一个班160名学生的情况。”

有一次，从北京来了一位教育方面的专家，到巧家县调研。一位老师向他汇报这种情况，他说这是撒谎。陪同前来的昭通市教育局的同志解释说：“专家同志，这是事实，他没撒谎，的确有这个事情。”这位专家觉得不可思议。一个班160多名学生，怎么教学？

“事实确实如此。女教师不想在贫困山区安家落户，男教师讨老婆很困难，也不想来了，来了就想办法走出去。教师队伍很不稳定，教育质量很难提高。优秀人才吸引不过来，教育怎么发展？人才怎么培养？”

巧家县教育局在昭通市面向全社会招聘教师，原来要求中学教师必须是本科以上，但招不来，只好放低标准招专科。张家银说：“这肯定不利于提高教育质量的嘛！”

老师们道出了教育的艰难，也感受到教育的成就与欣慰。

张家银任校长近10年间，调进了12个老师，也调走了10多个老师。尽管如此，新店中学还是培养了一批优秀学生。

2009年从这里初中毕业的女生温静，是孤儿。上初中一年级时母亲去世了，高一时她父亲又去世了。杨庆波和她的班主任严老师都会拿钱给她，但她很有志气。

有一次，老师们给她钱。温静难过地说：“老师，你们也不容易，将来一定还你们。”

杨庆波说：“好孩子，不用还了，只要你好好读书就行，就当给你发的奖金了。”

2012 年，温静由昭通一中毕业后考入四川大学化学系。2016 年大学毕业后，在广州就业了，成为教育脱贫的新一代。

新店还走出一名北大生，叫徐钢坪，老师们都为他骄傲。他初中的班主任就是杨庆波老师。

杨庆波老师带的班有好几个学生是单亲家庭，他教英语、音乐，张校长教语文。徐钢坪也是单亲家庭，他妈妈去世时他只有 2 岁。徐钢坪学习很刻苦。爸爸长年在外打工，他连家都没有。他有个姐姐已经出嫁了。每逢周末或假期，他只能去姐姐家。

有段时间徐钢坪的英语稍微掉下来点，杨庆波老师鼓励他要再努力，将来要考好的高中。杨庆波老师用温静的例子来激励他。

杨庆波老师说，温静的例子对徐钢坪很有促进。别人在外面玩，徐钢坪一个人在教室里抱着书看，后来他考到巧家一中的宏志班。作为一个单亲的留守儿童，他的整个教育就是在学校里完成的。

由于很多家长外出打工，贫困乡村留守儿童多，有的地方甚至达到了 80% 的留守儿童。儿童教育应包括家庭教育、社会教育、学校教育，而留守儿童的家庭教育是缺失的。大多留守儿童跟着爷爷奶奶或外公外婆生活，老人很难对孩子进行正确的管理和引导。

老师们担忧的是，本来家里给孩子们买手机是拿来跟父母联系的，但不少孩子用来上网、聊天、打游戏，这怎么管呢？星期六、星期日回去，不知他们在干什么；还有的学生没地方去，只能待在学校里，这对孩子的健康成长也不利。

老师们感慨，贫困地区的学校真的有很多难处，“教育扶贫”不是一个简单的问题。

杨庆波老师正在做一个论文课题，就是关注留守儿童的心理健康。不少地方采取劳动力转移扶贫，虽说通过外出打工，农民的收入增长了，但许多留守儿童失去家庭关爱。父母是孩子最初的成长模型，父母不在身边，孩子的成长容易迷失。对一个家庭来说，付出的代价可能是一代人。

儿童成长中的家庭教育缺失，已经成为社会的痛点。在贫困地区，留守儿童的数量很大。这关系到下一代的成长，关系到国家的未来。“脱贫与教育”的确是个“怪圈”，很值得研究。

杨庆波说，他教导学生历来强调首先要学会做人，还要树立一种精神。他给毕业班的同学们看《亮剑》这部电视剧，他说：“我觉得人就要有这种精神，再大的困难都要敢于亮剑。只要有奋斗精神，无论做什么事，总会有成功的希望。”

在初三年级冲刺阶段时，杨庆波和同学们一起提炼出班级的班风和班训，还有誓词，把这些励志口号轮换着写在黑板上，每天早晨由团支书记带领同学们大声朗读一遍，让大家振作起来，提起精气神，树立自信心。

那年巧家县中考，前 10 名中有 5 名是杨庆波带的学生。昭通市教育局局长说，一个乡村中学能做到这样，这在昭通教育史上还算很典型的，称其为“新店现象”。后来，那 5 名学生全都考进了重点大学。

2013 年，杨庆波带的一个班有 40 多名学生，其中 23 名考入昭通一中或云天化中学，都是昭通市重点中学。

但是，教师的工资低、工作压力大，又是另一个突出问题。

新店中学一位工作了 17 年的老师，工资 4000 元左右；工作 5~10 年，工资 3000 元左右。尤其是班主任责任重、压力大。由于学校缺少后勤管理人员，老师们还兼负勤杂工作。本来师资力量缺口又大，教师投入教学的精力就被分散了。这些原因都不同程度地影响了教育质量。

张家银校长说，教师是“灵魂”的塑造者，把每一个孩子培养成国之有用之才，是我们的“自命题”。“能把学生培养出来，这是我们做老师的最大心愿和欣慰，也是我们的最大价值和荣光。”

一年以后，在老店中学见到校长彭进超，谈到贫困乡村教育，他说：“教育贫困是最根本的贫困。”学校里确实存在不少问题，教师们也有不少苦衷和忧虑。不过，现在改变很快。

教育扶贫是国家扶贫攻坚的重要领域。在扶贫攻坚中，地方政府对教育越来越关注，扶持的力度也越来越大。就拿困难家庭的学生来说，老店镇已经纳入计划，根据困难程度，确定补助档次。公示后给学生建立档案。然后，由镇民政部门落实救助。每年 1000~3000 元，标准不等，直接打在学生或者家长的卡上，这个已经形成常态了。另外，学校对于品学兼优的贫困生还有一定的奖励和补助。

阿泥卡村就有一个困难户学生，叫耿云宛，品学兼优。她上高中时，政府每年补贴她 3000 元。2017 年考上云南技术学院，政府每个学期补助她 1500 元，一年就是 3000 元，直到她大学毕业。教育扶贫的力度越来越大。

彭进超于 2001 年 7 月毕业于昭通师专（现改为昭通学院），同年 9 月份到老店中学任教至今。

他回忆说：“沈仁菊 2007 年入校的时候我任教务处主任，我当时就担任一个班的数学。2017 年我们老校长调到城里边去了，他觉得我要适合一点，推荐我当校长。我很纠结，对老校长说，我学历低，难以胜任。老校长说，哪有高学历？我看，只有你了。鼓励我，边干边学边提高嘛！”

彭进超又说：“那时，仁菊很努力，更多的是他自学能力强。成功肯定是各个条件都要具备的，失败有一个条件就够了。这是‘木桶原理’。”

2016 年 9 月 9 日，在第 32 个教师节来临之际，习近平来到母校北京市八一学校慰问师生。彭进超说：“习近平的讲话，老师们都能背下来。一个人遇到好老师是人生的幸运，一个学校拥有好老师是学校的光荣，一个民族源源不断涌现出一批又一批好老师则是民族的希望。”

彭进超说：“我认为，我从一名学生成长为一名老师，感同身受，好像都有这种安排。我像沈仁菊一样，也是遇到了好老师。现在自己教书也遇到好学生。其实，考出清华生不是我们的目的。但，让更多的孩子在这贫瘠的大山里成长起来，才是我们做教师的最大心愿。师生之间是相互成就的，没有好老师成就不了好学生；作为一名老师教不出好学生，可以说是不幸的。现在，我当校长面临的最大困惑是师资短缺，教师基本是超负荷在运转。我觉得，缺老师对教学质量的影响太大了。

“事实上，我们面临的问题：不仅教师的数量严重缺编，而且教师的文化程度偏低。前些年，小学里多是代课老师，他教的学生怎么会强？当然我自身基础不好，教学能力也不强。我进了师专才学普通话。我的孩子读小学的时候，我才和他一起学拼音。这时候我才发现，我小学怎么没学？还是老师没讲过？现在我当老师了，对于怎么教好孩子，压力特别大。可以想见，我们贫困地区的基础教育水平是个什么状况了。

“现在，孩子上学一分钱不用拿，免了书费、学费，农村寄宿制也有生活补助，两顿饭都是免费的，但也存在问题。国家下拨给学生的营养餐已经提高到 4 元钱，有一半被孩子浪费了。有些孩子觉得在学校吃食堂没面子，拿着父母给的钱到外面餐馆里买着吃。我们学校没有封闭，每顿饭都有那么两三百个同学出去吃。学校的伙食费就剩下了。农村寄宿制生活补助 125 块钱，营养餐一个月按 20 天下拨，一天 4 块钱，一个月 80 块钱。导致资金结余，结余了又不能平均发给这些孩子。发给孩子们，又会在外面乱吃乱花乱买。这个钱不发也可以，国家又收缴上去了，没办法。我们想整合起来使用，给老师发点超课费，也不行，买醋的钱不能打酱油。孩子营养餐节余了也不能用作其他方面。

“营养餐实行的是零利润，燃料费和食堂工人的工资都不能从营养餐中支付。巧家是按 800 块钱发给工人，现在一个月 800 块钱，谁来给你做？现在教师工资 8000 元还不止了，而宿管是 1180 元，门卫是 1800 元，还要自己交五险一金，实领的也就一千四五。能干的人不愿意来，都到外面打工了，只能找一些老弱病残或者能力、年龄上不适合的人干。孩子往外跑，他们又管不住。我们想从节余的营养餐里，给工勤人员出点工资或奖金也不可能。”

彭进超校长说：“这些实实在在的问题确实难以解决。我们下边没有自主权。总之，上面的政策是好的，但到了下面，实际情况发生了变化，我们就无能为力了。”

谈论起学校曾一度办“重点班”的问题，彭进超校长说：

“到了 2014 年，教育局三令五申不许再办重点班。我们的心愿是把每个班都办成‘重点班’。人们常说，今天的教育是明天的经济，今天的经济是昨天的教育。但是没有投入，教育不上去，肯定不行。”

在县里，谈到教育扶贫，县教育局的负责同志也是眉头紧锁，一脸无奈。学生在校数量正处于高峰期，巧家县师资力量严重不足。2019 年的数字显示：全县在校学生共有 94291 名，教师 4602 名。按国家规定的师生比例标准，全县各类教师缺编达 1096 名，大班问题普遍存在，而且教师的学历也普遍低。尤其是留守儿童的大量增加使学校的管理难度和压力越来越大，成为一个棘手的问题。

县委常委、副县长郭建说，巧家县十分重视教育脱贫。但是，巧家是国家级贫困县，历史欠账太多。尤其教育基础落后。这几年，针对存在的薄弱环节和问题，巧家已经采取多种优惠政策吸引优秀人才进入教育行业，加强教师队伍建设，改善基础设施。他肯定地说：“随着全县脱贫摘帽和乡村振兴，教育会有一个根本改变。”

近几年来，云南省委、省政府高度重视教育，加大工作力度。对家庭经济困难学生就学问题，相继建立健全学生资助政策体系，推出一系列促进教育公平的重要举措和脱贫攻坚的重要手段，切实保障每一个家庭经济困难的学生享受平等接受教育的机会。

2017 年 6 月，云南省委高校工委、省教育厅按照教育精准扶贫的要求，联合发文相继出台了一系列“硬核”政策。其中，七项措施帮助贫困户学生入学，另有八项措施帮助贫困户学生完成大学学习。同时，云南在加强师资力量方面推出“硬核”政策，大幅度提高教师的工资待遇，稳定教师队伍。

彭进超很有信心地说：“这两年，我们教师的工资增长的幅度很大。一个中学校长的工资一万多元。我们是灵魂铸造者，责任重大。不忘教育初心，牢记育人使命。只有尽心尽力才对得起这份责任。”

3. 贫富都在教室里

在师资力量薄弱、设备简陋的校舍里，巧家县每年都有一批优秀学生走进大学校园，实现真正意义上的“脱贫”。

在落后的教学条件下，这些孩子们是怎样冲出大山的？他们在见识了外面的世界后，又是怎样看待巧家脱贫的？如今，巧家的教育发展取得了哪些进展？

有一次，副县长童世铃到北京出差，看望过几个在京就读的巧家籍贫困大学生。这些从贫困山区走出去的孩子们，热爱家乡、关注家乡，他们对脱贫攻坚和教育扶贫有自己的视角与思考。

在童副县长的帮助下，我们与沈仁菊取得联系。2017 年 9 月 23 日晚，经小沈联络，来自巧家的几位北京高校大学生相约在清华校园的近春园，进行了一次关于教育扶贫的小座谈。

来到近春园，不能不让人想到朱自清先生的著名散文《荷塘月色》。此时的荷塘早已不是 90 年前笼罩在黑暗、凄凉与迷茫中的荷塘。而今，每一个清华学子心中都有一个“满月”般的梦，映亮近春园的夜晚。

沈仁菊高挑个头，脸庞白净，一身黑色的便装，热情而谦谨。他和熊才俊、田一超一起到来时，都带着满脸的春风和月光。

熊才俊也是老店镇的，家里也是贫困户。在中学里她就表现出体育方面的天分。2016 年，她以优异的成绩考入了自己心仪的北京体育大学教育学院。田一超家是巧家县城的，十年前从北大毕业后，进入中科院数学研究所，现受聘于法国一所大学任教。

虽说大家初次相见，但都是巧家人，并不觉得陌生。围绕着“贫困在哪里？怎样才能改变贫困？”每个人都表达了自己的看法。

他们不约而同地认为，贫困就在教室里。只有教育脱贫才能真正消除贫困，彻底改变贫困者的命运。

大家自然说起沈仁菊第一个考上清华，成为巧家的骄傲。沈仁菊苦笑着说：“千万别拿我当骄傲。这不是骄傲，这是教育的悲情。新中国成立快 70 年了，一个60多万人口的大县，才考出来我一个清华生，我都觉得惭愧。教育出不来人才，家乡能不落后吗？能不贫穷吗？何况，我还是从昭通一中考走的。”

他们感慨地说：“巧家的落后，最突出的是教育落后。”

贫穷不仅意味着生存资源匮乏，更意味着缺少机会。使用最低成本改变贫穷情况的是教育。因教育使人得到知识、获取力量，从而有更多机会发展自己的能力。把一个没有文化的人放在好的环境和条件里也不可能富有。没有文化的人群只能像动物一样寻找食物。

从国际上来看，人均收入的高低也与国民平均受教育程度直接有关。发达国家的人均受教育时间长，国民人均收入也高。从国内来看，受教育程度的差异也导致了地区之间的收入不平衡。偏僻落后的地区与沿海城市、发达地区之间教育状况差距太大。

脱贫，归根结底就是解决人的生存能力问题。一个正常人的生存不可能靠别人去维持，必须自食其力。所以，每一个人既是脱贫攻坚的主体，也是脱贫攻坚的对象。

脱贫攻坚，教育在先。扶贫就是“扶人”，“扶人”就要扶“智”和扶“志”，就是扶能，人是“核心”。只有实现文化脱贫和精神脱贫，提升人的素质，才能从根本上脱贫。

当下的贫困除了环境因素外，更多的是“能力”“素质”因素。对于那些教育文化水平低、缺乏技能的贫困群体，要提升“素质”，把他们的潜能开发出来，释放出来，必须通过教育来实现。靠自己的能力实现“两不愁”，是最基本的生存能力。一个身心健全的人在接受了良好的教育之后，不应该也不可能再有贫困的理由。

从贫困地区走进首都的大学校园，与那些城市学生相比，有没有自卑感？

他们毫不含糊地说：“没有。”

沈仁菊笑着说：“我从大山沟里考进清华来，和城市同学比起来，更不简单。是不是？”

他又说：“清华的校训：‘自强不息、厚德载物’。大家的包容性很强。在这个学校里感觉没有高低、穷富之分，大学都向往学识。这个学校的内涵太丰富了，那种氛围很滋养人。我能进入清华园上几年学，受益无穷，也是今生之幸了。”

不知道这些学子们的“扶贫观”能否得到公众或专家的认可。但他们用自己走过的人生历程，证明了一个“时代命题”。

沈仁菊说，在他家乡流行一句话：“谁家里出了个大学生，谁家就拔掉了穷根子。”

也许阿泥卡还有另一种答案。

4. 人与动物的和解

为什么巧家县的第一个清华生会出在阿泥卡村？那里会有什么特异之处吗？

探访阿泥卡是在 2018 年春节前夕，阿泥卡是老店镇一个比较偏僻的小山村，距离镇政府 25 千米，坐落在一面山坡上，平均海拔 2000 多米。

到阿泥卡的乡村道路已经硬化，而村内主干道还是土路。沈仁菊家坐落在小山村最高处的红砖社，因为离村委会最远，海拔最高，被称为阿泥卡的“小西藏”。

车子沿着山坡向上爬去，路面被雨水冲刷出一道道沟坎，被农用车辆碾轧得坑坑洼洼。车子蹦蹦嗒嗒地跑了大约 2 千米，来到红砖社区沈仁菊家的小院前。

沈仁菊的父亲叫沈云龙，今年 51 岁了，正在院子外面劈木柴。他身材魁梧高大，黑红的脸膛堆满了笑容，五官要比普通人大出几个尺码。握着他那张厚实的大手就像抓着烤热的松树根，温暖而粗粝，还有点扎人。

沈仁菊的父母和80多岁的奶奶在一起生活，2015年国家展开脱贫攻坚战之后，家里陆续通了水和电，父母还领到了政府发放的低保。

沈仁菊一家依然住着土木结构的老式房子，父母住三间堂屋，右侧是两间土木结构的配房，左侧是大门。院子不大，三米外就是一个两米多深的坝院，养着猪马牛，院坝就是他们家全部经济的“生产车间”。

那匹瘦骨嶙峋的灰马咀嚼着地上的苞谷，显然营养不良。沈云龙下到院坝往水槽里添水。它用一种乞怜的目光望着主人，喝了几口水，又无奈地低下头去继续咀嚼苞谷秸秆。

“不喂饲料吗？”

“哪有那么多噶？”沈云龙说，“只有农忙季节才给它们加一点碎苞谷，平时只能吃苞谷秸秆。”

沈仁菊家里有5亩地，多是苞谷，还有少量洋芋，另外还有5亩林地。没有多余的东西喂养牲畜。

贫困是所有生命的苦难。据说，十几年前，大药山的秋季就曾发生过野猪为争夺山野里的一片苞谷，与当地村民发生过激烈的群战，致一人死亡，多头野猪受伤。谈及当时的场面，令人毛骨悚然。

据专业部门调查，由于《中华人民共和国野生动物保护法》的实施，野猪繁殖较快，大药山一带生活着数千头野猪。每到冬季青黄不接，野猪就会组团进村觅食，常与村民发生冲突。

贫困让不一样的生命面临同样的困顿与生存危机。动物在人类面前毕竟是弱者，尽管也为活着不断抗争。

后来，为保护野生动物不受伤害，云南省和各市、州相继出台了相关政策规定，政府为受损农作物买单。巧家林业局野保办的负责人说，仅此一项，昭通市每年通过保险公司向农民支付赔偿金多达300万元，其中巧家就有20多万元。

山民不再与野猪计较。于是，双方夺食大战最终和解。这是一部人与野猪的“战争与和平”。

动物也与人类一样也有着情仇爱恨、生离死别。在大药山一带曾发生过野猪将村民家中的母猪带入森林，怀上猪娃后又送回来的奇事。而且母猪生下一窝带黄斑花的野猪娃，令村民喜不自禁。这种杂交猪肉能卖到百元一斤，甚至有的村民故意把母猪放置村头，让公野猪交配。这种“绝配”竟成为老百姓的脱贫之招。

毋庸置疑，正是这个世界生物的多样性，才让人类有了更多的生命见证。只要人与动物和谐相处，就能使这个生机勃勃的地球成为一切生命共享的乐园。

沈仁菊的父亲说，阿泥卡一带常有猴子偷吃苞谷，损失不大。去年他家的苞谷抽穗时就被猴子掠夺过一次。不过，你不招惹猴子，猴子也学会了尊重。它们不再糟蹋庄稼，而是到村里向村民讨要食物。

在人类文明的进程中，人们用勤劳和智慧创造了自己的生活和美好世界，这正是人类的伟大之处。

小沈家的大门旁放着两个背架，磨得又光又亮。沈仁菊的父母用它们打磨岁月，背出一年四季的收获，背出山里人家的一个个日子、一天天的希望，也背出了一个清华大学生。

父母住的三间土木结构的老房子在“8·03”地震时，后墙开裂。后来，一辆农用三轮车从房后路过时，因雨后坡陡路滑，翻滚下来，把房屋后墙又砸了一洞。虽然几经修补，但已成危房。父母一直想盖新房，终因经济条件所限没有动工。

这次寒假，沈仁菊回家陪父母过春节，也曾和父母商量盖房子的事。沈仁菊已在北京一家建筑集团就业，他想等工作两年有了些积蓄，把房子盖得好一点。

5. 夜话阿泥卡

吃晚饭时，沈仁菊的母亲做了满桌子的菜，蒸腊肉、炒土鸡、炖排骨，大概这就是他们年夜饭的标准了。老店镇政府负责民政工作的同志和阿泥卡村党支部书记彭进宜也来到沈仁菊家。

沈云龙请大家入座，家里没有酒杯，沈仁菊拿出来几个纸杯为大家斟上父亲烤的苞谷酒。沈云龙热情地招呼大家喝酒吃菜，小饭桌上顿时活跃起来。

镇政府的同志边给大家敬酒，边说：“阿泥卡村是镇上干部直接挂包的贫困村。全村有 3609 人，人均耕地 1.59 亩，农民收入主要以种植、养殖为主。存在的主要困难和问题是土壤瘠薄、干旱缺水、交通不便，还存在一定的饮水困难。绝大多数村民仍然住着土木结构的老房子，属于深度贫困村。”

“我们村人均纯收入 3000 元左右，按脱贫标准还差 700 多元，这个数字不算小。”彭进宜说，“教育方面的政策，保证孩子上学没问题，村里小学到初中没有辍学的孩子。”

阿泥卡村有 600 多人常年在外打工，这是大多数村民的主要收入来源。

面对贫困，祖祖辈辈守望在大山里的阿泥卡人，从来没有放弃怀揣的许多梦想。也许这些梦想就是巧家的第一个大学生出在阿泥卡的理由。因为他们的梦想不仅大胆，而且富有想象力；更重要的，他们有为实现梦想而坚守的执着精神。

阿泥卡最缺的是水源，没有灌溉用水，只能靠天吃饭。

彭进宜说：“村里曾向上级部门提出修个水库，成本太高，政府一时也没这个能力。现在吃的水是山上引下来的泉水，急需解决的是灌溉用水。目前还没有办法，需要镇里关心一下。”说完，他端起酒杯和镇政府的同志碰了一下，两人一饮而尽。

尽管缺水，阿泥卡人也想因地制宜发展产业。村“三委”商量了几次，认为养驴非常合适。村子里的林头的草长得很深，上面植被好，适宜发展养驴产业。如果每家养 10 头驴，形成规模养殖，效益就出来了。村里打算给镇里报这个方案。

阿泥卡人还有一个想法，就是种冬油菜。冬油菜农历二月份就能收，菜籽可以榨油吃，菜籽干了打成糠，可以喂驴，喂猪也可以，这就可以增加农民的经济效益。每年春节，漫天遍野的金色油菜花，还可以开发景观旅游。

彭进宜说：“我们想研究这些东西，不知是否成功。我想明年申请镇上和省里的农科院，请专家过来帮我们研究一下。”

这里的老百姓，不是“种”就是“养”，要不就外出“挣”，没有别的门路。“没有水，种、养都没好办法，我们这里只能这样了。”沈云龙向大家敬了杯酒，放下杯子然后说。

彭进宜拿起盛酒的缸子给沈云龙添酒，又被沈仁菊接过去。他对沈云龙说：“老哥哥，老百姓跑到外面打工不是长久之计。咱老百姓有句话：鹅毛遍天飞，自有落地时。外出打工的人最终还是要回来的。”他又向镇政府的同志举起酒杯，“你说是不是？要真正脱贫，还得修上路，把水引过来，旱地变成水浇地，发展比较高效的种植业、养殖业。”

镇政府的同志连忙端起酒杯和他碰了一下，举杯喝干。用手抹着嘴角说“要得，要得”。

彭进宜脸色微微泛红，说：“我们想要干的事情，就是调整产业结构。我们毕竟都是老百姓，能力有限。虽说一时干不成，但我们敢想。如果想都不敢想，能干什么事？”

他又说：“我们也不能总是空想，抓住机会就得干。不管怎么样，我们也要努力争取，积极推进。全国都在脱贫攻坚，我们不能坐享其成嘛！”

大家都认为，阿泥卡要发展油菜、养驴产业，需要科技支撑，恰恰这方面薄弱。没有专业技术人员，缺少技术培训，老百姓文化素质低，培训起来也很困难。有文化的青年人大多外出打工了。村里想立个项，搞个适合于这里土壤、气候的种植或者养殖，没人才，搞不了。说来说去，穷根子还在教育上。

基层农村，还是要把教育抓好，把每一个人培养好，把一代代人培养出来。如果教育跟不上，村里人没文化，不会做技术，怎么奔小康？所以，培养人才是最关键的。

彭进宜还说，恰恰在教育上存在不少问题。阿泥卡村完小 1~6 年级，加上 7 个学前班，有学生 270 多个，加上药山镇洗羊塘村搬迁下来的 80 多个学生，一共 364 个学生，仅有 14 名教师，其中还有 4 名代课教师，师资力量不够。按规定的教师与学生的比例，还缺 6 名教师。学校的硬件设施也跟不上。

大家还认为，教育方面，还有一个群众教育的问题。现在群众工作很难做，基层农村在这个方面压力很大。市场经济发展了，教育却没跟上。冒尖户没有了，叫穷的人多了，这是我们基层普遍的问题。教育跟上了，他咋可能叫穷？他会自强不息，勤劳致富。

沈云龙说：“有些人太懒。如果政府有 50 元的困难补助政策，他宁愿一天到晚蹲在村委会门前等着拿 50 元钱，也不想去劳动挣来 100 元，这种懒汉思想怎么脱贫？”

他们都认为，这些人大多是文化素质低、思想观念落后，难以掌握新知识、新技术。那些文化程度高、有能力的村民，是不会放弃自我努力的。

彭进宜却说，农民的文化素质低，也带来村干部文化素质低，遇到问题不知道用什么方法处理，也缺乏带领群众谋发展的能力。大学生放到村里来，当然好。但，大多数人待不长就走了。要真正解决农村干部的素质问题，还是要从文化教育入手。

国家的扶贫力度这么大，又提出实施“乡村振兴”战略，对农村的发展建设高度重视，但前提是乡村教育的振兴，也是最根本的振兴。

“村里最贫困的人家，是什么情况？”

“最贫困的有 8 户。沈云太家最难。”彭进宜说，“2012 年，沈云太的儿子患病不幸去世。留下 5 个孩子，最小的是一对双胞胎女儿，还不到一岁。因看病家里欠下许多债务。也许是儿媳看不到指望，熬不下去了，带着最小的女儿说是回娘家，结果，一去不回，至今下落不明。托人到处打听也没音讯。沈云太和老伴年过七旬，带着四个没成年的孩子生活。最小的孙女刚满 5 岁，有时还哭着喊着找娘、找娘……如果当时有现在的扶贫政策，她娘也不会狠着心撇下孩子就走啊！”

说到这儿，彭进宜夹到嘴里的一块鸡肉，怎么也咽不下去。他深深地埋下头去，轻轻地吐在了地上。

大家都放下了筷子。

“唉！”沈云龙叹口气说，“一家老小六口相依为命。前几天，我和仁菊给他家送了一袋大米，要过年了噶。那日子过得……”

沈云龙说到这儿，屋里一阵沉默。

“民政部门给过救济。”镇政府的同志说。可这话显得很无力。

“来来来，吃菜。”沈云龙又招呼大家，让沈仁菊给大家斟酒。

“现在有扶贫了么，好政策会越来越多的。一切都在改变，都会好起来噶。”镇政府的同志说着举起杯子，“来来来，我敬一个。”

大家慢慢地端起杯子，沾了一下，都没喝下去……

6. 天使折翼

晚上，和沈仁菊同宿在他家的那间土坯草房里。这是他单独住的小屋，墙壁上贴着一张张他在学校里获得的三好学生奖状，墙面上留下的“认真勤奋、总能成功”的字迹依稀可见。墙角堆满了一摞摞他用过的教材、辅导书和复习资料，那是沈仁菊从阿泥卡一路迈向清华园的一层层台阶。小土屋里洋溢着激人奋进的气场。

床上多加了一条新毯子，被窝挺暖和，但头痛欲裂，难以入眠，意识到是高原反应。点开手机功能测试一下，这里海拔 2300 多米。无奈，便与小沈聊起天来。

“没考虑在清华谈个朋友，在北京安个家吗？”

“到了清华以后，在北京找一个女朋友、安个家，也许这是一步登天的捷径。这个也不是说没有考虑过。”沈仁菊坦诚地说，“但要找一个称心如意的另一半是难得的，我还是看重人。两个人在一起最重要的还是相互理解、相互认同。跟同学们在一起，也不是说不认同，我还没有遇到一个对我能够特别理解的人。在学校，相互好感的女孩是有的，但是交流起来能够非常理解的还是很难得的。古代讲门当户对，这虽然是老观念，但是，也有一定道理。我们找女朋友，很大程度上都是希望能够相互理解，生活成长的背景不同，就很难做到。”

“在清华没谈过女朋友吗？”

“在清华大学里谈恋爱的并不多，并不像人们说的，大学生都在谈恋爱。也许是清华的学生内心里都有自己的清高吧，很少看到同学之间有互相追求的。大家都在追求知识、追求科学，这好像是清华的一种风尚。”

沈仁菊认为，一个人一生，考学、婚姻、就业，就这三大步，要是一步跳到更高的台阶上，生活层次、生活环境恐怕是另外一片天地。“能不能走到一起，这就是个缘分了。”

“考大学时，我有个女朋友。”沈仁菊叹了口气说，“是初中同学，也很优秀。我们俩在中学一直保持在前三名。因为她父亲矿难去世，影响了她的学习。再后来，她去了巧家第二中学，按她的成绩去昭阳区第一中学也是没问题的。但她家负担不起高昂的学费。因为她成绩好，去巧家二中，学费和生活费就可以减免，还可带上她一个弟弟。当时我们彼此有好感，是很要好的同学，但是我们那时候也没有谈论这个事情。高中毕业时我们挑明了这个关系，走在了一起。”

“遗憾的是，她没有考上大学，回到了农村。我很为她惋惜，又无能为力。还是贫困造成的。后来我们再相处，都感因为文化程度的差异拉大，彼此对生活的理解差别也越来越大。她希望我将来回家创业，平平安安地过生活。但是，我已经考上清华，还是有自己的梦想和追求的，回到农村显然不现实。她也觉得走不到一块了，就提出分手了。”

说到这儿，沈仁菊流露出一种难言的伤感和隐痛。他说：“通过她的遭遇，我对这些贫困学生特别同情。特别像单亲困难家庭的学生，尽管自身很优秀，却因为贫困考不上学。她是很聪明很懂事的女孩子，小学毕业时成绩比我还好。如果像现在一样，有扶贫政策支持她，她的命运可能就完全不一样了。在城市里就不会是这种结局。至今想起来，我很为她惋惜。可那个时候，贫困像甩不掉的苍蝇追逐着我们，甚至像恶魔一样折断了她的梦想之翼，谁都无能为力啊！”

沈仁菊又感叹道：“现在，全国要实现脱贫，这是我们贫困地区孩子们彻底改变命运的唯一希望。”

7. 相互拉一把

沈仁菊上了清华就想着如何回报家乡，为家乡人做点什么。他一直记着本家叔叔嘱咐他的那“三句话”。

第一年放寒假，他就和几个要好的朋友一起办了一个高考辅导班。

沈仁菊是巧家县第一个清华生，也引起了一个小轰动。电视台采访过他，也有了一定的知名度。不少家长或者学生通过关系向他讨教学习方法或者有什么秘诀，希望寒假期间能得到他的指点和帮助。

沈仁菊受到启发。他联系到北大的裴道勇、东北大学的易科航等几个要好的昭通一中同学，决定利用寒假在巧家县城办一个高考辅导班，作为一次扶贫行动，向家乡的学弟学妹们伸出援助之手，托起每一个梦想。

裴道勇家是老店镇大火地的，比沈仁菊高一级；易科航与他同届，家是昭通市永善县的。他们怀着回报家乡的心愿，举办了一个“群英荟”高考辅导班。

“当时，补课班这种形式在昭通范围内比较普遍。每年寒假针对考生和高二的补习班比较多，社会有这个需求。我们很自然地想到这种方式。”回想当时办班的情景，沈仁菊说，“但是，大多补习班都是老师办的，像我们在校大学生办班还没有过。”

“效果怎样？”

“我们认为，我们办班有自己的优势。好处就是我们从这个地方考出来的，不仅能现身说法，给同学们指导，还能从精神上给他们鼓励，增强他们的信心。应该说，比老师办班更有说服力。我们打算做好这个品牌，以后年年做下去。可是，我们没有成功。”

沈仁菊又说：“我们的‘群英荟’初衷不是想赚钱，是想从公益出发，为家乡做点事。都是贫困生，尽量少收钱；如果有赞助的就不收钱。目的就是相互拉一把。”

后来发现需要资金太大，做不下去了。主要是房租、印刷资料、食宿等等，成本太高，他们几个人扛不住。第二年就没再办。

他们的“群英荟”却也收获了意外的效果。参过“群英荟”辅导班的周慧，考取了云南大学。正上大三的她回忆说：“成绩上不去，心里很着急。听说有个‘群英荟’就来了。发现辅导班的学习氛围不像学校里那样严肃，而是在轻松快乐的气氛中学习。沈仁菊、裴道勇、易科航他们都很幽默，和他们在一起的日子很开心，每天在一起都是笑着过来的。他们本身就是榜样，从他们身上找到自信。有时候，学习不单纯是方法的问题，也是心理的问题，自信很重要。”

周慧还说，他们非常热心，不管你有什么困惑和问题，只要你跟他们说，他们都会给你帮助。

辅导班办了一个多月就结束了，遇到问题，他们通过QQ随时交流，相互鼓劲，传递信心和力量：

——除了通过读书改变我们的命运，此外，我们还有什么途径？努力吧！我们一起。读书是世上回报最高的投入，也是世上最光明最好走的路。

——是的。知识和书籍，是人类最昂贵的宝藏，那是集合了世上无数最牛大脑倾尽才华攒下的。而你此刻，就站在这宝藏里，只要肯付出辛苦，就能将其据为己有。

——你如果真聪明，就一定会知道这笔买卖太划算。就算千辛万苦，也应该把这些宝贝尽量多地握在手中，骄傲地带走。这些宝贝会无数倍地提升你的价值。有了它们，你就有了千军万马的能量，因为有无数牛人在背后悄悄给力。

——当你拿到了通往世间美好的门票时，你就会发现，你曾为读书付出的所有辛苦，都得到了巨额报偿。多多加油吧！虽然现在很累，但将来朵朵花开，一定会很美。

……

正是这些听来颇为励志的妙语，为那些寒门学子托起了梦想。在相互激励中，不少同学迈进了大学校园。

“从阿泥卡到清华园有什么感受？”

沈仁菊说：“一切都感到新鲜、感到惊讶。但有好多东西并不是原来想象的那样华丽。”

他说，当他走进清华大学的校门，立刻被镇住了。这种镇住不是高楼大厦的吸引，不是雄威建筑震撼。清华园没有那种张扬、显摆的气势，而处处释放着一种低调、内敛、谦谨的气质，让他顿生一种肃然起敬的感觉。

随着对清华大学的认知，沈仁菊对清华越来越充满着敬意。他感觉清华大学不是那种外显的，要通过一道门、一个建筑或某种夸张的形式来表现自己。比如，“二校门”是一座青砖白柱三拱“牌坊”式的建筑，上刻清末大学士那桐的手迹“清华园”，是清华园内最具代表性的标志性建筑之一，看上去古典优雅，也很简单，常被人们认为是清华大学的象征。包括像王国维的纪念碑、楼亭等一些标志性建筑，看上去很质朴、陈旧的样子，并不张扬、奢华，但是，特别有文化底蕴感。

“还有，我接触的一些教授，感觉他们物质生活特别俭朴，但他们的思想层面的东西却深刻，让人特别敬佩。”沈仁菊说，“也许你随便在大学校园里走走，说不定遇上一位老教授，就是一位大学问家。也许你并不知道他是谁，没准儿跟他聊聊你就能获益颇丰。人家这种大学问家都这么低调、都这么内敛，我作为一名学生实在没什么了不起。当初，觉得自己考上了清华，内心有点优越感、小得意，后来想想，实在算不了什么。”

大学期间的沈仁菊，经常利用寒暑假做兼职，一方面可以给家里减轻一些负担，另一方面又可以积累社会实践经验。沈仁菊毕业后，选择了就业。

“为什么不考研，继续读书？”

“主要还是经济问题。先上班，让家里尽快摆脱贫困状况。父母年纪大了，不想让他们再受累了。”他表示，他会边工作边学习，将来有机会再继续深造。国家培养出一个清华学子并不容易，如果有更大的平台，可对社会的贡献更大一些。

沈仁菊认为，要实现自己的价值是可以多元化的。“尤其是现在的年轻人，不一定有很高的收入，但一定要有自己的社会价值，而这个价值并不是简单地以收入多少来评判的。许多从农村走出来的人，突然有了很多钱就会把持不住自己。有的人虽然出身贫苦，对财富的追求却停不下来，结果误入歧途。欲望是会让人迷失方向的。”

“将来会不会把父母接出去，离开阿泥卡老家？”

沈仁菊给出了这样一个回答：“我虽然考学出来了，我觉得我的根是在这里的。我每次回家来走一走我以前上学的那条路还是很感动的。乡愁充满了太多的回忆。我想把父母接出去，父母说，在外不习惯，还是在家。我一时肯定回不了家，也许年纪大了，我还是要落叶归根的……”

说着说着小沈睡着了。

8. 神迷之夜

已是后半夜，高原反应愈重，还是睡不着。慢慢起身走出院坝。

夜空满天星斗，一轮皎月，晶亮晶亮，天上时而游荡着薄云，像群峰呼出的热气，氤氲飘散，转眼不知去向。远山影影绰绰，大地寂静，像一个无声的世界；极净，像修行者的灵魂。

很想多待一会，夜风凛冽，直往骨头缝里钻，只好回屋躺下，强迫自己入眠。

……

脑袋胀痛，迷迷糊糊，神经一直是醒着的。鸡叫第一遍，看了一下手机，是4点一刻。

听小沈说，这里养的鸡都是野生野长的，不用喂食。老百姓把公鸡阉割了，这样能多长几斤肉；每家留一只，用来繁殖。小沈家有一只母鸡带着一群雏鸡，有七八只，灰色的，在院子里啁啾觅食。小沈说是前几天母鸡领回来的。山里都是这样，母鸡自己找个地方下几个蛋蛋抱窝，孵小鸡不用人管。除了飞不起来，和野鸡没什么区别。只觉稀奇。

鸡叫第二遍的时候，又看了一下表：4点45分。是那只唯一保留了雄性尊严的公鸡打鸣。它叫第三遍的时候，突然发现一个神奇的现象，时间正好是5点一刻。动物学家们已有解释，鸡在千万年的进化中“发明”了生物钟，打鸣就是生物钟在作祟。它的生物钟竟然如此精准，每隔半小时一次，几乎分秒不差。心中顿生感叹。无怪乎鸡被古人称赞为“知时畜也”。《韩诗外传》中称赞鸡云：“守夜不失时，信也。”但它本应该昂首啼唱，高歌一曲，大概觉得孤零无助，便没了兴致，有气无力地应付几声了事。

生生不息的大自然，有多少迷幻和奇异没被认知，有多少奥秘等待破解？

大自然的伟大就是她造就了所有的生命，并掌握着生命的密码。谁，都不能惹她、伤她。

想想那窝野生野长的小鸡，它们的生命力如此强大，而在越来越舒适的现代生活中，人，反倒变得脆弱起来，渺小的病毒无力抵御，高点的海拔难以适应。天地不息，生命不止。面对大自然里的一切，我们不能怀有非分之想，更没有理由对它傲慢或过多地贪取，只能选择敬畏。

鸡鸣山乡里，农家柴门开。不多时，只听那扇破旧的木门“吱呀”的一声，院门打开了，院坝里的“生产车间”躁动起来，鸡、猪、牛发出各种声音。接着是那匹灰马在院坝外发出的响嚏声和沈仁菊的父亲套马车的声音。昨天他说过，今天一早要去山上拉松毛，用来取暖和烧火做饭。

山民们就这样营造乡间烟火，走过每个日子。

然而，在这烟火气的背后，无论是清贫还是繁华，甚至大自然的每一个生命，都是这样旅行——劳作、生养、期待、传递——直到终了一生，走完全程。差异，只是心境和感觉。

想到这儿，好像理解了那些生在大山，走进城市，又乡愁绵绵、心怀故土的农民兄弟和“沈仁菊们”，为什么守望相助，与乡土黏稠在一起，不离不弃。

天越来越亮了，早晨的阳光从门板的缝隙里照进来，给小土屋送来明亮和暖意。

还是那只保留了尊严的公鸡，“嘎”的一声跳上坝院，抖擞着满身火红的羽毛，又扑棱着翅膀飞上院墙。然后，迎着朝阳，挺起脖子，放开嗓门：“咯喔喔——咯喔喔——”努力做完最后的功课。

远山雾霭缭绕，山乡升起袅袅炊烟……

9. 托起明天

离开阿泥卡这天上午，和沈仁菊一起来到最贫困的沈云太家。家中四壁徒空，一家人身上穿的衣服也显得破旧、单薄。孩子头发零乱，衣服也脏兮兮的，缺少打理。他们围着火塘一边取暖，一边烤着土豆吃。见到陌生人进来，他们怯怯地躲到一旁，抖缩着身子。赤贫状况不言而喻。

说起家里的事，沈云太老人愁云满面。沈义顺已上初三，还有一个弟弟和一个妹妹都上小学，最小的妹妹也到了入学的年龄。爷爷常为还债和孩子们的开销而发愁。

沈义顺很懂事，勤奋刻苦，在班里学习优秀，明年就要考高中了。他低着头说："爷爷奶奶年迈多病，家里是建档立卡户，政府给了他们不少照顾。如果考上高中，一年学费需要 2600 元，一个月生活费至少 700 元，家里根本拿不出这笔费用。"

知道孩子心里很难过，也很委屈，便和沈仁菊安慰他，政府会关心他们的，他不会因家庭困难而失学，鼓励他好好努力。

以一名扶贫队员的身份来看望他们，离开时，掏出 500 元钱塞给沈云太老人。这点钱实在算不上什么，只能让他们感受到扶贫工作的温暖，让孩子们怀有生活的信心与希望。沈云太老人哽咽地说不出话来，一直送到大门外。

在阿泥卡与沈仁菊约定，如果沈义顺考上高中有什么困难，一块想办法帮他。回到县城后，又从微信中转给村支书彭进宜 500 元，请他转交给沈云太老人。春节快到了，意在提醒村里给这个贫困家庭更多的关照。

这是在巧家深入生活遇到的一户最困难的家庭，也是挂联的第二家贫困户。"精准"的阳光如何驱走他们一家贫困的阴影？

"阴影"不离开，挂联的牵挂与忧虑也无法离开。

离开阿泥卡，不免感慨诸多。既为那位不幸的母亲深怀同情，又为她的出走倍感惋惜。如果她能像苞谷垴的贫困户吴仕彪的妻子邓永焕一样，坚强地守望，日子不会这般凄苦。

她走的时候内心的挣扎也一定是非常痛苦的，因为她没有把所有的孩子抛下，带走了最小的女儿，但也带走了一个家庭的全部母爱。

她不可能想到会有"精准扶贫"的这一天。如今，她和小女儿落脚在哪儿？生活又会怎样？她后悔吗？真的一辈子不会再回来吗？

她也一定会想念孩子。生命中的密码总会演绎出人们无法料到的奇迹，也许将来这对双胞胎并不知道对方是谁而走到一起，或许她带走的小女儿长大了会像她的同胞姐姐呼唤她一样呼唤妹妹寻找她的“家”，寻找她的姊妹亲情，寻找她的骨肉血脉。

也许将来的某一天，这位母亲带着孩子突然回来，幸福地望着孩子们沐浴着阳光，在山花烂漫的山坡上欢快地奔跑。

但愿……

云南省教育部门对巧家的教育扶贫十分关注。2018 年 3 月 21 日，省政府教育督导团一行来到巧家专题督导检查义务教育“控辍保学”工作，积极推动各项扶持政策精准落地。

巧家的教育扶贫力度不断加大，正在调动各方力量，以实现“义务教育有保障”为核心，全力开展“控辍保学”工作，不让一个学生因贫失学，不让一户因学返贫，阻断贫困代际传递，让每一个家庭经济困难的学生都能走进明亮的教室。

2018 年 7 月，欣慰地收到沈仁菊发来的微信，沈义顺以优异的成绩考入巧家一中，镇政府批准每年给予 2000 元的助学金。他入学暂没问题，可以放心。

但，还是放心不下。这个家庭是在巧家深入生活以来，遇到的最贫困的一个。孩子健康成长是一个漫长的过程，需要照料、需要温情，更需要爱的呵护与滋养。所以，一直成为牵挂。

又是放心的。随着脱贫攻坚战的深入开展，精准扶贫越来越深入每家每户每个人。

孙莉萍部长得知沈云太一家的情况后，专门安排挂包单位进行了家访。后来，她发微信说，县里已有政策，像沈云太这样的家庭，政府实行“两不愁、三保障”全兜底。

同样令人欣喜的是，国庆节期间，收到吴仕彪的女儿吴封窕的微信。苞谷垴乡了解到她家的情况后，给她兄妹四人享受了低保；她还向县里申请了“中国工艺助学金”。她可以集中精力坐在教室里好好读书了，不用像以前那样周末四处奔忙去做家政了。吴封窕在昭通学院学的是教育专业，她还说她“最大的心愿就是好好学习，毕业后做一名老师”。

自然要给“精准”扶贫和吴封窕点一个大大的赞！

2019年元旦刚过，一份教育脱贫的成绩单让人看到了乡村教育的希望：2018年，巧家全县小学入学率99.97%，辍学率0.03%；初中毛入学率105.11%，辍学率0.3%。全县落实各教育阶段学生资助资金达到6.9亿元，实现建档立卡贫困学生全覆盖。

“对于巧家来说，这个成绩来之不易。”县委常委、副县长郭健说话的口气并不轻松。脱贫攻坚三年来，全县投资10.5亿元，新建校舍32.5万平方米。全县教育质量有所提升。2018年，巧家县高考综合上线率实现了99.93%。其中，一本上线人数首次突破百人（也许这个数字换个地方不敢恭维，但对巧家来说实属不易了）。他坦诚地说：“虽然全县义务教育发展已经实现基本均衡并通过了国家检查，但，要从根本上解决好教育面临的问题，任重道远。”

教育扶贫是阻断贫困代际传递的根本之策。2019年4月，习近平总书记在重庆考察时强调，“两不愁、三保障”很重要的一条就是义务教育要有保障，再苦不能苦孩子，再穷不能穷教育，要保证贫困山区的孩子上学受教育，有一个幸福快乐的童年。

2019年教师节前夕，省委副书记王予波在昭通调研时来到巧家县。他在了解了巧家的教育情况后，特别强调：“在脱贫攻坚中，教育脱贫是难点之一。要认真贯彻落实总书记的要求，切实加大扶贫力度，从存在的现实问题入手，统筹抓好‘控辍保学’。素质脱贫是根本。不仅要解决基础设施问题，更要注重加强师资队伍建设，抓好教学增长，提高教学质量，让孩子们德、智、体、美、劳全面发展，健康成长。”

乡村学校是培养“大学生”的，不是培养“农民工”的。有“保障”是基本，有质量才是根本。学校是乡村的灵魂，教师和学生是乡村的明天。只有乡村教育存在的难题不再困扰，乡村的未来才会茁壮成长。

离开多日，仍见阿泥卡升起袅袅炊烟……

第十一章

重返我的红土地

大学毕业留在城市，是许多乡村学子的向往。他却毅然放弃城市工作，回到山乡带领村民种植刺脑包，在那片红土地上打造新产业。

正是走进城市又返乡创业的新一代农民，给贫困山乡带来活力与希望。

1. 躁动的青春

1987 年，王朝万出生的时候，能成为万元户是那年代老百姓的梦想。他父亲王登孟给他起名“朝万”，就是希望他长大能朝万元户的目标奋斗，不再贫穷。

20 年后，王朝万在巧家一中高考落榜。他没能够通过读书来完成人生的逆袭，实现命运的转变。当然更不知那个朝万元户奋斗的目标遥在何方。

他，让父亲失望了。

但是，王朝万又不愿意回到老店镇尹武村河边社那片红褐色的土地上承袭父辈的社会角色，重复他们的出身与命运。如同山野里一茬茬的苞谷，在长出萌芽的那一刻，又开始了上一次的生命循环。面对没有兑现的期许，他眼前一片迷茫。

这时候，对沿海一带的发达地区来说，“万元户不算数，十万八万才起步，不到百万不算富”。但对挣扎在乌蒙大山深处的贫困山民来说，一年能挣个万儿八千的，却是人人仰慕的成功人士了。

倔强的王朝万不想让父亲失望，跟着一个加工经销丝绵被的四川小老板去乡下卖被子去了。他下决心挣到一万元再回家。

一床被子 5 千克，王朝万一次背 5 床，跟以前的卖货郎一样走村串寨去叫卖。本来个头瘦小的他，背着 5 床被子像一个大棉球在山乡的小路上滚动着。虽说挣不了几个钱，但他干得很用心很执着，而且头脑灵活。有时候村民一时拿不出钱来，他先把被子赊出去，过了冬季再上门收钱。

四川老板是古蔺人，叫云世江，心眼好。他觉得这小伙子干这活太可惜。这天，他把王朝万叫到跟前，鼓励说：“你还年轻，回去好好读书吧。有了知识和本领，要比跟着我卖被子有出息。”

王朝万听了这位老板的话，重返课堂。这是 2009 年，王朝万 22 岁了。

“苦心人，天不负，卧薪尝胆，三千越甲可吞吴……”心中常默诵蒲松龄这句自励诗的王朝万终于圆了大学梦，考取了普洱学院思想政治教育专业。四年本科的优势就是毕业后考取教师或者公务员。

按照这个剧本演下去，王朝万的人生会有一个不错的景致，但他偏偏对创业倍感兴趣。在后来的人生旅途中，他一路跌宕起伏，不断改写自己的青春剧本。

王朝万上大学那天，老父亲对他说：“娃儿，鸟不离窝飞不高，人不离家长不大。你能走多远就走多远，能飞多高飞多高，不要再回这穷山包包了。”老父亲不遗余力地供他上大学，就是希望他走出大山，到外面混出个模样来。

回想当年四川老板的一番忠告，王朝万上了大学确实长知识、长见识。更为关键的是，大学生活在他眼前打开一片明亮阔远的天地。他的本心被城市的繁华撩拨得躁动不安，人生之旅由此变得扑朔迷离。

王朝万在上课之余先是为一位电脑经营商销售电脑，老板给点提成。开始王朝万不好意思要，觉得是朋友之间帮忙。老板说是劳务费，一定要给。后来，王朝万也就习惯了。重要的是赚点小钱，补贴给养，为家里减轻不少负担。但他并不满足于此，始终没忘父亲给他起名字时怀有的那份希冀。

尝到了甜头，王朝万开始琢磨做生意。开学时，他联系卖被子、卖电脑、网线、U 盘、内存卡等新生用品；放假时，他跟车站联系包车为同学们送站，都能挣点小外快。后来，他又帮助家具店或电器商做市场营销、发发宣传单；再后来，他与人合作给商场或企业搞宣传策划，从中提取报酬。虽说都是小打小闹，但可自给自足，不跟家里要钱了。更重要的是，这些社会实践打开了眼界，更新了观念，培养了能力。

一次偶然的机会，他认识了云南农业大学的创业导师许春祥，并虚心向他请教创业秘诀。

许春祥三十五六岁，普洱人，毕业于云南农大。他读书期间就带着同学一起创业，不少同学毕业后创建了自己的公司。而他留校任教，成为一名创业导师。

王朝万表达了毕业后创业的心愿后，许春祥给出建议。由于云岭高原特殊的地理环境，滋生了独特丰富的植物资源，许多植物还没有开发出来，更没有形成产业。他对王朝万说："你家是滇东北农村的，回去好好考察一下，肯定有不少稀有植物具有一定的开发价值。你可以研究一下，朝这方面发展。"

王朝万坚信徐春祥的点拨肯定有道理。但这与他当初立志考学走出大山、实现鲤鱼跳"农门"的愿望背道而驰。

王朝万不以为然地笑了笑。

2. 梦碎玛卡

四年的校园生活在畅想与匆忙中画上了句号，王朝万的生活开启了新的一页。

毕业后，王朝万凭借对商业经营的悟性，应聘到昆明一家家电公司做销售。他常年在风雨中奔波，在山川里行走，几乎跑遍了云岭高原的山山水水。

老板看他任劳任怨，工作卖劲，月工资三千，还有提成，年底再发个红包。一年下来，刨去吃喝，他能剩余两三万元。

王朝万终究没有辜负父母对他的期望。春节回家，他把自己积攒的两万元交给父母时，父母乐得合不拢嘴，逢人便说："儿子出息了。"

按照这样的路演走下去，王朝万会有一个不错的人生前景，而且一位美丽的姑娘也向他发出爱的呼唤。这时的他，成家立业、理直气壮地成为昆明人是顺理成章的事。王朝万春风得意，让朋友们羡慕得直吸溜。

随着在职场的打拼，王朝万的人生格局不断升扩。他发现，这终归不是他想要的生活。他时常想念家乡的那片红土地和依然穷困的乡亲们。他渴望回家创业，带领乡亲们在大山里走出一条"自富"路。

然而，不少从大山沟里努力挣脱出来的同学一再劝阻他，那片穷乡僻壤能生不能养，回去能创什么业？还是留在城市有奔头。

可王朝万骨子里就是有一种不服输的倔劲，回家创业的激情在他每一根血管里不停地奔涌、膨胀。

就在这时，云南的玛卡炒得火光冲天，种植玛卡一时成为疯狂。种玛卡是个机会，王朝万不愿意错过。虽说慢了半拍，他还是毫不犹豫地抽身回到家乡。

一心想让儿子到外面出息的老父亲听说他回家要种玛卡，坚决反对。摔打着烟袋窝子，愤愤地对儿子说："你在昆明干得好好的，回来搞啥子嘛么？！"

此时的王朝万已经被玛卡迷了心窍。2014 年，玛卡炒到天价，他拿出 16000 元的全部积蓄，在村里租了 10 亩地，加入了这场玛卡的狂欢。他对父亲承诺一定能挣大钱。父亲摇头叹息："你哪是挣钱？你是拿钱烧包！"

面对儿子十头牛也拉不回来的任性，父亲心里闷闷不乐，但也没有办法，儿子大了，由他去吧。那位热恋的女友也拗不过他，在后来的日子里也与他渐行渐远。

谁料到，玛卡泡沫眨眼间破裂，价格一路暴跌。王朝万不仅一毛钱没赚，连土地租金也付不起了。当初鼓动他一起种植玛卡的另一位村友砸进去 20 万元，血本无归。望着一堆堆腐烂变质的玛卡，王朝万痛心疾首，欲哭无泪。

阡陌繁花，一夜落寂，他的汗水、心血、梦想，还有年过半百的父母那含辛茹苦的全部积累转眼之间全被清零。女友也和他分手。

那是他生命中最黑暗的日子，创业失败让雄心勃勃的王朝万备受打击，他的玛卡梦想彻底沦陷了。

好在父亲体谅儿子，不仅没有埋怨他，还安慰他别灰心，劝他再回昆明闯一闯，外面的天地大，机会多。

王朝万无奈，背起行囊，再次外出打工。他不想让村里人看到他落魄的样子。出门那天，鸡刚叫，他便打点行李上路了。借着昏暗的灯光，他望着母亲红肿的眼睛和父亲那日显苍老的面颊，一阵酸楚涌上心头。

父亲摸摸索索将家里仅有的 300 元钱塞到他兜里，王朝万又掏出来。父亲又塞给他："你拿上吧。有道是，穷家富路。"

这位刚强的男子汉再也忍不住情感在胸中奔突，两行热泪扑簌而下。

他将母亲给他蒸得热腾腾的苞米粑粑揣到怀里，转身离开家门，沿着坡下那座祖祖辈辈走过的独木桥，跨过溪流，头也不回地向山下奔去。

天空黯淡如墨，只有西边的那轮残月在云雾中若隐若现，标示出大地的方位；几点星光稀疏寂寥，显得那么孤独、清冷；唯有东方山冈上那颗最亮的启明星，仿佛刚从梦中醒来……

痛定思痛，王朝万认为，玛卡风波不是玛卡本身的问题，而是种植出了问题。玛卡没错，红土地没错，错的，是人!

玛卡属于十字花科植物，它本来生长在南美洲海拔 2700 米以上的山地，在秘鲁那边具有独特的药用价值。玛卡引进云南后，在丽江 2700 米以上的海拔山地上本来还能保持一定的原有药理特性，到其他地方就不合适了。古人有句话：“橘生淮南则为橘，生于淮北则为枳。”地理条件一旦发生变化，它的功效就会发生变异。

老百姓看到这个东西能赚钱，不管地理条件是否适宜，盲目扩种。在市场的推波助澜中，失控的玛卡一夜之间红遍大江南北，以致炒至高点，“一卡难求”。而有些地方为了高产，施化肥、打农药，生长期由一年缩短到五六个月，品质大打折扣。结果，好端端的一个稀有农产品给败坏了。

王朝万说：“原生态的玛卡吃在嘴里有一股回甜和浓浓的香味。而自己种出来的玛卡味很冲，感觉很难吃。就是因为海拔低，土质不宜。所以，玛卡不是什么地方随便都能种的。”

王朝万没有成功，却在成长。

从玛卡狂欢到演绎成悲剧，折射出求富心理在利益的诱使下失去理性的脆弱。这些惨痛的教训让王朝万明白一个道理：

发展种植产业必须坚持科学精神，不能盲目追风，急功近利。只有尊重大自然生生不息的规律，大自然才能成全你的辛勤与汗水，让你扎下根来，立于不败之地。

王朝万想明白了这些，在外打拼的一年多里，那个放不下的梦想时常浮现在他的脑海里。他不想成为一个逃离家乡的打工者，他依然放不下那份对土地的依恋，他要回家创业。

那是浸染着英雄血汗的红土地，那是留下过红军足迹的磅礴大地。他出生的那片山野在呼唤他，那花开如锦的红土地在不停地向他招手，那云朵般的乡愁一直牵绕他最敏感的神经。

于是，王朝万默默寻找东山再起的机会。一个偶然的机遇，又让他看到了那片红土地上生长出的希望。

3. 重返红土地

这天，王朝万从表弟那里得到一个信息，家乡生长一种树头野菜在城里一公斤卖到 180 元。王朝万半信半疑，哪有这么贵的树头菜？表弟是文山学院生物专业的学生，将图片和资料用 QQ 传给他。他发现这确实是一种稀有植物，一般人不晓得。

这时，他想起云南农业大学的创业导师许春祥曾经给他的建议，让他种植开发滇东北山区稀有植物，很有前景和价值。王朝万动了心。他查阅了有关资料，知道这种树头野菜很像香椿树，老百姓叫它刺脑包或刺头菜，标准的学名叫“刺嫩芽”。

王朝万又到昆明市场上考察了一番，看到刺脑包和香椿刚上市时都在 160 元一公斤。香椿很快下降到十几元一公斤，刺脑包却一直稳定在 100 元以上。

王朝万很惊讶，一道普普通通的菜肴，为什么人们会如此喜爱呢？好奇的他了解到，刺脑包味美香甜、清嫩醇厚、野味浓郁，是著名的山野菜，被誉为“山野菜之王”。

刺脑包虽然全身是刺，外形可怕，但只要用清水洗干净，放在锅里一煮，捞出来过一遍凉水，拌上辣椒、醋、盐等配料，吃起来十分清脆爽口。除了凉拌，还可以炒着吃。将刺脑包先放在沸腾的水里氽一下，再加上姜、蒜、干辣椒等各种香料进行爆炒，味道也很可口。

刺脑包不仅味美，其营养也很丰富。它的根、茎、叶、花和果实都含有黄铜、木质素、生物碱、多糖、挥发油等大量人体所需的有益成分。

除此之外，刺脑包还有很高的药用价值。它可以祛风湿、利小便，散瘀血，消肿毒；还可以用于风湿性腰腿痛、关节痛、水肿、跌打肿痛等症状；对便秘、糖尿病、胃痉挛等都有很大的功效，对提高免疫力和防癌也有效果。

刺脑包生长在滇东北昭通市境内的一些高寒山区，或小溪边或山林中。由于浑身是刺，其貌不扬，没人在意它。过去，人们对这个不起眼的植物了解很少，也很少有人食用。

但近几年，人们对食材的生态品质要求越来越高，对刺脑包开始感兴趣，食用的人也逐渐增多。每到春末夏初时节，一些当地人便会采摘刺脑包运到城里兜售，一上市就备受青睐，而且价格不菲。

这种红色的刺嫩芽只有在云贵川少量的生长，如果能培养出来，发展成产业，必将是野菜中的一骑绝尘。于是，王朝万便萌生了回家种植刺脑包的念头。

王朝万想起创业导师许春祥的那句话：创业就像打仗，出奇制胜。人无我有，人有我优，人优我精。王朝万不再犹豫，决心进军野菜王国。

那片红土地能否成就他热切的期许？

2016 年春节过后，王朝万没回昆明，却在村前村后忙来忙去。老父亲问他："还不走，去上班？"王朝万笑嘻嘻地说："不走了，在家里自己干。"

"自己干？干啥子嘛么？"

"种野菜。家里的地全部种野菜。"

"老子供你上学，就是让你在外面有出息。你回到这穷山窝窝里，刨土吃饭，能干出啥子嘛名堂嘛！"老父亲生气地说，"你种玛卡赔得差点让一家人喝西北风。回去好好上班，别瞎折腾了。"

老父亲的一句气话戳到了王朝万内心的痛点。种植玛卡失败的云翳仍然压在父亲的心头。

王朝万心里清楚，创业路上风险多。据说，创业成功的比率只有 1%。但他懂得，对一个成功者来说，只有通过 100% 的努力，才能换来那 1%。

巧妇难为无米之炊。王朝万多次与父亲商量，用家里的地种植刺脑包。年过半百的老父亲吧嗒吧嗒地抽着烟，摇摇头说：“使不得。以前遇荒年，人们为了活命才吃这东西，现在谁吃这个？你搞这东西咋子噶能挣钱？”

老父亲想起种玛卡的事，拦住他说：“崽卖爷田不心疼啊！”

“你把我的地拿去种树了，挣不到钱，我这一家子人要吃粮的。有粮食饿不死。你这个东西搞不成，我这地就变成荒山秃岭了。一家人吃噶啥子嘛？！”

老人家不想让儿子再经受失败的打击，他语重心长地对儿子说：“老子不希望你大富大贵，有吃有穿就行，何必去承受那么大的压力？我们老百姓赔不起。你还是到外面老老实实打工挣钱，安安稳稳地生活吧。”

看到父亲心事重重的样子，王朝万一时不知道该怎样说服父亲，又不忍心和父亲闹别扭。正在苦闷之际，他本家的叔叔王登现得知王朝万的心事，来到他家劝说他父亲支持儿子干事创业。王登现是尹武小学的校长，也是当地德高望重的开明人。几经劝说，王朝万的父亲终于和儿子站在了一起，并拿出自己的积蓄，支持儿子在自己地里试种。

一年之后，王朝万果然创建了自己的“野菜王国”。

王朝万感慨道：“人的一生要说长也很长，要说短也很短。不要等到年老的时候再悲叹，唉！当时连想都没想，梦都没梦过，更不要说去干了。那时候后悔已经没有意义。所以，现在该想的要敢想，该做的就赶紧做。即使失败了，这辈子也不后悔。因为我有过梦想，为梦努力过、奋斗过。别小看自己的梦，万一成功了呢？成功了天助我；不成功，那是宿命。但我也成长了，享受了这个过程，今生没有遗憾。”

他又说：“原来，我做一项经营总是心急。恨不得今天投进去明天就能赚钱，现在我不这么想了。谁也不会一个汤圆就吃成个胖子。”

心急喝不得热面汤，干事创业需要耐性。看准了，从长计议，打基础，做平台，一干到底。王朝万当初创业的冲动之心已经变得平静、成熟而理性。他决心在自己梦想的野菜王国里深耕细作，锲而不舍，扎扎实实地做下去。

阳春三月，万象生发，王朝万动员村里老百姓上山挖刺脑包。他按 2.5 元一棵的价格收购了三百多棵，种了一亩地。

从此，王朝万在脚下的红土地上种下了热切的梦想，在荒山秃岭上开辟了另一条脱贫之路。

4. 山野里生发出希望

王朝万在城市打拼几年之后，感慨颇多。都市的繁华并没有俘获他那颗依然被山涧小溪浸润着的心。他还是倔强地喜欢农村的朴素与简单，喜欢山乡的泥土与溪流。

他说，他在城市愈久就愈眷恋儿时的农家生活，一直想拥有一片能够播种希望、栽下梦想的土地，过着简单且安静的、晨耕暮读的日子。

“搞种植是我最中意的事业。我的梦想就是要在这片大山里，带领乡亲们致富。如果种植成功了，继续培植幼苗，扩大面积。”王朝万袒露自己的心愿。

他深情地说：“这世上，最真诚的就是土地，你给它一分汗水，他给你一分收获，从来不亏待你。”

说到儿子，王朝万的父亲换了一副心情，脸上显出几分喜悦：“他从小就是个懂事的孩子，上学期间就为这个家庭分担好多事情。他是个有想法的人，我相信他能做成事……”

由于当地适宜的气候得天独厚，第二年，一亩多的刺脑包兴致勃勃地抽出了紫红的嫩芽，也给王超万的“野菜王国”带来一片希望。王朝万分枝掰杈，又种了六千多棵幼苗，面积达到六十多亩。由于雨水充沛，刺脑包枝繁叶茂，茁壮成长。时至秋天，已是满目新绿，一片生机。

王朝万的“野菜王国”不断扩容。

这天，他在马树镇看到老百姓卖的一种野菜一市斤 20 多元，当地老百姓叫背葛藤，也是一种树芽菜。

王朝万是个有心人，他发现这种野菜长得跟豌豆尖有点相似，要比豌豆尖好吃得多。他拿给云南植物研究所鉴定，专家也一时搞不清它的学名。但专家断定，这是一种稀有野菜品种，它的营养成分十分丰富，肯定具有开发价值。

看上去外表朴实、有些腼腆的王朝万骨子里却有一股韧劲，一旦认准的事，他会倾情投入。他通过各种渠道和方式找来大量的资料进行研究比对，终于发现了背葛藤的秘密。

原来，这种植物的学名叫菝葜（bá qiā），出自《名医别录》：“菝葜，生山野，二月，八月采根，暴干。”又名金刚藤或金刚刺，分部在中国东部及长江以南各地，多生于海拔 2000 米以下的山坡丛林和荒山草地中。

王朝万再次来到昆明求教专家，专家对他的新发现进行了确认。王朝万欣喜若狂。他的“野菜王国”又将增添新成员。

在《本草图经》和一些民间的草药书中，对菝葜均有记载：“苗茎成蔓，长二三尺，有刺。其叶如冬青，乌药叶，又似菱。”

菝葜不仅是一种美味食材，还有丰富的药理功能，能祛风利湿。用以治疗很难治愈的风湿痹痛，可缓解关节疼痛之苦；对慢性盆腔炎、风湿性关节炎、肿瘤、高尿酸血症及各种炎症性疾病也有明显的疗效；维吾尔族还常用菝葜治疗银屑病。

王朝万兴奋地说，要说对菝葜的精通，莫过于北宋晚期著名文学家张耒（1054—1114 年）了。这位楚州（今江苏淮安）人，自幼聪慧过人，不仅擅长诗词，而且旁通医学。他专门写过一首《食菝葜苗》诗。王朝万随口吟诵：

江乡有奇蔬，本草记菝葜。
驱风利顽痹，解疫补体节。
春深土膏肥，紫笋迸玉裂。
烹之芼姜橘，尽取无可辍。
应同玉井莲，已过猫头茁。
异时中州去，买子携根拨。
免令食蔬人，区区美薇蕨。

王朝万认为，这首诗层次分明，叙事有序；更可贵的是，从药用植物名称、生长到功用都说得清清楚楚，甚至连菝葜的特点及烹调方法、地下根茎的形态、移栽和乍出嫩苗的季节以及取用的时机都介绍得很详细，鼓励人们尽情享受这种美食。

由此可见，作者在基层为官多年，深知百姓疾苦。他吃到菝葜这种奇特的美味时，还不忘用文学的方式分享他人。王朝万说："就凭这一点，张耒的美德就值得后人称赞和学习。"

王朝万又培育开发了 40 亩的菝葜。他说，菝葜耐旱，喜光，稍耐阴，耐瘠薄，生长力极强，非常适合在巧家一带缺水贫瘠的山川上种植。

在种植菝葜的山坡上，绿油油的叶子中间已经窜出了点点黄色的花蕊，到秋天就能结出红彤彤的果实。而在另一片山坡上，那生长了一年的刺脑包更是越长越旺，一个春季一棵树的叶径竟然长出一米多长。

放眼望去，满山绿的、紫的、红的、白的，色彩斑斓，绚丽多彩。一个姹紫嫣红、生机勃勃的"野菜王国"呈现在乌蒙山川的狂野深处，成为这片红土地上的一场盛宴。

5. "野菜王国"

"开发种植树头芽野菜不仅具有很高的经济价值，还有很好的生态保护作用。种植苞谷、洋芋，要翻地、施肥、锄草，容易造成水土流失。种植刺嫩芽树等于退耕还林，种树养山，可以享受政府退耕还林等有关政策补贴和支持。"王朝万指着眼前的"野菜王国"眉飞色舞，历数种植嫩芽树的种种好处。

他又说："种植树苗技术含量不高，也没有太多的复杂工序，只要种下去都能够成活；一年只有 3 个月的管理收获期，我有 9 个月的时间可以享受自由，或出去学习、务工，或从事其他生产。可以说，种植树芽菜不仅能赚大把的钱，还能赚大把大把时间，把老百姓从繁重的体力劳动中解脱出来。开发树芽头野菜具有多元的价值优势。”

对于刺脑包的种植研究，王朝万最近又有了新发现。他说，刺脑包树干是硬的，根系是软的。听老人讲，它的根系泡在水里可以洗衣服。前几天我做了试验，确实有祛污作用，是天然去污粉。这种植物很奇妙，一时还搞不清是什么原因。这种刺嫩芽树还有一个好处，枝杈上长了很多的刺，鸟不落，又称“鹊不踏”，更不在上面做窝，这种树就比较干净，也不怎么生虫子。它的抗病能力强，用不着打药，绝对原生态。

王朝万打造“野菜王国”的消息很快在网上走红，并引来许多网友的点赞追捧。还有不少人希望与他合作发展野菜产业。昭通市彝良的一位刘先生专门到这里，看了王朝万的刺脑包种植基地，当即提出在彝良县拿出 1000 亩地与他合作种植刺脑包。

王朝万送给他一些树苗，让他回去试种一下，看看那里的土壤气候条件是否适宜，避免重蹈玛卡的覆辙。

刘先生问王朝万：“一旦种植多了，你怕价格下跌吗？”言外之意，种多了会产生市场竞争。王朝万回答说：“现在 80 块一斤，吃的人少；如果 8 元一斤，成为大众消费，我们的野菜产业就做大了。干一份事业不就是为了这个目的嘛！为人们保持生命鲜活提供健康优质的食材，才更有价值。”刘先生向王朝万伸出大拇指，在空中点了个赞。

“我当时为什么送苗子给他呢？我原来读大学的时候听过一位著名企业家的演讲。他说不要把你的同行看作你真正的对手，如果你把同行看作对手，那你永远都不是你同行的对手，因为你太闭关了。”王朝万语气深沉地说，“就像清朝的衰落一样，其中重要的一个原因就是闭关锁国，不愿意跟人家交流，所以失败。你不告诉别人，不愿意与人交往、合作、分享，你也不会从别人那里学到什么东西。我们比不了那些大企业家，但是我们可以领悟他们的道理，开阔思维。就算我们去街上捡一个瓶瓶卖，也可以有不同的方法与人合作。经营一方事业，不能小家子气。一定要学会分享，才能成功。”

当年，带着王朝万一起卖被子的四川老板云世江听说后，也来到了王朝万的

“野菜王国”。一见面就拱手说道：“恭喜恭喜。听说你发了。”王朝万摆着手，翘起嘴角笑着说：“没有没有。还在路上。”

如今的云世江也成了当地小有名气的棉被加工专业户。他看到王朝万种植的几种山野菜动了心，提出带一些苗苗回去让村里老百姓试种。王朝万给他挖了100棵。云世江非要留钱，王朝万哪里肯收。他说：“滴水之恩，当涌泉相报。不是你当年指点迷津，还不知道在哪里漂呢。”

本是7月如火的季节，但在海拔2000多米的山峦上凉风习习，气候宜人。

来到巧家县老店镇尹武村河边社，走进王朝万的刺脑包种植基地，看到他正忙着组织村民锄草。他的种植基地规模已经达到300亩。在他的精心呵护下，漫山遍野的刺脑包、菝葜长势喜人。枝杈上长着一簇簇苞蕾，生机勃勃，颜色非常鲜艳。

他说，9月份就可以开售了。除了在本村扩大种植规模外，他还在邻近的马树镇小火塘等地建设了育苗基地。坡地里一块块分割整齐的刺脑包、背葛藤苗圃，长出了绿油油的幼苗。

谈起未来的打算，王朝万说：“接下来将不断扩大种植规模，采取与农户合作的方式，农户出土地、出劳力。基地为群众提供树苗和技术服务。力争5年内达到千亩以上，并形成产业链，带领村民一起致富。”

前不久，他和几户村民成立了“巧家县会详种植农民专业合作社”，注册了“巧家县艾玛种植园”小微企业，并吸收当地农户入股合作，让资源变资本，村民变股民。

王朝万自信地说，到2019年刺脑包就可批量上市，销路也不愁。目前已经有一些营销商找他洽谈合作，大多是高端客户。主要面向昭通、昆明以及巧家各大批发市场、农贸市场以及沿海城市等。

王朝万粗略地算了一笔账：“按照目前市场上80元左右一公斤计算，每年至少可以纯赚8万元以上。以后产量会年年递增，五六年进入盛产期。无须追加投入，一棵树就可产两到三斤。不出意外的话，收入应该非常可观。”

“你这‘万元’目标肯定没问题了。”

他开心地说：“现如今，沿海发达地区是，三万五万不算数，十万百万才起步，不到千万都不算富。我们云南也要跟上。”

每个人的生命之旅都有可能上演奇迹。正如人们常说的，永远不要嘲笑那些鼻涕涟涟的小伙伴。也许有一天，他们会牛气闪闪地冒泡、发光。纵然是一棵小草，在一次次山风和雨雪的肆虐中也会锻造出了韧劲，说不定它能用叶子上的刺边锯断一根木头呢！一滴汗水，就是一片江湖。那些在逆境中打拼、默默向贫困做斗争的小伙伴们不容小觑。给他们足够的敬意和掌声吧。

如果说，今天的王朝万奋斗的目标是百万千万，那你就小看了王朝万。在言谈话语不经意间，他泄露了深藏于胸的勃勃野心。

为展示野菜基地的未来前景，打造巧家野菜产业品牌，他为“野菜王国”想了一句形象广告词：“量云南之山珍野菜，博世界人民之味觉。”他口气不小地说：“我要把云南的山珍野菜发展成一种新型食材，不仅建设生产基地，还要运用最前沿的科技手段，建立自己的网络销售平台，实现智能化管理，逐步发展物联系统和大数据，不仅满足国内也要满足外国人的胃口，成为独具特色的中国品牌。”

这是王朝万面对红土地的告白。

可以想见，王朝万虽然每天在故乡的山峦上来回地盘旋着，可他的胸怀装着天下，他的精神已走向了世界。

改革开放 40 年来，进城打工的农民为我国城市的发展建设做出了巨大贡献。城市也成为农民兄弟学技术，长知识，更新观念，提升素质的大课堂。

但是，这个被称为农民工的庞大群体已达 2.8 亿人，不少农民工却面临着“城市待不下、农村回不去”的窘境。

“乡村振兴”战略在呼唤，农民兄弟不能缺席。除一部分农民工融入城市外，大部分农民朋友终究是要返回故乡的。

如何让农民工找到一条回家奔小康的“路”？也许王朝万的创举能给农民朋友带来启示和自信。

如今，让王朝万倍感兴奋的是，不少在外打工的年轻人纷纷回归家园，加入他的团队，一起经营这片起伏延绵的红土地。在他们的带动下，周边的村民种植野菜的兴致不断飙升。不到两年，老店镇、马树镇发展到一万多亩，已逐渐形成独树一帜的新产业。

“野菜王国”的疆域不断扩张，山乡的芬芳飘向四方。

遗憾的是，已过而立之年的王朝万，生活中仍然缺少幸福的另一半。父母着急他不急。他说：“缘分还没到。”

也许那颗爱的种子在山坡溪边潜伏得太深，抑或正从远方向这里走来。

是的，2019 年的新春过后，老店镇机关一位围着漂亮红丝巾的女孩走进王朝万的“野菜王国”。

山野里顿时芬芳弥漫，一片灿烂。她那含苞待放的爱蕾要和悄然生长的“野菜王国”一起盛开！

第十二章

“碗碗糖”神秘又甜蜜

“碗碗糖”是什么？

巧家人用“碗碗糖”的方式熬制红火的日子，熬制甜蜜的家园，也熬制着热腾腾的未来。

1. 金日开榨喽——

是爷爷浑厚的声音从远方而来，飘忽不定，又消失在远方的山野里——

天地玄黄，宇宙洪荒；
日月盈昃，辰宿列张；
寒来暑往，秋收冬藏；
闰余成岁，律吕调阳；
……

一切都是朦朦胧胧的，朱立卫恍恍惚惚，仿佛回到了童年时代。糖坊里飘散着甘蔗的幽香，大人们肃立在糖坊前，朝祖像上香叩拜。爷爷诵吟着祭辞：

祖宗保佑，家兴业旺；
良辰吉时，煮酒熬糖；
勤勉守诚，大利开张；
富达四海，利及三江。

爷爷高喊：一叩首——
众人齐声：猪马牛羊遍地走；

二叩首——

五谷丰登家家有；

三叩首——

至爱精诚记心头。

爷爷大声喊道：鸣炮——开榨——

……

一阵鞭炮声把朱立卫惊醒，他使劲眨眨眼，发现自己躺在床上。他清醒了片刻，意识到刚才是一个梦境，他被街对面一家商铺开张的鞭炮声惊醒了。

今天是个好日子。

他跃身而起，干净利落地洗漱、换装；对着镜子，打上领带；给头发抹点油，梳了梳，帅哥一枚。他又发觉不对。嗯，今天是个特殊的日子。他犹豫了一下，还是果断地换上了那件唐装。

今天不同以往，经过两个月的精心筹备，“老糖坊”终于建成投产了。其实“老糖坊”是全新的，因为是完全按照他记忆中的爷爷当年的糖坊建造的，所以，他称它为“老糖坊”。

特殊的是，他还建了一个试验室，在生产传统“碗碗糖”的基础上，准备开发适应不同消费群体的各种特色品种。他还在糖坊的生产车间安装了监控系统，利用现代化手段对整个生产过程全程监控，确保生产安全、规范、卫生。

今天糖坊开榨，也是他和榨糖师傅们精心挑选的一个日子。他记不清了，爷爷每年开榨的时候，好像也是这样的日子：

2016 年 12 月 10 日，星期六，农历冬月十二。

朱立卫大步走出院外，天空晴朗，阳光明媚，江风吹拂在脸上格外轻柔温润，像妻子的手。

他回想着刚才的梦境，心想，即使不像爷爷当年那样举行一个古老、庄严而又带着神秘色彩的榨糖祭祀，也要把“老糖坊”布置得场面一新，简单的议程里尽量体现传统的习俗，增加开机榨糖的仪式感。

为此，他和请来的几位榨糖师，提前几天就把糖坊里里外外收拾得干干净净，又把甘蔗榨机和“牛尾灶”试了一遍。昨天，他们还特地炕了一下糖锅，杀了一头猪，员工们美美地吃了一顿。

一切准备就绪，就等今天上午9时9分，随着一阵鞭炮鸣响，一声“金日（即今日）开榨喽——”，榨糖机便轰轰地响起来，熬糖的锅灶呼呼地燃起来。“老糖坊”就热气腾腾开张了。

从此，他开始熬制一个多年的梦，找回一段放不下的乡愁，接续一段孩提时代的朦胧记忆。

从此，一块块“碗碗糖”就是咱老百姓一个个甜蜜的日子。

……

想到这里，朱立卫轻轻点了一下油门，车子欢快地驶出巧家县城，沿着金沙江边的公路，向黎明社区奔去。

2. 小碗红糖档案

名称：小碗红糖（俗称：碗碗糖）。

原料：荻蔗。

年龄：>300岁。

工艺：古法熬制。

品质：100%甘蔗纯浆。

成分：人体生长核黄素、胡萝卜素等多种微量元素。

功能：《本草纲目》曰，具有温补之效，益气补血，健脾暖胃，滋阴补肾，润肠通便，排毒养颜，祛风散寒，活血化瘀，缓中止痛等。是女性的益友，也是体力劳动者快速恢复体力的天然能源。

荣誉：昭通市非物质文化遗产；昭通七宝之一；“东方巧克力”。

形象代言人：共和国总理。

3. 只为留住乡愁

朱立卫，看上去颇有时尚感，瘦高的身材，高挺的鼻梁，一头短发，双目炯炯有神；一身浅灰色西装，外面套了一件黑呢绒短款大衣，皮鞋铮亮；举止彬彬有礼，待人热情，颇有绅士风度；讲起话来，总把笑意写在脸上。看不出他是闯荡江湖的企业老板，倒像是影视圈里的某个大腕，很有艺术范。

在他公司的货架上摆满了玫瑰红糖、红糖果酱、养生红糖、美容红糖等颇有创意的红糖系列新产品。他如数家珍，一一介绍。然后，去参观他的“老糖坊”。前几天刚开榨，今年也是他的“老糖坊”建成后的第三个榨糖季。

在车上聊起往事，才知道，朱立卫经历过十几年风雨兼程的创业人生。

1997 年，他以优异的成绩从巧家考入省重点中专。虽然美好的人生前景向他招手，但艰辛的日子却没有离他而去。

2000 年 6 月毕业时，为了能多挣点工资，改变家庭贫穷的命运，他来到位于四川大渡河边的一家国营铁矿企业当了一名矿工。

命运之神并没有成全他对富有的渴望。三年后，由于铁矿厂破产倒闭，他独自漂泊，无所依靠，眼前一片茫然。不甘向命运低头的朱立卫，冒着极大的风险，毅然借贷了几十万元，成立公司，拉起失业的工友们，组成了一支开矿队伍，独步山野，找矿开采，自己创业。

然而，连续几年的打拼，一无所获，他却背上了 40 多万元的债务。一次次的失败，让他吃尽了苦头，但他始终没有放弃，没有退缩。他清楚，他的放弃和退缩将意味着他和他的工友们彻底坠入贫穷的深渊。

2008 年的春节前，为了给工人发工资回家过年，他回到老家把父母积蓄的 2000 多元全部拿回来。他自己留下 100 元，一个人留守在矿山上，吃着土豆熬过春节，直到节后再次开工。

多年以后，当他再度回忆起那段黯然的时光时，心中依然是孤独和贫穷留给他的苦难阴影。

幸运的是，一位美丽善良的彝族姑娘在雅安市汉源县从手机里向他频频抛来绣球。他们曾在一年前相识，成为他孤苦中的唯一安慰。

朱立卫不信邪，不服输。常言道，哪有从晚哭到早的娃？ 2009年的春天，他和工友们终于打出了铁矿石，看到了希望。

千淘万漉虽辛苦，历经艰难终有成。这一年，他和工友们淘得了第一桶金。朱立卫还上了债务，摆脱了企业困境，也摆脱了家里的贫困，迎来事业发展的一片新天地。

“这么多年在四川一直经营铁矿，怎么想起回到老家建糖坊？”

朱立卫开心地说：“还不是熬一碗红糖，只为留住乡愁！”他情不自禁地回想起儿时的记忆来。

1979年，朱立卫出生在白鹤滩镇黎明社区——江边这片盛产甘蔗的土地上，利用甘蔗榨糖自然也就成为当地老百姓赖以生存的方式。朱立卫从小生长在甜蜜的故乡，但生活并没有给他的父辈们带来多少甜蜜。

江边人多地少，土地贫瘠。这里的老百姓，祖祖辈辈在朝不保夕的饥饿中苦苦挣扎。天干饿不死手艺人。朱立卫的爷爷和父亲都是熬糖工匠，几代人靠祖辈承传下来的制糖手艺营生。

20世纪80年代，改革开放的浪潮冲开了这片山乡封闭的大门。朱立卫的父母就将巧家小碗红糖远销成都、重庆、北京等地。那时候交通落后，他们只能靠拖拉机翻越江峡往外运送，再把巧家红糖销往全国各地。尽管全家很努力，但也只能在温饱线上苦熬。

朱立卫自幼在糖坊里长大，对碗碗糖情有独钟。他虽然远在他乡创业，成功地建立了自己的事业平台，而且有着美好的发展前景，但他始终没有忘记生他养他的地方。魂牵梦萦的乡愁，改变家乡的梦想，时时牵动着他的那颗赤子心。尤其在外多年，朱立卫一直念念不忘故乡的碗碗糖的味道。

“碗碗糖”是什么？“碗碗糖”是扯不断的乡愁，是缠绵的牵挂。

朱立卫深情地回忆说：“我小时候特别喜欢小碗红糖，因为我们家一直做红糖。我们那条小街上一到榨糖的季节，香甜的气息飘满黎明社区的各个角落，诱得人直流口水。四面八方的人们都涌到这儿来，有的买糖，有的卖甘蔗。那是小山村最热闹的季节，也是我童年最快乐的时光。”

但是，到了20世纪90年代后期，巧家的碗碗糖在市场的冲击下渐渐萎缩了。朱立卫说："2000年，爷爷去世了。随着父母年迈，家中无人传承巧家小碗红糖的古法技艺，家里的糖坊也就歇业颓废了。"

前几年，出于一种家乡情结，每当家乡迎来甘蔗榨糖季，朱立卫都要从四川回到巧家，采购巧家小碗红糖带回去，并作为礼品赠送亲戚、朋友、客户。巧家小碗红糖受到大家的一致好评。

从2015年初开始，朱立卫感觉巧家小碗红糖的口感越来越差，朋友、亲戚、客户也觉得品质不如从前，这让他着急和失望。

这年冬，朱立卫趁着榨糖季回到巧家专门调查了解小红糖口感变差的原因。经过对一些糖坊的走访调查，他终于发现，原来，巧家小碗红糖名气越来越大，市场越来越俏，被人"山寨"的现象也多起来。有人把白糖溶化后掺入红糖造假，打出"巧家小碗红糖"的招牌出售，这样做糖成本低、产量高、利润高，质量却大打折扣。

为了在激烈的竞争市场中能够生存下来，巧家本地的糖坊也纷纷效仿，导致纯甘蔗碗碗糖质量下降，失去竞争力，传统古法熬糖技艺面临失传。这是红糖品质变差的主要原因。

面对红糖产业日渐衰退，朱立卫深感痛心。他在心中默默拷问，300多年的历史，老祖宗留下来的技艺，难道就这样糟蹋，就这样失传了吗？

浓浓的故乡情和强烈的责任感，促使对巧家小碗红糖有着特殊感情的朱立卫做了一个决定，自己投资建糖厂，重振父辈的红糖产业。

2016年初，他回到白鹤滩镇黎明社区老家，拆掉多年的老宅子，请巧家小碗红糖的非物质文化遗产传承人来指导，精心设计，建造了一个专业熬制巧家小碗红糖的厂房，称为"老糖坊"，决心继续传承巧家小碗红糖熬制技艺。他注册了巧家县佰意佳食品有限公司，还把县城糖市街的一幢老房子改造成巧家特产门市部兼办公室，作为经营销售的窗口。

迎来这年冬日的榨糖季，他和榨糖师傅们精心挑选了那个日子——12月10日，他的"老糖坊"轰轰烈烈地正式开张了。在热气升腾的牛尾灶前，朱立卫的那份浓浓乡愁得到尽情释放。

“碗碗糖”是什么？“碗碗糖”是一份放不下的沉甸甸的责任，是一份热烈的故乡情怀。

4. 神秘的“老糖坊”

县城距白鹤滩镇黎明社区的“老糖坊”不远，分分钟就到。这座“老糖坊”占地 3 亩，包括甘蔗压榨车间、两个熬糖车间和配套设施。说起来不大，但在巧家算是有规模的糖厂了。

一进厂区，令人怦然心动的是迎面而见的那排鲜红的大字：“熬一碗红糖，只为留住乡愁！”

朱立卫用这句话诠释创建“老糖坊”的初衷。他凝望着这一排字，又动情地说：“不忘初心，方得始终。现在，不仅要留住乡愁，还要让红糖产业蓬勃发展，力推脱贫，富裕百姓。”

他说，我的父辈们都经历过。20 世纪 70 年代以前，是大集体时代，小作坊是以生产队为单位，一个队建一个糖坊。有的建在一棵老榕树下，有的在一棵大攀枝花树下，都在江边。80 年代农村改革实际土地家庭联产承包后，都变成个人的糖坊了。

进入“老糖坊”的甘蔗榨汁车间，两侧的墙壁上，一面挂着介绍古法制糖知识的图片，一面是公司组织的各种活动资料照片。靠里面有一个小舞台，是开榨那天一家网站来做直播临时布置的。中间堆满了像小山一样的甘蔗。

他说，白鹤滩一带属于干热河谷，冬天天气也比较干热，生长的甘蔗甜度很高。他五六岁时，和村里的小伙伴们喜欢到糖坊里玩耍，因为可以在糖坊里吃到甘蔗。他们把甘蔗尖尖和根部砍下一截，吃中间最好的。用牙一撕，皮可以从头拉到尾；再咬一口嚼一嚼，里面松松的汁液直往外涌，爽得满口流水！他说着，把削好的甘蔗递来：“来，你们尝一尝，感觉怎样。”

咬一口嚼一嚼，直流甜汁，甘甜爽口，确实太爽了。他说：“那时，我们孩子跟着大人一块吃。大人们一吃就好几截！有时可以吃出一堆高高的甘蔗皮，从地上堆到下巴！”

嚼着香甜的甘蔗，听他讲述糖坊的老味道，觉得这甘蔗更有味道了。

在甘蔗榨汁车间，员工们正将一根根甘蔗放入机器中，通过挤压，变成白色的甘蔗渣；另一端的管道里流淌出清冽的汁液，进入储存桶，沉淀后再输入隔壁的熬糖车间。

朱立卫说，他爷爷熬糖的年代，都是用石磨碾榨甘蔗。老人和孩子们边吃边看着几头壮壮的水牛拉着两个大圆磙子转，甘蔗磙子从一面慢慢进去，从另一面干瘪瘪地出来。清冽的甜水从石磨里潺潺淌出来，哗哗作响，浓浓的香甜味飘出好远，几里外都能闻得到。糖坊里面热气腾腾，大人们忙碌着，头上、衣服上沾满了那些白色的甜甜的小水珠，晶莹剔透，那是一片甜蜜的让人遐想无限的世界。

榨过的甘蔗渣就晒在大坝里面，晒干了全都是白花花的。攀枝花儿那两天也会一瓣瓣地随风飘落下来，铺满一地。一眼望去，大坝上红的、白的，色彩斑斓，漂亮极了。孩子们躺在上面打滚，在温暖的阳光下享受着无尽的童年欢乐。直到 20 世纪 80 年代后期，老百姓用上了现在的这种电动小机榨，那种牛拉石磨碾子榨甘蔗的场景渐渐消失了。

为了保留古老的记忆，他特地请来工匠仿制了一台爷爷榨甘蔗用的石磨碾子，安放在电动甘蔗榨机的对面，两者相映成趣，让现实场景演绎出一场从古到今的历史穿越。

“碗碗糖”是什么？“碗碗糖”是一段复活的历史，是过往与今天的衔接。

熬糖车间，“火头师”正往呼呼燃烧的炉膛里添木材，升腾的火舌蹿出好高，映照得外面一片火红。要做出好的红糖，必须烧木材，用其他燃料熬出来的糖就会大打折扣。为了安全卫生，熬糖车间与外部是完全隔离的。5 口大锅热气腾腾，由大到小，一字摆开。糖浆在锅里不停地翻滚，几名师傅正在紧张地操作。

这是古代传下来的“牛尾灶”，也是熬制红糖的核心部位。所以，朱立卫喜欢把这个糖坊叫作“老糖坊”，从感情上也觉得亲切。这样的熬糖场景、工艺与古老的作坊没有任何区别，只是生产环境和条件完全不一样了。爷爷的老糖坊，土墙土灶，十分简陋，哪有现在的水泥地板、洁白的墙壁。

灶台都镶上了瓷砖。整个车间干干净净，操作人员也都穿着洁白的工作服，戴着口罩，严格按照规程和卫生标准进行操作。墙壁上有一排红字也很醒目："良心糖，放心糖；讲卫生，保质量。"

小时候他在糖坊里吃水冰糖的印象最深。吃水冰糖啊，在小孩子眼里神秘得很。孩子们吃两个就再也吃不起了，大人舍不得了！可那种久久的甜蜜刺激的乐趣却美不胜收，回味久久，让人难以忘怀！

朱立卫让舀糖匠郭师傅现场表演一下。只见糖要起锅时，郭师傅把手放到冷水桶里冰一下，再往翻滚的糖锅里快速地捞摸一下，眨眼间收回来再放到冷水桶里，手上就薅下一团软软黏黏的糖。好神奇啊！那手一点也烫不坏。拿一坨放到嘴里，确实又甜又软的，光溜溜地滑，一咬沾在牙上，嚼一嚼又甜得腻人。这种糖轻易吃不到。

糖浆起锅的时候到了，只见几位师傅将最后那锅里的糖浆迅速舀到一只大木桶里，另一位师傅用木棒使劲地搅拌。等它渐渐凉下来的时候，再用勺子舀起来倒进台子上面的一个个小碗里。等糖浆完全凉下来凝固了，再从小碗里把糖倒出来。一颗颗金灿灿的小碗红糖就这样成型了。

拿起一颗热乎乎的小红糖，放在嘴里，香喷喷、甜滋滋，回味无穷。这绝对是正宗的巧家"碗碗糖"了。

刚刚生产出来的小碗红糖，因为是土制方法，不加任何添加剂，色泽新鲜，红中偏金黄。火候老一点的糖颜色偏深，火候偏嫩的糖偏黄，味道一定是很清香的。

朱立卫小时候，卖糖成了一家人的主要经济来源。糖，就是家里人的营生。家里还要留一部分，除了送亲戚外就留着自己吃。老人们做农活累了回来用糖化水吃，说吃了解渴解疲乏。孩子们放学后饿了就拿起一块边嚼边喝水，一会能量就足了！孩子们偶尔感冒，熬一碗姜糖水喝下，治感冒的效果很好！女孩子会用的更多。

在朱立卫眼里，巧家"碗碗糖"还有更丰富的内容。小碗红糖不能单纯看作传统的农产品，应该是一个文化产业。现在卖糖的好多年轻人没有过去的经历，未必真正懂它的文化价值。

小碗红糖用小碗成型后，糖块古朴、典雅，圆圆的，呈两面凹陷的半球状，称“瓣”，表示圆满；包装也很别致，两瓣按“糖芽子”对接，合二而一，形如金橘，称为“合”；用甘蔗叶或栎树叶包扎在一起，叫“合心合意”“和和美美”。

每五合用甘蔗毛叶捆扎成圆柱形，称一“把”，一“把”刚好10瓣。用老百姓的话说，这是实心实意。“碗碗糖”作为走亲串友的必备礼品，就是实心实意祝你的日子红红火火，愿你的生活圆圆满满、甜甜美美。

那种原生态的外包装，看上去大雅浑朴，古色古香，既防潮，又便于存放和取用。所以，它不仅是当地老百姓生活中的必需品，也是传统文化的一个符号。

“碗碗糖”是什么？“碗碗糖”是甜蜜的，也是巧家人的精神标签。

经过两年的精心运作，朱立卫创办的公司已经推行“公司+专业合作社+农户”的基地建设模式，统一农资采供、统一良种推广、统一技术指导。两年来，他们公司在白鹤滩、东坪、蒙姑、金塘等乡镇开发种植甘蔗面积达到5000多亩。

为了提升农民的科技种植水平，公司邀请云南省农科院甘蔗研究所专家到巧家进行红糖生产技术指导，并到乡镇开展种植技术培训。

朱立卫得意地说：“小碗红糖的学问大着哩！这两年，根据小碗红糖的功效，我们研发了许多新产品，在市场上很畅销。下一步我们还要进一步研究开发。”

“碗碗糖”是什么？“碗碗糖”是甜蜜的，甜蜜的“碗碗糖”就是“老糖坊”的味道。

老糖坊的味道又是什么？老糖坊是巧家人的百年乡愁，也是一段尘封的秘史。

早在20世纪40年代，国内出版的《中国土特产大全》《云南特产风味指南》等书，均有专列条目。其中《中国土特产大全》记载：“以巧家小碗红糖和弥勒县竹园红糖质量最佳，色彩鲜，式样好，杂质少，驰名全省，并远销青海、西藏等地区。”

“碗碗糖”的神奇魅力来自金沙江沿岸地区的优质甘蔗。据《巧家县志》记载，清朝乾隆年间，巧家运铜的马帮把甘蔗引入金沙江沿岸谷地种植，榨糖技术也随之传入。巧家“碗碗糖”从此沿着古驿道走向四方，闻名中外，直至进入皇室成为贡品。

新中国成立初期，因巧家小碗红糖一时紧缺，在一次全国性会议上，西藏自治区代表曾当面向周恩来总理请求，希望能保证巧家小碗红糖对西藏的供应。周总理对巧家小碗红糖的生产和供应专门做了批示。巧家小碗红糖因此受到政府保护，并延续下来。

“碗碗糖”是什么？“碗碗糖”是一段民族情，也是一首古老的歌。

巧家十年九旱，每逢大旱之年，洋芋、苞谷等其他作物焦枯绝收，唯有“荻蔗”依然神奇地生长着，其耐旱能力诡异超强。巧家人有种说法，淹不死的白菜，旱不死的甘蔗。随着现代农业种植催生技术的广泛应用，一些地区的甘蔗品种渐渐发生了变异，巧家依然保留着古代的原始品种——荻蔗。老百姓可以直接食之果腹，度过饥荒。因此，成为当地人赖以生存的理由和生命存在的方式。

正因冬春干旱，它的糖分品质特别好，榨出来的糖又香又甜。收割后的甘蔗，第二年又会复生新芽，夏天猛长一季，为下一年的收榨储备丰沛的汁液。当地有一首歌谣：“年年留根年年发，砍了一茬又一茬；不施药，不上肥，管理简单不费事。”老百姓还称它为“懒汉产业”，就是因为它生产成本低。

正是这种栽培历史悠久的古老荻蔗定义了小碗红糖好品质。而熬制小碗红糖的手工艺也自古代代相传下来，又被称为“老糖匠小碗红糖”，成为红糖加工制作行业里的一枝独秀。

一方水土养一方人。巧家小碗红糖以县内的蒙姑、金塘、白鹤滩、棉纱、鱼坝等村镇为集中产区，这些地方日照、温度、土壤适宜甘蔗生长，有着悠久的栽培甘蔗的历史传统。独特的气候、独特的原料、独特的做法，决定了巧家小碗红糖的独特品质，谁也无法代替它。

“碗碗糖”是什么？“碗碗糖”是巧家人生命的依托与繁衍，是天地之于巧家的造化，大自然之于巧家的馈赠。

2016 年，朱立卫成立了巧家县第一个甘蔗农民种植合作社及小碗红糖专业合作社，采用“党支部 + 合作社 + 公司 + 卡户”的模式，将巧家小碗红糖这张传统名片做大做强，并带动了当地 160 多家建档立卡贫困户增收，使整个社区比往年增收 130 多万元。

5. 碗碗糖情结

在朱立卫紧锣密鼓地筹建运作自己的糖坊时，巧家还有一位小碗红糖的倾情者，正在打造自己的红糖世界。

几年前，巧家县纪工委干部罗永芬申请提前退休，领导和同事们大惑不解。她袒露了自己的心迹——她迷上了巧家小碗红糖。她要下海经商，专门经营巧家小碗红糖，为巧家人走出一条由穷变富的路子。

第一次见到罗永芬，是 2017 年 5 月 19 日，她正在榨糖厂里带领员工将一盒盒小碗红糖打包装，准备发给外地客户。身体瘦小羸弱的她一脸憔悴，还没有完全从困境中摆脱出来。但是，一提起小红糖，她那忧郁的眼神里顿时放射出光彩，滔滔不绝地讲述起她和巧家小碗红糖的情分。

罗永芬老家是巧家县东坪乡的，那里都是用药山的一个泉水熬糖，水质特好，也比较方便，所以糖的质量也好。大人们还用这个打起来的泡子煮了做甘蔗酒，比现在的扎啤还要好喝。

罗永芬说与小碗红糖的缘分，是因为父亲曾是当地负责红糖税收的干部，与红糖打了一辈子交道。父亲去世前总念叨着与小碗红糖有关的故事，所以她对小碗红糖有着不解的缘和难以割舍的情。

她说：“巧家小碗红糖伴我度过了四十多个春夏秋冬。现在，作为巧家人我感到自豪，又感到忧心。十几年来，巧家的小红糖产业日渐颓微。作为一个土生土长的巧家人，我想让小碗红糖重现它的风采与繁华，并给巧家人的脱贫带来福音。”

“碗碗糖”是什么？“碗碗糖”是甜蜜的，有时又是苦涩的。

巧家小碗红糖也有着自己的无奈。罗永芬清楚地记得，早年，巧家县原有一个国营糖厂。20 世纪 80 年代初期，农村土地承包后，个人做糖的少了，多是国营糖厂收购加工。2001 年国营糖厂改制后，成为民营企业。头几年还可以，后来一年不如一年，慢慢做垮了。糖厂垮后，老百姓的甘蔗就没人收购榨糖了。

前几年，因为大量的甘蔗不能榨糖，曾发生过老百姓焚烧甘蔗的伤农事件。政府不得不严格控制种植面积，有的乡镇不准老百姓种了。但是，老百姓还是要种。他们说，这是我们的“儿孙产业”，不能丢了。

遗憾的是，多年来，由于进口的甜菜糖大量充斥市场，我国的红糖市场大多被低质糖占领了，巧家小碗红糖遭到了无情的挤压。更可怕的是，这种小碗红糖的文化内涵随着市场经济的发展，在人们的头脑中渐渐淡漠了。罗永芬说这话时口气很坚定，“如果有一天‘碗碗糖’在我们这一代人手上毁掉，对不起老祖宗留下来的这份产业”。

但是，罗永芬想不到，她一个小女人在给别人酿造甜蜜的时候，饱尝的却是苦涩与心酸。

2014 年元旦过后，罗永芬办理了正式退休手续。她认为，她可以大干一场了。她租了十多亩地，盖厂房，上设备，用了一个月建起榨糖厂，注册了巧家县健维农特产品开发有限公司。她要把这个小小的公司打造成巧家小碗红糖的营销平台，为小碗红糖打出一片天地。

她卖掉了自己的房产，并贷款数百万元，收购 3 万多吨甘蔗，全部投入了制糖生产中。想不到在现实困难和市场不景气的推波助澜中，罗永芬很快陷入了困境，甚至被逼进了绝地。

这年的小碗红糖市场低迷，是有史以来价格最低的一年。就像塌了天一样，日子变得栖栖惶惶。直到 7 月份，罗永芬还有 120 多吨糖没出手。她在焦头烂额中苦苦支撑着。

“这几年，我去外面推介巧家小碗红糖的费用不下 20 万元，说起来都是心酸。”罗永芬说，“我去上海和杭州等地方参加了几个农业产品展销会，都是我只身单影，费尽周折。好在巧家小碗红糖在这些展销会上大放异彩，备受青睐。许多经销商纷纷留我的地址和联系方式，希望建立合作关系。这时我发现巧家小碗红糖是养在深闺人未知。由于巧家交通落后，长期处于封闭状态，好多好东西没有走出去，外面的人们并不了解。”

罗永芬昂起脸说：“我总有个坚定的信念，小碗红糖肯定是个好东西。只是不为人知，市场还没做起来。”

“碗碗糖”是什么？“碗碗糖”是一份坚守，是一份信念，是一个希望。

2015年国庆节期间，为配合在全国全面打响的脱贫攻坚战，北京农展馆隆重举办了一次全国农产品展览会。尽管资金短缺，罗永芬还是毫不犹豫地筹措了10万元，到北京参展。

开馆第一天，罗永芬的摊位前围满了许多参观商和观众，他们品尝了巧家小碗红糖，一致赞不绝口。巧家小碗红糖一下子就火起来了。

罗永芬带着巧家的小碗红糖又到上海、成都等一些大型的农展会上去展销，赢得了许多点赞。但是，由于没有生产许可证，不是正规的农产品，不能公开上市，只能私下在一些群里、高端的会所里面销售。

红糖发烧友们都喜欢把全国的糖集中起来品尝，优选最好的相互推荐。他们享用了巧家小碗红糖后，都伸出大拇指说巧家的小碗红糖在全国是第一的。找罗永芬买糖的人越来越多，许多经营商都希望能跟她合作。罗永芬也从中看到了市场前景的美好端倪。

2016年1月份，巧家小碗红糖被列入昭通市非物质文化遗产项目名录。一个月后，又被列入云南省第四批省级非遗目录名单。

春季，农业农村部又在上海西郊国际农展馆举办了一次大型农产品展销会，每个省一个展厅。农业农村部农产品质量安全中心的负责人专门打电话通知云南省农业农村厅，要让巧家小碗红糖参展。但是，巧家小碗红糖没有生产许可证，只能作为农产品在现场品鉴，不能买卖。罗永芬背了一大袋子小碗红糖全是用甘蔗叶子包装的。在那种场景下，与那些包装精美亮丽的农产品相比，这种传统的土法包装确实土气得很，像其貌不扬的“灰姑娘”。

罗永芬不好意思摆摊，后来摆出来也没人在意。她想起茅台酒当年在美国巴拿马万国博览会上获得金奖的故事，便拿出小碗红糖用开水冲泡。结果，大厅里面立刻香飘袭人，引来许多人品尝。许多参展者品尝了小碗红糖，赞不绝口。不少人咂着口说：“啧啧！这个糖太好啦！温温的、香香的、甜甜的。这才是正宗的红糖。”

2015 年，巧家小碗红糖在历经了几个低迷寒冷的销售冬季后，伴随着春天的脚步开始回暖，销量和价格双双上扬。

罗永芬坚信巧家小碗红糖走红市场的这一天总会到来。

6. 有一种精神叫“熬制”

比起朱立卫、罗永芬来，陈文海又是另一种用碗碗糖熬制幸福生活的巧家人。他是从生活的苦难中熬出甜蜜来的。

县长陆颖听说陈文海的故事，很受感动，赞叹：“我们巧家有这样的群众，再大的困难也难不倒我们。”他还专门来到陈文海家看望他。

陈文海是金塘镇梨树村人，原本是一个健康壮实的汉子，还有一个幸福美满的家庭。想不到，22 岁那年一场突如其来的意外把他推进生活的深渊。

2004 年的一天，陈文海上山收苞谷，不慎意外摔倒，腰椎脊受伤。虽经多方救治，不幸还是剥夺了他下半身的知觉，瘫痪在床。家里像塌了天一般，不仅失去了经济支撑，还为他治病欠下了不少债务。

2005 年，他的妻子实在无法承受家中的困苦，也许为了另谋生路，抛下了他和年迈的母亲还有三个年幼的孩子离家出走，一去不归。大儿子才 5 岁，一对双胞胎还在蹒跚学步。妻子的出走，更是给他致命一击。他陷入绝望中，甚至想永远离开这个对他不公的世界。

看着三个年幼的孩子，还有年迈的老母亲。他一遍遍地对自己说：“不能垮啊！垮了，这个家就没了噶。为了这个家，再苦再难也要挺住！”

男人的责任与担当，使他在迷茫中坚定了与命运抗争的信心。他决心用智慧和双手改变生活、改变命运。

“自从我瘫痪以后，我家就只有靠着政府的低保和老母亲种地的微薄收入过日子。但是娃娃些越来越大了，老母亲也慢慢动不起了，我不能总靠政府救济过日子噶。万事都要靠自己，也要给娃儿树立个榜样。”回想起躺在病床上多年的日子，陈文海流着眼泪说。

在经历过一段时间的痛苦挣扎后，陈文海开始振作起来。他认定自己虽然不能起身行走，但利用双手总有办法自食其力。办法总比困难多，他开始思索如何创业。自己半身瘫痪，出门务工是不可能了，就只能从身边找出路。近年来，巧家红糖市场价格不错。他决定把放下多年熬制红糖的手艺重新拾起来。

说起来容易，做起来难。2012 年底，到了收割甘蔗的季节，陈文海拖着残疾的身体，借了几千元钱，收购附近村民种植的甘蔗，在家里熬制红糖。所有的活计，全都要雇请人手帮忙。好在他采用传统的工艺，技术精湛，熬制的红糖品质好，很快销售一空。这一年，他不仅收回了成本，还偿还了多年的债务。

创业的甜头鼓起了陈文海的勇气和信心。每年的榨糖季，他都会拖着残疾的身体，收购甘蔗，熬制碗碗糖。

陈文海身残志坚、不等不靠、立志脱贫的故事感动了周围的乡亲们，大家都来帮助他，他也得了各级党委、政府的关怀。

2015 年，精准扶贫的春风吹到了陈文海家，他家被纳入建档立卡贫困户，历经苦难的陈文海迎来了党和国家的好政策。帮扶干部为他申请了残疾补贴，一双年幼的子女也享受了农村 A 类低保，这些加起来每年可有 8000 多元的家用。

2016 年，扶贫工作队又为他家申请了实施农村危房改造项目，补助了 40000 元，全家搬进了 80 平方米砖混结构的新房子里。2018 年，村里又为陈文海的母亲申请了村上的公益性岗位，负责村里的环境卫生，每月都有 500 元的固定收入，还帮助他家安装了光伏发电设备。

几年来，受惠于党和政府的好政策，陈文海家受到了诸多帮扶：政府为他们购买了意外保险、医疗保险，代缴新农合、新农保，他平时看病吃药基本不花什么钱，母亲也有了养老补贴，已成年的大儿子通过“春风行动”外出务工，两个还在就读初三的子女每学年都能获得教育扶贫补助。

陈文海一家渐渐走出贫困的阴影，日子一天比一天好起来。

“好在两个娃儿都还听话，学习还不错。现在我家的生活也没那么困难了，希望孩子长大了能改变我们一家的命运。”陈文海经常对渐渐长大的两个娃儿说：“身残不可怕，贫困也不可怕，怕的就是没得志气。只要自己努力，就一定可以收获幸福。”

陈文海每每谈及自己那一对龙凤胎孩子时，眼里都充满了骄傲和希望。陈李、陈宏这对双胞胎姐弟在金塘镇学校初三就读，是老师和同学们眼中品学兼优的好学生。在父亲坚毅性格的影响下，两姐弟从小就特别懂事。他们在学习之余，都要忙着帮奶奶做农活、照顾瘫痪在床的父亲。

陈文海说：“现在我们梨树村发展火龙果和石榴产业，有了农民专业合作社。我准备流转土地加入合作社去，以后年年有分红。我虽然不能下地干活，在家门口做点手上活还是可以的。”

碗碗糖是什么？是一个残疾人不甘向命运低头，熬制幸福的故事。

榨糖季又到了，今年市场看好，陈文海打算多榨点糖。他说：“今年至少要熬制 3000 斤碗碗糖，为明年两个娃儿读高中准备些钱。政府这么照顾我家，我也要尽量减少对政府的依赖。”

阳光洒在陈文海的脸上，折射出生活的光亮。

陆颖来到他家，握着他的手说：“你放心，有国家的政策兜底，家里困难都能解决。”嘱咐镇里干部一定照顾好陈文海一家，保障孩子们上学。陆颖又称赞他说：“你身残志坚，凭一双勤劳的双手和坚韧的毅力，熬制碗碗糖，撑起一家人的脱贫梦。你‘熬制’的是一种自强不息的精神。有你这种精神，脱贫攻坚，就没有什么过不去的坎。”

陈文海抹着眼里的泪水，不知说什么好。

7. 总理成为代言人

对于巧家人来说，2017 年是个幸运之年。春节来临之际，李克强总理购买巧家小碗红糖看望灾区群众，使巧家小碗红糖一夜走红。

2017 年 1 月 23 日下午，距离除夕还有三天。昭通市昭阳区凤霞路源成农贸市场像往常一样，人头攒动，熙熙攘攘。所不同的是，临近春节，一眼望去，市场上摆满了对联、年画、腊肠、苞谷酒、红糖等当地特产和琳琅满目的各色年货，喜庆的红色成为整个市场的主色调，处处洋溢着节日的欢乐氛围。

“总理，总理，李克强总理来了！”不知谁大喊了一声，市场上顿时沸腾起来。

“总理好！”

“春节快乐！”

李克强总理向大家挥手致意。他的到来让赶街的人群兴奋起来，纷纷簇拥到总理身边。

每逢新春佳节，国家领导人都要深入基层，看望困难群众，并了解当地物价、居民收入等关乎民生的情况。

“赶年集在中国传统悠久，这里年味儿浓啊！”李克强总理说着，沿街察看一个个摊位，不时停下脚步与摊主和群众亲切交流：

“平时在哪里经营，生意怎么样？”“春节临近，节日市场物资供应是否充足？物价能否保持稳定？”“通过集市、超市和网上购买东西有什么不同感受？”

李克强总理来到巧菊农副产品经营部的小红糖摊位前，看到“手工制作”的字样，问道：“这是手工制作的红糖？”

“是的是的。总理。”杨菊高兴地回答总理，“这是手工制作，传统工艺。”

杨菊是巧家人，她的农副产品经营部的名字就是借用“巧菊”两个字。她在昭通市开这个门市部就是专门经营“碗碗糖”的。

她告诉总理，这种巧家小碗红糖有着 300 年历史传承，是昭通当地的名优特产，也是当地老百姓走亲访友喜欢的礼品。它象征着日子甜甜蜜蜜，红红火火。

总理掏出钱，高兴地说：“好。我买两盒。”

杨菊有点小激动，犹豫了片刻不好意思接，但她看到总理和蔼可亲的微笑时，还是把钱接过来，把两盒巧家小碗红糖送上去。开心地说：“谢谢总理！”

总理接过小碗红糖，亲切地叮嘱大家：“市场无信不立，只有诚信为本，大家才能买得安心、吃得放心，市场才能更加公平、更加红火。”总理还说，“好日子要靠大家共同来创造，共同守护好。”

国家领导人春节前到贫困地区慰问已成惯例，但看似平常的“循例之行”每年都有不同的新意。这次李克强总理来到云南省昭通市，是专程看望鲁甸地震灾后重建区域和附近贫困村的群众来了。

总理来到鲁甸县龙头山镇甘家寨安置点，看望了几户刚搬进新居的受灾群众。总理把小碗红糖作为新年礼物之一送给他们，向他们表示祝福，希望他们的日子甜甜美美，越过越好。

“碗碗糖”是什么？“碗碗糖”是共和国总理春节送温暖的一段佳话，是灾区老百姓难忘的一次幸福。

李克强总理看望慰问鲁甸灾区群众的消息，在当晚《新闻联播》播出后，人们从电视镜头里看到，总理购买巧家小碗红糖作为年货送给困难群众。巧家小碗红糖一夜走红，在市场上火爆起来。

春节后的那段时间，慕名前来巧菊农副产品经营部摊位上购买巧家小碗红糖的顾客络绎不绝，不少是冲着总理赞叹的“年味儿”来的，更多的人是冲着小碗红糖的品质来的，也有许多的人直奔巧家县购买。还有不少人怀着好奇心到巧家探访“传统工艺、手工制作”的秘密。

一些消费者直接来到朱立卫的“老糖坊”参观、购买。小碗红糖备受欢迎，消费者络绎不绝。还有不少客户提出与他合作，要在他的糖坊批量定制。当季的产品销售一空。

朱立卫敏感地意识到，李克强总理购买小碗红糖给灾区群众拜年，无形中成为小碗红糖的代言人，使这一古老的传统农产品走上了现代市场的红地毯。

为了传承巧家小碗红糖历史文化，弘扬古代制糖工艺的工匠精神，永远留存这一古老的记忆，朱立卫向县里提出申请，出资举办巧家小碗红糖传统工艺大赛，将“碗碗糖”的秘密展示给世人。

他还策划制订了举办巧家小碗红糖文化节等一系列活动方案，通过休闲旅游和各种公众体验活动，扩大巧家小碗红糖的影响力。

如何发挥巧家的资源优势，打造产业高地，打赢脱贫攻坚战，正是巧家县委、县政府战略思考的主题。巧家人已经瞄准了小碗红糖这一极富潜力的农业特色产业。

朱立卫希望出资举办大赛的想法，得到县领导和有关部门的大力支持。

8 “牛尾灶”前大比拼

农历正月初十，浓浓的年味依然飘荡在糖乡的每个角落。为了传承小碗红糖的熬制技艺，弘扬工匠精神，更好地传承非物质文化遗产——巧家小碗红糖传统工艺，由巧家县委、县政府主办，县委宣传部等单位承办的一场别开生面的小碗红糖传统工艺技能大赛，在春节后隆重上演。

县委常委、宣传部部长孙莉萍在开幕致辞中说：“巧家小碗红糖是巧家县一张独特亮丽的名片。通过这次技能大赛，在全社会形成尊重知识、尊重人才、尊重劳动、尊重创新的浓厚社会氛围，并使小碗红糖的传统工艺发扬光大，在巧家的农业产业发展和脱贫攻坚中发挥作用……”

全县 10 支代表队、近 100 名技能高手，摩拳擦掌，有备而来。

巧家佰意佳食品有限公司组成了一支 10 人参赛队，董事长朱立卫担任队长，披挂上阵。只见他有条不紊地指挥队员精准有序地完成了打泡子、打杠子、舀糖、起糖、成品定型等一个个熬制红糖的环节，赢得了一片喝彩。

朱立卫热汗涔涔地从赛场上下来，看到前来“老糖坊”围观比赛的人们越来越多，他便主动给大家当起义务解说员来。

“外行看热闹，内行看门道。”朱立卫兴致勃勃地解说着，“熬糖的工艺要点在于‘灰足、火够、泡子清’上。同时，上下工序配合，特别是糖匠与‘大火头’的配合，也十分关键。别小看‘大火头’师傅，火候掌控是整个熬制过程中非常重要的一个工序，火候掌控不好可以说分分钟崩盘。这是独门绝技。”

严格地说，巧家小碗红糖的整个制作工艺流程是从收割甘蔗开始，直到完成包装才算结束，所以要一气呵成，不能停顿。新鲜甘蔗，新鲜榨汁，才能保质保鲜，熬制出好糖，保持原汁原味原色。榨糖的各类人员要分白班夜班，轮流操作，就连拉石碾子压榨甘蔗的水牛都要三对，反复轮换。

朱立卫最后说：“好的红糖都采用古法纯手工制作，一锅红糖的出锅一般需要 5~6 个小时。那是一场甘蔗原生态的表演，延续百年，甚至有人称它是‘活化石’的生产工艺。”

大赛中，一支支参赛队伍把长期练就的精湛技艺淋漓尽致地展现出来，在熬制红糖的关键工艺上进行激烈角逐。他们不仅赛出了糖匠的技艺水平，也展现了糖匠的精神风貌。

通过激烈的角逐，白鹤滩镇棉沙村金沙队获得团体一等奖、棉沙村小村队获得团体二等奖、黎明社区黎明队和巧家佰意佳食品有限公司队获得团体三等奖。同时，还评出了最佳捞泡子匠、最佳杠子匠、最佳舀糖匠、最佳起糖匠。巧家人依靠着自己的巧手与智慧，实现了技艺的至高表现。用他们的工匠精神充分展示了传统文化的魅力。

令人欣喜的是，各代表队大都是“80 后”或“90 后”的年轻人。77 岁的老糖匠郭发万欣慰地说：“熬糖工艺，后继有人。”

“碗碗糖”是什么？“碗碗糖”是巧家人的一次传统工艺技能秀，是年轻人工匠精神的大比拼。

在元宵节颁奖晚会上，金沙队的领队张达兴从孙莉萍手里接过冠军奖牌，兴奋地表示，他要把老祖宗留下的这一宝贵财富承传下去。

刚满而立之年的张达兴从十四岁就跟着父辈榨甘蔗熬糖。他家种了四亩多甘蔗，每年收入两三万元，这是他三口之家的主要生活来源。

这次参加巧家首届制糖工艺大赛，张达兴与陈崇华、陈崇新、陈功红等八人组成金河参赛队一举夺魁。其中，陈功红还获得了“最佳舀糖匠”称号。陈功红说，他大伯是一位70多岁的老糖匠，他从10多岁就跟着大伯学熬糖。如今，36岁的陈功红是棉纱村最年轻的熬糖匠。

张达兴开心地说："其实，参赛并不是完全为了拿奖，更重要的是为了学习掌握这套工艺。再不学，老辈人一代代传下来的东西就丢了。我们年轻人应该担起承传的责任。"

巧家小碗红糖制作技艺，是祖先留下来的，一代代人磨出来的，并非一日之功。巧家人苦练熬糖绝技，最终换来含在嘴中的无尽甘甜。巧家制糖的历史因为这次大赛被发掘出来，制糖绝技得到记录和展示。绝技未绝，继往开来，生活的理想就是理想的生活。

"获奖并不重要，重要的是通过这次竞赛，向社会展示了小碗红糖精湛的传统熬糖技艺，传承了几百年的工匠精神和巧家'碗碗糖'文化。"朱立卫颇有感慨，"这是巧家人智慧的结晶，我们应该保护好传承下去。"

为了表彰他在云南省非物质文化遗产保护与推广活动中做出的贡献，2018年5月11日，省非物质文化遗产保护中心特地向他颁发了荣誉证书。

"碗碗糖"是什么？"碗碗糖"是一卷绵延久远的民俗风情画，是一幅巧家版的"清明上河图"。

9. 甜蜜的巧家梦

面对小碗红糖的发展前景，巧家人正在千方百计地开拓新天地。

县热开办主任蒋洪福说，巧家县委、县政府确定了小碗红糖品质品牌"双登顶"的发展方向。立足巧家土地资源短缺、灌溉条件差等实际，坚持走小而优、小而特、小而精的路线，瞄准中高端市场，把品质和品牌做到全国最优；牢牢把握红糖品质这个生命线，争取尽快获得"地理标志产品""地理标志性农产品"等认证，加强宣传推介。

2017年5月，巧家小碗红糖获得了生产许可证。巧家小碗红糖终于可以名正言顺地登上市场的大雅之堂了。在巧家县委、县政府一系列产业政策的推动下，一批传统榨糖工艺、标准化生产的企业相继建成投产。

2017年6月中旬，南亚东南亚商品展暨投资贸易洽谈会在昆明滇池国际会展中心盛大举行。巧家县佰意佳食品有限公司、巧家县健维农特产品开发有限公司、巧家县万华食品有限公司、巧家县戴氏食品有限公司和巧家县盛世食品有限公司等一批颇具实力的企业联手上阵，推出了以小碗红糖为主，包括核桃、花椒、巧家燃面等具有巧家特色的一系列农产品。小碗红糖果然备受客商和参观者的青睐，热销火爆，一路走红。

11月6日，云南省农科院甘蔗研究所所长张跃彬专程来到巧家进行调研。在黎明社区的“老糖坊”，朱立卫向调研组介绍了生产情况。他说：“按照现有的日处理能力，一季可处理3000吨甘蔗，榨糖可达400多吨。厂里吸纳就业人员50多名，每人每月能领4000多元的工资，一个榨糖季三口之家基本就脱贫了。巧家如果把小碗红糖这个产业做好了，对脱贫致富很有价值。”

他还说：“甘蔗种植成本低，利用率高，全身都是宝。它的尖尖那一部分是最好的青饲料，它的叶子喂羊、喂牛、喂猪都是比较好的。那个甘蔗渣喂猪、喂牛、喂羊，是其他饲料无法比的，还可用来做菌子，就是种蘑菇的营养基，它的发酵效果是最好的，出菌率特别高。我们正在深度开发甘蔗的价值，拉长产业链。”

张跃彬所长高兴地鼓励他说：“巧家红糖前景广阔，希望你们在蔗糖行业里深耕细作，大有作为。”

红糖是一种具有乡愁情结的特色食品，具有较大的市场发展潜力。红糖是近年来云南省农科院甘蔗研究所研究的重点产业。

杨永玲建议双方携手合作，把碗碗糖打造成“中国品牌”，让它走向世界。

双方一拍即合，当场签署了《省农科院甘蔗研究所支持巧家县红糖产业发展战略合作协议》。

2017年12月14日，巧家佰意佳食品有限公司发往广东省东莞市樟木头镇的首批发货仪式，在白鹤滩镇黎明村的“老糖坊”举行，价值5万元的巧家小碗红糖正式走出云南进入广东市场。

巧家县是广东省东莞市的对口扶贫县，东莞市樟木头镇驻巧家扶贫干部周伟智说：“利用销售网络辐射，让巧家的小碗红糖走进广州市场。同时也给广东的红糖市场增添新品，让更多消费者分享巧家的优质小碗红糖，实现双赢。”

朱立卫感激地说：“我们将严格按照传统工艺、精心组织生产，保证红糖质量。让小碗红糖带着巧家人的风采、巧家的品质走天下，创品牌，擦亮巧家的名片。”

仪式上，朱立卫还与当地部分建档立卡贫困户签订了甘蔗收购协议。

朱立卫说，今年的榨糖季，产值预计达到 1000 万左右。公司成立以来，积极鼓励当地农户加入合作社，已有 240 多户合作社成员，包括建档立卡的贫困户，解决劳动力就业 1000 余人。他们为带动当地农户脱贫致富做出了贡献。

第五届南博会暨第二十五届昆交会期间，在昭通市组织的高原特色农业商贸签约仪式，巧家红糖企业外商一次签订了 80 多吨销售订单。大部分将销往东南亚和北美。

巧家人开心地说，巧家的“十八怪”又多了一怪：“红糖飘香到海外！”

2018 年 12 月，巧家再次迎来了一个新的榨糖季。欣喜地看到，巧家的小碗红糖产业进入了一个蓬勃发展的机遇期。

巧家人自豪地说：“我们巧家虽是贫困偏远的山区，真的很幸运。三任共和国总理四次与巧家有缘。”

周恩来总理对小碗红糖的保护和利用有过专门批示；朱镕基总理拍板拨款，支持巧家炉房水库上马；李克强总理视察“8・03”地震灾情，专机降落在巧家的红石岩村；2017 年春节前李克强总理又购买巧家小碗红糖慰问灾区群众，让小碗红糖一夜火起来。

2019 年新春即临，朱立卫在公司微信公众号里发出一条信息，向客户致辞答谢：“感谢新老客户对我们公司一年来的大力支持！新的一年，公司将扩大‘老糖坊’生产车间，向年产 1000 吨的生产目标迈进。”

从微信公众号里可以看到，巧家县佰意佳食品有限公司对组织架构、市场定位、经营理念、队伍成长等进行了重新规划和设计。为打造一流的企业，生产一流的产品，未来的发展规划将分三期投入建设，总投资将达到5000万元。其中，将建设2000亩甘蔗种植基地，引入两条食品自动化生产线、包装线，完善小碗红糖参观区、体验区、采购超市等场地设施。

朱立卫和他的团队还表示，要发挥云南在“一带一路”上的区位优势，让巧家的“碗碗糖”走向全国、走向世界。

在朱立卫的一行行文字里，已经感受到巧家小碗红糖的发展热度、激情和美好的期许。巧家儿女正用“老糖匠”的工匠精神打造自己的每个日子。

“碗碗糖”是什么？“碗碗糖”是巧家人熬制的热腾腾的生活，是巧家人用“碗碗糖”的方式甜蜜着的未来，是巧家人一个甜蜜的“中国梦”。

后　记

巧家脱贫了！

2020年5月17日，云南省发布“又有31个县脱贫摘帽”。巧家县位列其中。喜讯传来，我也码完最后一行字，欣然收笔。

三年多来，为跟进巧家脱贫攻坚战，先后六次打卡巧家，深入巧家生活近半年。“脚下沾有多少泥土，心中就沉淀多少真情。”我一直被习近平总书记的这句话所激励，行走在贫困乡村。不仅走起来，也停下来，住下来，与扶贫干部和贫困群众交友交心；挂联贫困户，共商“精准”之法，脱贫之策；目睹并深刻体验了干部群众脱贫攻坚的不易与进取、苦涩与欢乐，以及扶贫政策落地、乡村急速改变引发的各种心理纠葛和矛盾冲突。深为那片江峡的故事所吸引、所感染。

中国减贫是一个时代命题，也是一个历史进程。在跟进采写中，从溯源当地丰富的人文历史入手，寻找现实的根脉和意义。巧家的贫困致因可以提取为“路、水、灾、医、房、电、网、产业和教育”九个主要方面，也是九大攻坚“堡垒”。以此递进，构成作品的逻辑主线。

决战贫困是一次集体的热血偾张与跋涉。那些常年战斗在脱贫攻坚第一线、与亲人离多聚少的扶贫人，展现出一场团战的精神风貌；他们攻克一个个贫困“堡垒”，用“辛苦指数”换来群众的“幸福指数”，把“穷帽子”彻底甩进了金沙江，用心血和汗水为时代命题铸就了答案。

见证贫穷谢幕，犹如一次时空穿越。于我，不仅是一次创作，也是一次身心的双重历练，更是一次精神洗礼，还有放不下的情谊。巧家人纯朴真诚、热心厚道、义气，有着大山的豪迈与强悍；巧家的人文风尚是云岭高原的气质，也是乌蒙金沙最明亮的底色！

最后一次离开巧家，晨光熹微，除了日夜奔流不息的金沙江，一切都是静静的。我没有打搅大家，因为年底盘点扶贫工作，迎接检查验收，大家的工作都很忙。孙莉萍部长挂包马树镇并兼任镇党委第一书记，她和姚国剑主席带着大家又去村里回访了。宣传部和县文联挂包的马树镇八皮村是一个有180多户村民的深度贫困村，除3名同志驻村扶贫外，每人都有若干挂包的贫困户；亢光富等同志已经转入白鹤滩水电站库区5万名移民搬迁工作。

我登上大沙坝回望巧家一眼，再看看脚下波涛滚滚的金沙江，耳边响起“请君试问东流水，别意与之谁长短”的吟唱，不觉心头一热，双目湿润。

在巧家的日子里，许多热心的朋友给我那么多关心和帮助，让我永怀。我点开微信，向他们“云”道别……

感谢云南省、昭通市、巧家县十多个相关部门对书稿进行阅审，并予以肯定。

感谢云南省委宣传部将此项目列入2020年度“省级文艺精品创作专项扶持资金项目”。

感谢山东省作协党组书记姬德君、副主席陈文东等领导同志的关心，把这次创作任务作为山东作协对口扶贫项目给予支持。

向中国作协副主席、中国报告文学学会会长何建明先生致谢！他阅后鼓励说：“好！作品勾勒出全国扶贫大决战的基本图谱，可以说是一个浓缩版。”并在百忙中为巧家带来一场“绿水青山就是金山银山”的精彩报告。

山东省人民政府参事、山东诗词学会常务副会长蒿峰等领导、师友，兄长般地关心我在巧家的生活及创作，一并深情致谢！

最后，再一次谢谢您，巧家！一场深情的邂逅让我生命里多了一段与您一起走过的旅程。

王鸿鹏

2020年9月16日　济宁